“夢を見続ける神《ラガジュ＝ディア＝レルガゾライ》”の
名において汝を試す。
この娘を
“精霊《ディヴァイン》”の“端末《ガジェット》”という
呪縛から
解放するがいい。

“傷《ペイン》”を与える――。

ガジェット
GADGET
無限舞台 BLACK&WHITE

「あんたが真白の『繁殖』の相手なんだ」
周防黒乃●すおう・くろの
真白の双子の妹。「補正プログラム」

周防真白
●すおう・ましろ
〈生命体〉の〝端末《ガジェット》〟。役目は「繁殖」
「きゅむ？・・・
きゅわわわわぁっ―！」

『食ベテイイ?』
『食ベテイイ?』
『食ベテイイ?』
天巡翔●あまめぐり・かける
高校一年生。〝夢を見続ける神《ラガジュ＝ディア＝レルガンライ》〟から〝傷《ペイン》〟を与えられた

“傷”●ペイン　翔の右腕の「アザ」から生まれる。真白と黒乃に似ている

天巡リト●あまめぐり・りと
日本一包容力のある小学生
「脱ぐのと脱がせてもらうのと
どっちがいいですか？」
ディンタニア
〝雑音《ノイズ》〟に作られた人工の〝端末《ガジェット》〟
「ディンタニアはあなたを
カケルって呼ぶね」

海棠みさお●かいどう・みさお
みみずく古書店・店主
「ここはあの世とこの世の境だよ」
〈侵略者〉
〝端末《ガジェット》〟のひとつ
「〝端末《ガジェット》〟は〝端末《ガジェット》〟を殺せない」

CONTENTS

GADGET

ガジェット

無限舞台 BLACK&WHITE

九重一木

角川文庫 15774

GET

G A D

ICHIKI KOKONOE

illustration: RYO UEDA

design work: design CREST

GADGET

第一章

〈生命体〉は動揺する

1

僕の背後で屋上の扉が閉じた。

鉄とコンクリートが擦《こす》れ合う重い音に、なんだか閉じこめられたような気分になる。

「……どうしてこんなことに」

扉に鍵《かぎ》がかかってるわけじゃない。でも、どうせ呼び出すならもっと広い場所にして欲しかった。屋上には金網《かなあみ》と給水タンクしか見るものがない。人だって僕らの他《ほか》は誰《だれ》もいない。だから僕は、目の前にいる彼女と正面から向き合うしかない。

彼女の大きな丸い目が僕を見てる。両手でスカートを押さえてるのは、風が強くなってきてるから。白い、陶器《とうき》みたいな手で握《にぎ》ってるのは薄《うす》っぺらい茶封筒《ちゃぶうとう》。

どうして彼女が、ここにいるんだろう。

僕の手の中にある同じ形の封筒が、ぐしゃ、と潰《つぶ》れた。固く握った手が汗《あせ》ばんでいく。

この手紙を、僕の机に仕込んだ奴《やつ》は人間じゃない。

頭のてっぺんには、髪《かみ》に隠《かく》れて角とか触覚《しょっかく》とか生えてるに違《ちが》いない。ここを切り抜《ぬ》けたら手紙を分析《ぶんせき》して犯人を捜《さが》し出して、そいつの髪をバリカンで一本残らず刈《か》りとって学校から追放するべきだろう。もっとも、転校してきて三ヶ月（うち一ヶ月は夏休み）の新入りに、クラスのみんなが協力してくれるかどうかは分からないけど。

九月の夕暮れ時。僕も、目の前にいる彼女も夕日で赤く染まってる。

もうすぐ下校のチャイムが鳴り、空があっさり夜の色に切り替《か》わる時間。黙《だま》って向かい合ってるのも耐《た》えられなくなってきた。心臓がさっきからとんでもないスピードで鳴ってる。どうして、どうして——って疑問ばっかりが頭の中で鳴り響《ひび》いてる。

もう……限界だ。決着つけよう。

誰も傷つけず、僕もダメージを受けずに、仕掛《しか》けた奴をそれなりに満足させるやり方で。

「あの」

「は、はいっ！」

彼女は小さく叫《さけ》び、自分の声にびっくりしたみたいに口を押さえた。

大きな目で、じっと僕を見て、それからなんだか困ったように首を傾《かし》げてる。

「……周防真白《すおうましろ》さん？」

深呼吸してから、僕は彼女を——クラスメイトの少女を、呼んでみた。

声はかすれてなかった。動揺してるのは悟《さと》られなかったと、思う。彼女がうなずいてるから、名前も間違《まちが》ってないはず。彼女が真っ赤な顔で僕を見てるのは——夕陽《ゆうひ》のせい。そうじゃなかったら困る。両手にしっかり握っている手紙のせいだったりするとすごく困る。

僕の鞄《かばん》にも同じものが入ってた。Ａ４のコピー用紙にプリンタで打ち出した手紙。内容は『大事なお話があります。放課後（おおよそ五時二十分頃《ころ》）屋上で待っています』。差出人は不明。

この程度じゃ僕を騙《だま》すにはまだ甘い。

ラブレターかどうかなんて一目で分かる。だいたいコピー用紙ってのがおかしい。普通《ふつう》はピンクの便せんとか、キャラクターものとか使うだろ。プリンタで打ち出すってのもあり得ない。だから、間違いなくいたずら——だと思ってたんだけど。

まさか、本当に女の子が待ってるなんて、考えもしなかった。

しかも周防さんによると、僕が手紙で彼女を呼び出したことになってた。

……ありえません周防さん。少なくとも僕にそんな度胸はありません。のこのこやってくるなんて何考えてるんですか。静かに無視するとか、手紙に「×《つきあえません》」って書いて下駄箱《げたばこ》に投げ込んでくれたらよかったのに。

周防真白は学校一の美少女。そこにいるだけで空間にソフトフォーカスをかけ、地方都市公立高校の野暮《やぼ》ったい制服も彼女が着れば別物に変わるというのがクラスでの噂《うわさ》。

こうして向かい合ってると、それが本当だってことと、彼女が僕とは別格の存在だってことがはっきり分かる。彼女の身長は僕よりも頭ひとつ小さいくらい。大きな目と、白くて細い手足。ウェーブのかかった栗色《くりいろ》の髪は、光を浴びると金色に輝《かがや》いて見える。微《かす》かなオーラが出てるみたいに——目が離《はな》せなくなる。ラブレターで呼び出して、僕が周防さんに告白？　まさか。

まったく、どんな罰《ばつ》ゲームなんだよ、これは。

……はぁ。

気づかれないように溜息《ためいき》をついてから、僕は周防さんの顔を見た。

「その手紙は僕が出したんですか？　周防真白さん」

「日本語がおかしいです天巡翔《あまめぐりかける》くん」

「最近風邪気味《かぜぎみ》で記憶《きおく》があやふやなんです」

「本当ですか？」

「嘘《うそ》です。緊張《きんちょう》してなに書いたか思い出せないだけです。だから読み上げて下さいその手紙」

「……そ、それはセクハラだと思います」

周防さんは両手で顔を押さえてうつむいた。

……犯人が分かったら同じ手段で再起不能にしよう。

「でも、本当は、期待してなかったんです。

だって、あたしにはこういうことは起こらないはずなんですから」

——はい？

「なに言ってるんですか周防さん——？」

「だから、この手紙はいらないんです」

周防さんの手から丸まった封筒が離れた。

夕方の風にあおられ、コンクリートの地面を転がっていく。

「だから！　どきどきしてるのはおかしいんです！　こんなの変っ！　どうして天巡くんのことがこんなに気になるんですか⁉　〝端末《ガジェット》〟にそんなことは起こらないはずなのに！」

「そうじゃなくてその手紙！」

「記念に取っておこうなんて思ってませんでした！　もうやめてくださいっ！　あたしに特別を作らないでっ！　そんなの後で寂《さび》しくなるだけですっ‼」

「僕の名前が書いてあるんじゃゃ――⁉」

「――え？　きゅ、きゅ、きゅむっ⁉」

そんなの放《ほう》り投げるな！　周防さんは自分が桁違《けたちが》いに注目される存在だってこと、分かってないのか？　僕の名前とか愛のささやきとか書かれた手紙が人目にさらされたら？　たとえそれが偽《にせ》手紙でもネタになるには十分。下手《へた》すれば僕は――明日から学校に来られなくなる。

僕はコンクリートの地面を蹴《け》り、手紙に飛びついた。多少の擦り傷《きず》はしょうがない。飛びついて、手紙を掴《つか》んだらそのまま身体《からだ》を丸めてごろごろと金網まで転がる。そうすれば被害《ひがい》は最小限。制服が少し擦り切れるぐらいで済む――。

はずだった。

僕の隣《となり》で周防《すおう》さんが全く同じ行動を取ってなかったら。

彼女は左利《き》きのようだった。僕とは左右対称《さゆうたいしょう》のポーズで、周防さんは手紙にヘッドスライディングしてきた。手紙を摑んだ僕の掌《てのひら》に、周防さんの細い指が食い込んだ。勢い余って肩《かた》がぶつかる。数センチの距離《きょり》まで互《たが》いの顔が近づいて――周防さんの目が赤く光っているように見えたのは、たぶん、夕日のせい。周防さんは瞳孔《どうこう》の大きさが分かるほどの距離で「きゅむ」と叫《さけ》び、小さく身体を痙攣《けいれん》させた。

予定とは違《ちが》ったけれど僕らはごろごろ転がり、屋上の金網《かなあみ》に激突《げきとつ》した。

「……つぅ」

意識が飛んだのは一瞬《いっしゅん》だけ。

勢いよくぶつかった割には、あんまり痛くない。

「……周防さん？」

返事はない。

僕は身体を起こそうとした――んだけど、指に触《ふ》れたのは滑《なめ》らかで柔《やわ》らかいもの。

周防さんのふとももだった。

「…………わわわぁっ！」

僕と周防さんの身体はこんがらがって、いわば人体知恵《ちえ》の輪《わ》状態。簡単に言うと僕が背後から周防さんを抱《だ》きしめる格好になっている。がっちり組み合った右手は周防さんのお腹《なか》のあた

り、僕の左手は周防さんの胸の谷間を通り、両腿《りょうもも》に挟《はさ》み込まれてる。問題は二人とも上下逆になってるってことと、金網に周防さんの足が引っかかってるってこと。

「……うぅん」

周防さんがなまめかしい声で呻《うめ》く。夕暮れの光の中で、幸せそうに気絶してる。なのに手紙を摑んだ僕の手を、がっちり握《にぎ》って放さない。左手はなんとか抜《ぬ》き出せそうだけど、動かすたびに、周防さんの胸が——な、なんでこのひと、ここだけこんなにアンバランスに成長してるんだろ。制服のブラウスはずり上がり、白くてなめらかなお腹が露出《ろしゅつ》してる。スカートは、彼女の太腿に挟まった僕の左手が、かろうじて押さえてる状態。

とくん　とくん　とくん

繫《つな》がったままの右手から周防さんの鼓動《こどう》が伝わってくる。耳元で聞こえるのは静かな寝息《ねいき》。わからない。この子のことがちっとも理解できない。ほとんど初対面の男子の前で、無邪気《むじゃき》に気絶していられる不思議生物。こっちは頭くらくらで目眩《めまい》がしてるのに。

僕はなんとか周防さんの真っ白ですべすべした太腿から左腕《ひだりうで》を引き抜いた。それから身体をゆさぶって、周防さんの爪先《つまさき》を金網から外す。勢いをつけて——ごろん。逆になってた真っ赤な空とコンクリートの地面が元《もと》に戻る。

周防さんはそれでも目を覚まさない。僕の右手を摑んだまま。

……あったかい——じゃ、なくてっ！

駄目《だめ》だ。このままくっついてたらとんでもなく駄目なことになりそうな気がする。とにかく、僕の手を掴んでる周防さんの手をなんとかしないと。くすぐって手が緩《ゆる》んだ瞬間《しゅんかん》に脱出《だっしゅつ》する？　でも、くすぐってる最中に目が覚めたら——セクハラの罪で停学？　でも、これって不可抗力《ふかこうりょく》だよね？　情状酌量《しゃくりょう》してくれるかな——くれるといいな。

僕は震《ふる》える指を、周防さんの白い脇腹《わきばら》に伸《の》ばした。

指先が触れる直前、

閉じていた彼女の目が、ぱち、と、開いた。

目を覚ました周防さんは、自分がどこにいるのか分からないみたいだった。

瞬《まばた》きして、左右を見回した後、視線が僕の顔で止まり、がっちり組み合った手の位置まで下がって——彼女の顔が、さらに真っ赤になった。

「んんー」と、何かをこらえるみたいに目を閉じ、腕をふりほどこうとする。でも、手を掴んでるのは周防さんの方。指が変なかたちで固まってて、外れなくなってる。

「えっと、事故なんです」

「ははははぃっ！」

ぶんぶん

周防さんは叫びながらめいっぱい腕を振《ふ》り続ける。

「いや、摑んでるの周防《すおう》さんだから」

「はいっ！」

ぶんぶん
「力を抜いてくれないと手紙が取れないんですってば」

「手紙？」

どくん、と。

周防さんの鼓動が跳《は》ねる。

触れ合った部分が熱を帯びる。

灼《や》ける——？

「どうしてあんなこと書いたんですか？」

「あんなこと？」

「あたしには特別な人は作れないはずなんです。天巡《あまめぐり》くんは因果を壊《こわ》してくれますか？〝端末《ガジェット》〟が持ってるもの、全部」

「因果——〝端末《ガジェット》〟って？」

「手紙に書いてあったのは、本当？」

「手紙に書いてあったのは、本当——」

——かどうかは読んでみないと分からない。

そう続けるつもりだったけど、周防さんは最後まで聞いてくれなかった。

その前に彼女は、「きゅう」と呟《つぶや》いて気絶した。

がりっ

周防さんの爪《つめ》が、僕の掌《てのひら》に食い込んだ。

気絶したまま、彼女は目を見開いていた。

目尻《めじり》が裂《さ》けるんじゃないかと思うほど、大きく。

口もまた、開いた。

喉《のど》の奥から、冷えた風が吹《ふ》いてくる。

例えば二万年誰《だれ》も入ったことのない古代の墓を吹き抜けるような。

例えば人の知らない深淵《しんえん》に通じる洞窟《どうくつ》から湧《わ》き上がるような。

人の口から出てはいけない風だった。


「――よかろう」


風が震えた。

声を成した。

「お前には〝端末《ガジエット》〟を人に還《かえ》す覚悟《かくご》があるのだな」

「……誰だ？」

周防さんの声じゃない。絶対に違《ちが》う。それ以前にこれは、人間の声じゃない！

屋上の空気が震えていた。

金網が揺《ゆ》れる。

鉄線と支柱が虫の羽のような音を鳴らす。

給水タンクの上半分が弾《はじ》け飛び、噴《ふ》き出した水が屋上に降り注ぐ。

無数の水たまりができ、それが数十秒で水面に変わる。

水かさが増していく。あっという間に、僕の膝《ひざ》のあたりまで。

おかしい。

給水タンクの水が全部溢《あふ》れたって、こんなふうにはならない。なんで、あんな、噴《ふん》水《すい》みたいに水が噴き出してるんだ？　弾けた水しぶきが僕の頭上に降ってくる。水滴《すいてき》が重い――痛い。石の粒《つぶ》みたいに。おかしい。なんだこれ。なんなんだよこれは！

「我は原初《げんしょ》。我は根元《こんげん》。我は夢を見る者。我は夢の中で創造する者。〝精霊《ディヴアイン》〟に拘束《こうそく》され、〝端《ガジ》末《エット》〟の隙間《すきま》より汝《なんじ》に語りかけている」

僕と周防さんの足元にあるのは、コンクリートの屋上じゃなかった。

突然《とつぜん》生まれた水面《みなも》の奥には、六角形の石柱の群れ。そこに刻印された、一瞬《いっしゅん》も止まらずに形を変えていく象形文字。

石柱の隙間を縫《ぬ》うように、巨大《きょだい》な不定形の生き物が横たわってる。皮膚《ひふ》が呼吸をするように泡立《あわだ》ってる。不定形のものがだらりと横たわる先には階段があり、玉座がある。比較《ひかく》するものがないから大きさが分からない。蟻《あり》より小さいのか、星より大きいのか。石柱の隙間から玉座まで果てしなく続いている長い長い、不定形生物の身体《からだ》――うぁ。なんだ、あれ。

玉座に腰《こし》掛けている部分を覆《おお》う長衣《トーガ》と、丸い、髪《かみ》の毛のない頭に載《の》った銀色の冠《かんむり》。

気持ち悪いくらい肉に埋《う》もれた顎《あご》から、銀色の髭《ひげ》が伸《の》びてる。

「うあ……」

なんだこれ、なんだこれ、一体なんなんだよこれはっ！

疑問符《ぎもんふ》だけが頭を駆《か》けめぐる。

見てはいけない。記憶《きおく》してはいけない。言葉にしてもいけない。

夢の中でも思い出してはいけない。

これは、そういうレベルの、何か。

あ、あああああああああああああああ
気絶、したい。どうして僕は目を閉じられない？　おかしい、こんなの。

「我は――の拘束を――眠《ねむ》りの――中で」

空間を震《ふる》わせて語りかけて来る声。でも、半分も聞き取れない。この生き物と僕とでは生物としてのスケールが違《ちが》いすぎる。同時に三十ヵ国語で、それも十倍速で圧縮された情報を流し込まれているような——頭が、痛い！　分からないよこんなの!!

「——〝夢を見続ける神《ラガジユ＝デイア＝レルガゾライ》〟の名において汝を試《ため》す。この娘《むすめ》を〝精霊《デイヴアイン》〟の〝端末《ガジエツト》〟という呪縛《じゆばく》から解放するがいい。汝がそれを成した時、世界は無限の輪廻《りんね》から解放されることになろう。〝傷《ペイン》〟を与《あた》える。

受け入れるがいい。

汝が失敗したなら、〝傷《ペイン》〟が汝を喰《く》らい、取り込む。

その後、〝傷《ペイン》〟そのものとなった汝を我が枕元《まくらもと》へと呼び寄せ、失敗談を聞くこととしよう。

我もまた——眠りを——続ける——故《ゆえ》に」

もう嫌《いや》だ。もう聞きたくない。もう——耐《た》えられない。

頭が、こわれる直前——

僕はやっと、気絶することができた。

2

僕が次に目を開いた時、地面は元のコンクリートに戻《もど》っていた。

屋上から校舎へ水が流れ落ちてる。

上半分が消し飛んだ給水タンクから水が溢れてる。

がちがちがちがち

歯が鳴るのを止められない。背中にびっしり鳥肌《とりはだ》が立ってる。水底《みなぞこ》の石柱と不定形生物。あれは幻覚《げんかく》──だと思いたいけど、壊《こわ》れた給水タンクが僕の頭上でそれを否定してくれてる。

僕も周防《すおう》さんもずぶぬれだった。水を吸い込みすぎた制服は、どんより身体にのしかかってる。制服を絞《しぼ》って脱水《だっすい》したいところだけど、周防さんはまだ僕の腕《うで》の中で気絶してる。寒気がするのは風が強くなってきたから。周防さんと握《にぎ》り合った右手だけが、奇妙《きみょう》に熱い。

あいつは、周防さんを〝端末《ガジェット》〟って呼んだ。一瞬のことだったけど──忘れられない。あいつが言った言葉がまだ、耳の奥で鳴り響《ひび》いてる。

あの不定形生物は──周防さんが呼び出したのか？

僕は周防さんから視線を逸《そ》らす。やっぱり、彼女は別の世界の生き物だった。僕の目の裏には巨大な不定形生物と、さっき一瞬だけ見てしまった、周防さんの身体のかたちがはっきり分かるほど張り付いた制服とか、半分以上透《す》けてるブラウスとか下着とか──が焼き付いてる。頭を振っても消えない。僕をどうするつもりなんだろ、周防さん。

「あ、いた」

不意に。屋上のドアが開いた。

白い影《かげ》が一瞬だけ、夕陽《ゆうひ》に照らされた屋上に現れて、すぐに隠《かく》れた。

「悪いんだけど、あんたの上着、貸してくれない？」

くいくい、と、ドアの向こうから手招きしてる、白い腕。

「……誰《だれ》だよ？」

「そんなことはどうでもいいの。人が来る前にあんたの服が必要なのっ」

「あのさ、いきなり言われてもなにがなんだか分からないんだ。せめて姿を見せて」

「……変態《へんたい》」

声の主はドアの向こうから顔だけを出してみせた。

大きな、少しつり上がった目と、周防さんと同じくらい白い肌《はだ》。

地面までまっすぐ伸びた黒髪《くろかみ》から、ひたすら水滴《すいてき》が流れ落ちてる。

「えっち、色魔《しきま》、恥知《はじし》らず——えっと、えーっと」

「……何が言いたいのか全然分からないんだけどな」

「話はあと。あなたが本当に変態さんならこのまま出ていってあげるけど？」

……頭が痛くなってきた。

「あんたの制服、貸して？」

「貸したくても無理」

「なんでよ」

僕は答える代わりに、周防さんと繋《つな》がったままの右腕《みぎうで》を振ってみせた。

「ああ——そういうこと。あんたが真白《ましろ》の『繁殖《はんしょく》』の相手なんだ」

「『繁殖』？」

「こほん……姉さん。彼の手握りっぱなし。最初から強引《ごういん》なやり方だと上手《うま》くいかないよ？『繁殖』の相手に、嫌《きら》われたくないでしょ？」

彼女が呟《つぶや》く。

すると、火傷《やけど》しそうなほど熱くなっていた周防さんの掌《てのひら》が緩《ゆる》み、ほどけた。

「これで脱《ぬ》げるよね？　さあ、さっさと脱いでこっちによこすっ」

ドアの向こうに隠れてる誰かは、細い腕を伸ばして、もう一度と手招きした。

僕は携帯《けいたい》と財布《さいふ》を抜《ぬ》き出してから、上着を水面に投げた。水の流れに乗って自分のところへやってきた黒い制服を、彼女はしゃがんで摘《つ》まみ上げた。ドアの陰《かげ》から白い腕と、むきだしの脚《あし》が覗《のぞ》いてた。

「……どんな格好してるんだろう」

僕は彼女に聞こえないように呟いた。彼女は僕の制服をドアに叩《たた》き付け、水を払《はら》ってる。そのたび、べちゃ、と、濡《ぬ》れぞうきんのような音がして、胸のあたりで小さな光が揺《ゆ》れる。

夕日を映しているそれは、よく見なければ気づかないほど細い鎖《くさり》がついた、銀色の十字架《クルス》。

「生徒会の人が浸水《しんすい》の原因を確認《かくにん》に来た、とか？」

「生徒会の人ってこんな格好でうろついてるの？」

彼女は「よし」と、意を決したように呟き、ドアの向こうから姿を現した。

濡れた髪《かみ》を鬱陶《うっとう》しそうに掻《か》き上げ、それから、ふる、と身体《からだ》を震《ふる》わせた。身長は周防《すおう》さんと同じくらい。白くて、細い手足。彼女に僕の制服は大きすぎた。裾《すそ》は太腿《ふともも》まで覆《おお》ってるし、袖《そで》からは掌が半分しか出てない。彼女は気の強そうな目を夕日に細めて、僕を見た。

「黒乃《くろの》」

制服の前を両手で合わせながら、彼女は言う。

「私の名前。黒色の黒に──こういう字」

彼女は空中に指で、『乃』と描《えが》いてみせた。

「私は真白《ましろ》と対《つい》になる者。私が黒で、真白は白。私が影で真白は光──そういうものなの」

「くろの……黒乃……変な名前」

「……あんたに言われたくなんかないっ。えっと、天巡翔《あまめぐりかける》……すっごくとてつもなく変な名前っ！　ずぶ濡れで地べたにへばりついてる人間《エキストラ》につける名前じゃないわよっ」

「エキストラ？」

「気にしなくていいの！　あんたは真白にだけ気をつかってればいいんだってばっ！」

少女はざぶざぶと水音をさせながらこっちに近づいてくる。

僕の話なんかちっとも聞いてない。

「姉さん、起きて」

黒乃が周防さんの肩《かた》をゆさぶる。妹に揺り起こされた周防さんは、やっと目を開けた。さっ

き と同じように周囲を見回——そうとしたところで、妹に頭をがっしと捕《つか》まれる。周防さんは、水面をびしばし叩いて、もがきながらこっちを見た。

「あ、天巡くん。こ、これは、あの、あのねっ」

「錯乱《さくらん》してないで謝る！　姉さんが解放してくれないから、この人ずっと困ってたよ？」

「ご、ごめんなさい。あたし、自分のことでいっぱいいっぱいだったから」

「別に、気にして、ないです」

僕は答える。気にするところはもっと他《ほか》にあると思うよ、周防さん。

「手紙、その、やっぱり記念に貰《もら》っていいですか？」

「どこかに行ったみたいです。たぶん、誰かが読む頃《ころ》には湿《しめ》ってぼろぼろになってると思う」

「……天巡くん。あたしの目を見て話してほしいな」

「それは、ちょっと無理です」

「どうして？」

「周防さんは僕の心臓を過労死させるつもりですか？」

「天巡くんこそ、難しいことゆってあたしを不眠症《ふみんしょう》にするつもり？」

「……屋上に水が溢《あふ》れています」

「うん」

「僕も周防さんもずぶぬれです」

「うん。ちょっと寒気がする」

ここまで言って分からないのは、天然か、ただの意地悪だと思う。

僕は抱《だ》いていた周防さんの身体を、彼女の妹に押しつけた。

あの不定形生物は周防さんのことを何て呼んだんだっけ。いいや、もう、忘れた。

周防さんから離《はな》れてもまだ、心臓は早鐘《はやがね》を打ちつづけてる。謎《なぞ》の手紙で呼び出されて屋上に行ったら学校一の美少女が待ってて、不定形生物が現れたかと思ったら今度はずぶぬれの少女に罵《ののし》られて――僕の頭はすでに飽和《ほうわ》状態。恐怖《きょうふ》の余韻《よいん》で鳥肌《とりはだ》が立ってるし、握《にぎ》ったままの右手に残る周防さんの体温で――また、心臓が跳《は》ね上がる。

はぁ。

「……周防さん、濡れた制服が張り付いててしかも下着も一部透《す》けてるんです」

正確には一部じゃなくて、ほとんど。

「きゅむ?……きゅわわわわあっ!」

周防さんは子犬みたいな悲鳴をあげた。「こっち見ていいです」という、微《かす》かな声が聞こえたのは三十秒ぐらい経《た》ってから。彼女は妹の後ろに隠《かく》れ、真っ赤な顔で僕を見てる。

「み、みました?　どれくらい見ました?　ああああたし気絶してたから――もしかしたら手紙に書いてあったこととしてもあんまり嬉《うれ》しくないいくらい見ちゃいましたか?」

「――え?」

なにが書いてあるんだこの手紙。一体どんな天才がこれを――？
覚悟《かくご》を決めた子供のような目をした周防さんの前で、
僕の制服をまとった周防さんの妹が、冷めた目でこっちを見ていた。

不意に、背中を寒気が走った。

「――〝端末《ガジエット》〟」

僕はふらつく足で立ち上がった。

「さっき周防さんが言ってた、〝端末《ガジエット》〟って何ですか？」

「真白でいいです。それと、敬語もやめてね」

「無茶《むちゃ》言わないでください」

「どうして？」

「どうしても。周防さんは僕を呼び捨てにできますか？」

「……あ、あ、そ、そですね。

じゃあ、心の中でかけかけ……『翔くん』と呼ぶことにします。だから、天巡くんも、あたしを呼ぶとき『真白』って、声に出さずに呟《つぶや》いてください」

「舌を噛《か》みそうですね」

「敬語？」

「……舌を噛みそうだね」

周防さん――じゃなかった、えと、真白は頬《ほお》を膨《ふく》らませて僕を見上げている。

「周防さんに教えて欲しい。さっき言ってた〝端末《ガジェット》〟とか因果ってどういう意味――？」

水の下に見えたあの巨大《きょだい》なぶよぶよとしたものの正体も。

〝傷《ペイン》〟を与《あた》えるとあれは言った。失敗したなら直々に汝を喰《く》らう、とも。

「分からないことがいっぱいあるんだ」

「それは多分、お互《たが》いこれからゆっくり知っていけばいいと思います」

とぼけているようには見えなかった。

真白は真っ赤な顔で、僕に向かって手を伸《の》ばした。

「あたしもまだ、天巡くんのことを何も知らないから」

3

屋上で二人と別れたあと、僕は教室に寄らずに校舎を出た。ロッカーには体育用のジャージがあるんだけど、まだ、教室に誰《だれ》か残ってるかもしれない。それが男子でも女子でも定年間近な白髪《しらが》頭の先生でも、僕にはあの手紙を仕掛《しか》けた犯人に見えてしまう。

こんな、とんでもない状況《じょうきょう》に追い込んだ奴《やつ》に。

制服はトイレで絞《しぼ》ってきたけど、人力じゃ完全脱水《だっすい》とまではいかなかった。歩くたびに泥《どろ》を引きずるような音がする。僕が歩いた軌跡《きせき》に合わせて、アスファルトに水滴《すいてき》が落ちている。

「……くしゅん」

頭がぼーっとしてくる。

屋上でのできごとが、本当にあったことなのかどうか自信がなくなってくる。

不定形の巨大生物。

ずぶぬれの、透けた制服を着た周防《すおう》さん――じゃなかった真白《ましろ》。

そして結局、僕の上着を返してくれなかった少女、黒乃《くろの》。

みんな、熱が見せた幻覚《げんかく》だったのかもしれない。屋上で別れたときの周防《すおう》さんは夢見るような、でも少し淋《さび》しそうな目で――まるで、もう僕と付き合ってるみたいだった。まともに考えたらそんなことあり得ない。だから幻覚なんだ、きっと。

学校から自宅までは全力疾走《しっそう》で十五分。

家に着くと、僕は風呂場《ふろば》に駆《か》け込んだ。脱《ぬ》ぎ捨てた制服を洗濯機《せんたくき》に放り込み、熱いシャワーを浴びる。家には他《ほか》に誰もいない。両親は仕事であちこち飛び回ってる。転勤するほど仕事があるのはいいことだって言うけど、だったら家なんか建てなきゃいいのに。

シャワーを浴びて身体《からだ》は温まったけど――頭はだんだん重くなってくる。

僕は洗濯機の上にある、湿《しめ》ったままの手紙に視線を向けた。

真白がずっと握ってたあの手紙は、白紙だった。

名前も、愛を語る言葉も、鉛筆《えんぴつ》の跡《あと》もペンの跡もない。文字通りのまっさらな紙。

真白には「どこかに行った」って言ったけど、本当は屋上でごろごろ転がったあと、僕がずっと握《にぎ》ってた。入れ替《か》える暇《ひま》はなかったはずなのに――どうしてなにも書いてないんだ？

また、寒気がした。

僕は右の掌《てのひら》を開いた。

掌の中央から、肘《ひじ》あたりまで、赤黒いアザができていた。

ごろごろ転がった時、コンクリートで擦《こす》ったのかもしれない。痛みはないからすぐに治る――と、思う。それより、一人暮らしで風邪《かぜ》引いて熱出して動けなくなる方がまずい。考えるのは後、ドラッグストアで風邪薬と栄養ドリンクでも買ってこよう。

にゃー
にゃー
にゃー
古本屋の店先に猫《ねこ》が集まっていた。
店の入り口の真上には『みみずく古書店』と書かれた飴色《あめいろ》の看板。庇《ひさし》にやっと引っかかっている、といった感じ。シャッターを勢いよく下ろしたら壁《かべ》ごと落ちてくるんじゃないかな。

「みさおさん、いるのかな」

「にゃー」

ドラッグストアのレジ袋《ぶくろ》を片手に、僕は店先にたむろする猫をまたいだ。後ろからの割り込みに、猫たちが抗議《こうぎ》の声をあげる。ガラス戸を軽くノックして開けたけど、猫たちは店の中に入ろうとはしない。そういうふうに教育してるから——というのが店主のお言葉。

店に入ると、古本特有のすえたにおいが鼻をついた。

建《た》ってから半世紀くらい経った古書店の壁には、天井《てんじょう》まで届く本棚《ほんだな》が並び、天然木からそのまま切り出したような梁《はり》が横断してる。棚に並んでいるのは絵本に百科事典。マンガにファッション雑誌にゲームムック。分類する気は最初からないみたいだ。

みさおさんは僕に気が付いた様子もなく、段ボールに顔を突《つ》っ込んでた。

ここから見えるのは彼女の背中とぼさぼさ髪《がみ》、Tシャツとショートパンツ、エプロンの紐《ひも》だけ。外で猫がにゃーにゃー呼んでる。趣味《しゅみ》とプライベートは別物。故《ゆえ》に仕事中はにゃんこが鳴いても無視って言ってたけど、近所の手前も少しは考えた方がいいんじゃないかな。

「やっぱりバイトを雇《やと》った方がいいんじゃないですか？」

「うちの店にそんな余裕《よゆう》はないよ」

みみずく古書店の店主、海棠《かいどう》みさおさんは段ボールから顔を上げた。

「猫、鳴いてますよ」

「ああ、もうすぐにゃんこご飯の時間だからね。それより君、顔色悪いよ」

「風邪気味《かぜぎみ》でそのうち熱が出るんです。たぶん三十八度の後半ぐらい」

「だったらさっさと帰りなよ。どうせまたバイトしたいって話だろ。店の中で吐《は》いたり倒《たお》れたりされると迷惑《めいわく》なんだよ。にゃんこ達なら絶対に入ってこないのにさ。まったく、開店してるからって入ってくるなんて、君は一体どういう神経をしているんだい？」

「それがお客に言うことですか」

みさおさんは「ふん」と鼻を鳴らした。一回背伸《せの》びをしてから店の中央にあるパイプ椅子《いす》に座る。みさおさんはエプロンのポケットからペットボトルのお茶を取り出し口を付けた。一気に飲み干し「ぷはぁ〜」と息を吐く。なんだか妙《みょう》に年寄りくさい。

「みさおさん、ちゃんとしてれば美人なのに」

「いきなり失礼な奴《やつ》だね君は。そんなとこ見せたことないだろう？」

「こないだ駅前で見かけました」

みし

みさおさんの手の中で、ペットボトルが軋《きし》んだ。

「いやきっと見間違《みまちが》いだと思いますそうですみさおさんがミニスカート穿《は》いて人待ち顔で立ってるところなんか見てません」

「あと一言でも喋《しゃべ》ったら無期限入店禁止にするよ？」

　みさおさんは凶暴《きょうぼう》な笑《え》みを浮《う》かべた。

「だいたいバイトならもっと若者向けのがあるだろう？　コンビニとかカラオケとか。そういうとこで出会いを見つけて、恋愛《れんあい》だか劣情《れつじょう》だかの宇宙を若さに任せて駆《か》け抜《ぬ》けるのが普通《ふつう》じゃないのかい？　言っとくけどここ可愛《かわい》い女の子とか来ないよ？　爺《じい》さま婆《ばあ》さまも滅多《めった》に来ないよ？　そもそもお客なんか週に二人も来ないよ？」

「それでもやって行ける秘密を知りたいんです」

「お土産《みやげ》あげるから帰りなさい」

　みさおさんは段ボールのひとつに手をかけ、ずるる、と、椅子のところまで引きずってきた。手伝おうとしたら手を振《ふ》って拒否《きょひ》。「そのせいで熱が上がったら寝覚《ねざ》め悪いから」とのこと。

「これは『狂気《きょうき》王シャルル六世の記録』、こっちは『天正かるた』のレプリカで、『アラビア人アグシーダ』――じゃなくて、あ、これか」

　みさおさんは段ボールから木箱を取り出した。随分《ずいぶん》古いものみたいで、表面が赤黒く変色してる。木目がまるで人の顔。それを斜《なな》めに斬《き》り下ろしたような傷がすごく目立つ。

　みさおさんが蓋《ふた》を開けると、円形の板と、十八個の白い――チェスの駒《こま》に似たものが現れた。

「〝流転骨牌《メタフェシス》〟。世界の成り立ちを表すために作られた、占盤《せんばん》みたいなものかな。アラビア人の魔術師《まじゅつし》アグシーダがフランスの狂気王シャルル六世に依頼《いらい》されて作ったもの。ここにあるのは十九世紀に作られたレプリカだけどね。

いわゆる、タロットの原型《ルーツ》と言われてるものだよ」

「ここ……古本屋じゃなかったんですか？」

「元々は祖父《じい》さまが戦後に始めた骨董屋《こっとうや》だからね。こういうものもたまに入ってくるんだよ。どうでもいいけど帰った方がいいんじゃないか？　顔色悪いよ。湿疹《しっしん》も出て来てるし」

みさおさんは僕の右手を指さした。

見ると、真白と一緒《いっしょ》に転がったときにできたアザが大きくなってた。掌《てのひら》にあったものが、二の腕《うで》の外側まで移動してる。触《ふ》れると、どく、と脈打つような感触《かんしょく》があり、少し熱い。

でも、もう少し。

みさおさんと付き合うのは楽なんだ。気まずくなったら、店に近づかなければいいんだし。

「風邪《かぜ》薬買ったから大丈夫《だいじょうぶ》です。あとは帰って寝《ね》るだけですから」

「……まあ、好きにすればいいさ。

〝流転骨牌《メタフエシス》〟の原型《ルーツ》はエジプトの司祭が作り、カードの形で漂泊《ひょうはく》の民《たみ》であるロマに伝えた。元々は世界の成り立ちを示す魔術書だって説もあるけど、彼らは本質を遊びや占《うらな》いの中に隠《かく》してしまった。当時、キリスト教が勢力を増してきていたから、世界観がぶつかって争いになるのを避《さ》けたんだと思う。

これをフランスの狂気王に伝えたのが、魔術師のアグシーダ。彼はアッバース朝がモンゴルに滅《ほろ》ぼされてから百年の間、世界を放浪《ほうろう》していたらしいよ——いや、『嘘《うそ》だ』って言われても、昔の話だからね。旧約聖書のノアなんて、洪水《こうずい》が起きた時には六百歳を超《こ》えてたんだから」

「僕にはそんなことまで暗記してるみさおさんの方がびっくりですけど」

「あらゆる事象《ことがら》に精通してなきゃ、古本屋なんかやってられないさ。

——で、シャルル六世というスポンサーを得て、アグシーダはカードを、古代エジプト時代のものに復元することを考えた。だけどオリジナルは残ってない。ロマが知っているのはあくまで占い、遊戯《ゆうぎ》の形のものだからね。そこでアグシーダは考えた。ならば司祭達が持っていたイメージをトレースすればいいんじゃないかって」

「……トレース、ですか？」

「さて天巡《あまめぐり》くん、ここで問題だ。絵と文章の違《ちが》いは何だろうね？」

不意に問われて頭がからっぽになった。

「はい時間切れ」

からん、と、みさおさんは箱の蓋を僕の頭に被《かぶ》せた。

「文章は、絵と比べて翻訳《ほんやく》した時に意味が変わりやすいんだよ。例えば英語の『home』と日本語の『家』は、全く同じ意味を持っているわけじゃない。日本語の『家』は『一族』、時代劇だったら『お家《いえ》』——組織なんて意味にもなるからね。

絵は人によって受けるイメージは変わるけど、原盤《マスター》をそのままコピーできるという利点がある。それが魔術書であれば尚更《なおさら》。アグシーダはさらに進めて、イメージを立体化することを思いついた。それがこの〝流転骨牌《メタフェシス》〟」

みさおさんは円形に駒を並べていく。

「〝流転骨牌《メタフェシス》〟はオリジナルのイメージでできてる。

超越者《ちょうえつ》
創造者
教師
生命体
政治家
慈母《じぼ》
恋人《こいびと》
侵略者《しんりゃく》
断罪人
放浪者
英雄《えいゆう》
困窮者《こんきゅう》
壊体者《かいたい》

調停者
夢想家
心配症《しょう》
人形使い
角笛《つのぶえ》を吹《ふ》く精霊《せいれい》
――〝端末《ガジェット》〟と呼ばれる者たちを象《かたど》った破片《ピース》」
「……え？」
みさおさん、今、何て言った？
〝端末《ガジェット》〟って、それはさっき屋上で不定形生物が言ってたような――？
「ごめん……ここまでにしておこうか」
みさおさんは不意に口を押さえ、小さく咳《せ》き込んだ。背中が小刻みに震《ふる》えている。みさおさんは並べたばかりの駒《こま》をざらりと箱に戻《もど》し、無造作に蓋《ふた》を被せる。
「持病が出たみたいだ。これから二階に行ってぱんつを脱《ぬ》いで座薬《ざやく》をおしりに入れなきゃいけないんだけど、見たいかい？」
僕は慌《あわ》てて首を振《ふ》った。
「説明が途中《とちゅう》だったね。これ、持ってっていいよ」
「お祖父《じい》さんの形見じゃないんですか？」

「マイナー過ぎて誰《だれ》も知らないんだよ。価値は——ないかな？　どっかに売り飛ばす気がないのなら、まあ、次回来る時に返してくれればいいさ」

「来なかったらどうするんですか？」

「なんでそんな先のことを心配するかな君は」

「だって高価《たか》そうだし」

「……これ以上うだうだ言うと気を悪くするよ？」

みさおさんは僕を睨《にら》み付けた。色素の薄《うす》い、赤みがかった瞳《ひとみ》が僕を射た。瞬間《しゅんかん》たじろいだ隙《すき》に古い木箱を押しつけ、代わりにみさおさんは僕が持っていたドラッグストアのレジ袋《ぶくろ》から、買ったばかりの風邪《かぜ》薬とビタミン剤《ざい》を抜《ぬ》き取った。

「アセトアミノフェンか。普通《ふつう》の風邪薬だね。代金の代わりに貰《もら》ってもいいかな」

「いいえ、僕はバイトさせてもらいたいと思って——」

「はいはい、蹴飛《けと》ばされないうちに出てく。にゃんこたちもおうち帰ったよ」

そのまま店の外まで押し出される。振り返ると、目の前でガラス戸が閉じた。かちゃ、と、鍵《かぎ》のかかる音がした。

店の前にいた猫《ねこ》たちは、いつの間にかいなくなってた。

ぞくん

また、背中に寒気が走った。

頭の中で〝端末《ガジェット》〟って言葉と、あの不定形生物の姿、ついでに周防《すおう》さん――真白《ましろ》の透《す》けた制服姿が甦《よみがえ》る。うわ――きっと熱のせいだ。忘れようとしてたのに。

「しょうがない。もう一回ドラッグストア行って……」

呟《つぶや》いた瞬間、携帯《けいたい》が鳴った。

仕込んでおいたアラームだった。

液晶《えきしょう》に表示された時刻は、六時四十九分――!?

僕は慌てて駆《か》け出した。

この携帯は無駄《むだ》に高機能で、水深二十メートルまでの防水機能と、GPSがついてる。

でもって、午後七時を過ぎるとある人物に、僕の現在地が送信されるようになっている。

一人暮らしを許可されているのは、僕が「門限七時」を守る約束をしているから。

それと、隣町《となりまち》にあの人――親戚《しんせき》の叔母《おば》さんが住んでいるからだった。

叔母さん。怪人《かいじん》。あるいは楓《かえで》さん。年齢不詳《ねんれいふしょう》の自称《じしょう》保護者。

門限破りは重罪。執行猶予《しっこうゆうよ》も情状酌量《しゃくりょう》もない。泣きついたって通じない。問答無用で僕は楓さんの監視《かんし》下に置かれる。いまどき高校生の門限が午後七時ってのは無茶《むちゃ》だと思うけれど、ルールはルール。破った瞬間、気ままな一人暮らしは即終了《そくしゅうりょう》。

そして楓さんは一人娘《ひとりむすめ》を連れて、引っ越しセンターのトラックと共に僕の家にやってくる。

『――翔《かける》くぅん。門限破りの原因はなにかなぁ』

『風邪薬を買いに行ってました』

『じゃあ薬とレシートを見せなさい』

『実は途中で倒《たお》れてました』

『それは体調管理が悪いから。一緒《いっしょ》に住んで朝起きてから寝《ね》るまで正しくレクチャーしてあげる。楓さんは、ご両親に翔のことをお願いされてるんだから』

恐《こわ》い考えが頭の中をぐるぐる回り出す。熱が上がっていく。地面がシーソーみたいに揺《ゆ》れる。前に進んでるのか戻ってるのかも分からない。でも、身体《からだ》はちゃんと家までの道を覚えてた。僕は家の門を飛び越え、ダブルロックの鍵を二秒で開けた。そのまま玄関《げんかん》にスライディング。携帯を開けると——到着《とうちゃく》時間は——六時五十八分二十四秒。ぎりぎり。

「ふぅ」と溜息《ためいき》をついた、瞬間、

僕の意識はブラックアウトした。

4

真白《ましろ》はチョークが黒板を叩《たた》く音を、ぼんやりと聞いていた。

翌日の、一時間目の授業。科目は世界史。教壇《きょうだん》で教師が板書を続けている。黒板に書かれているのはとっくに滅《ほろ》んだ国の地図と、真白にはよくわからない文字の羅列《られつ》。授業が始まったばかりなのに、自然とまぶたが下がってくる。

──昨日も全然眠《ねむ》れなかった。

──天巡《あまめぐり》くん、あたしを寝不足《ねぶそく》で弱らせてどうするつもりなんだろ……。

真白は開いた教科書に向けて溜息をつく。翔《かける》が勇気を出して告白してくれたのに、途中《とちゅう》で気絶してしまった。事故で屋上は水浸《みずびた》し。制服はずぶぬれのほとんど透けた状態で、おまけに屋上の入り口から妹が覗《のぞ》いてた。翔がどう思ったか考えると頭を抱《かか》えたくなる。

無言の教室。

チョークの音に紛《まぎ》れて、かちち、とメールを打つ音が聞こえる。真白もそうしたかったけど、今日は携帯を家に忘れてきた。鞄《かばん》の中にはなかったし、黒乃《くろの》に聞いても返事は「知らない」。

真白は頬杖《ほおづえ》をついたまま、がっくりと肩《かた》を落とす。

彼女の席は後ろから二番目。教室がまるごと見渡《みわた》せる。並んでいる机の数は四十一個。今日の出席率は九七・五パーセント。窓際《まどぎわ》の、前から四番目の席が空いている。

天巡翔は本日風邪《かぜ》のため、お休み。

──背中が、もぞもぞする。

真白の背中を温かいものが這《は》い下りていく。なんとなく落ち着かなくなり、真白は椅子《いす》に座り直した。教科書を広げて授業に集中しようとする──けれど、視線が自然と窓際の空席へと流れていく。

──わわわ。

ぐい、と、両手で頭を挟《はさ》んで無理矢理《むりやり》正面に向ける。

すると、今度は身体が、そこにはいない翔の気配を求めて傾《かたむ》いていく。

──どど、どーなっちゃったのあたしっ。

分からなくなった。

今までどうやって、意識を授業に向けていたのか。

──わわ、駄目《だめ》だよこんなの。ぼろぼろだよおかしいよっ。

──だって昨日の今日なのに。まだ返事してないのに。それに、天巡くん具合悪いのに、あたしに連絡《れんらく》全然なかったし。

ずずん
今度は背中になんだか重いものがのしかかってくる。

──天巡くんが、好き。

机につっぷしたまま、真白は自分に向かって問いかける。

──どうして、好きになったの？

わからない。

ラブレターをもらったのは初めてじゃない。幼い頃《ころ》からたくさんもらっていたけれど、今までは全部丁寧《ていねい》に断ってきた。「まだ、準備ができていない」──意味も分からない言葉がいつも、頭の中に響《ひび》いていた。そのたび「違《ちが》う」と思ってしまう。目の前の男の子は本当の自分を受け入れてはくれない──そんなことを。

だから、こんなのは初めてだった。

気分が急上昇《じょうしょう》したり急降下したり。まるで特大乱気流に巻き込まれた飛行船。

──こんなのが続いたら……駄目、あたし、こわれる……。

つっん
「ひゅわっ」

真白は慌《あわ》てて口を押さえる。

振《ふ》り返ると後ろの席で、双子《ふたご》の妹が真白の背中を突《つ》っついていた。

『──授業中だよ、黒乃』

真白は血縁《けつえん》者にしか聞こえないような小声で呟《つぶや》く。

『怒《おこ》られるからやめてよっ』

『どーせ授業なんか聞いてないくせに』

ふふん、と、鼻で笑う黒乃。

着ているのは真白とお揃《そろ》いの制服。黒乃は長すぎる黒髪《くろかみ》を指でいじりながら、真白の見ている空っぽの机に視線を向けた。

『…………ふーん』

『なにそのあたしにしか通じないような意味深な鼻息』

『全然意味深じゃないけど。いいんじゃない？　やっと繁殖《はんしょく》の相手が決まったんだから――』

『うわうわーうわぁ』

真白《ましろ》は教科書を黒乃《くろの》の口に押しつけた。

黒乃の机から白紙のノートが落ちる。その音に、白髪《しらが》あたまの教師が振り返った。

「……周防《すおう》。いや、双子の妹の方――」

「はいっ。すいません授業は聞いてました。真白にお悩《なや》み相談は休み時間にするように言っておきます」

教師が言い終わる前に立ち上がり、黒乃は一気にまくしたてた。教師は唇《くちびる》をゆがめてから咳《せき》払《ばら》いして、それからまた、黒板に向き直った。

黒乃は布地が余りすぎている制服の胸を押さえ、悪戯《いたずら》っぽい笑《え》みを浮《う》かべた。

『ないすふぉろー』

『ないすふぉろーじゃないよっ』

真白は双子の妹を睨《にら》み付けた。

『なんであんな言い方するの。まだ好きって言われただけで何も始まってないのにっ』

『……真白？』

黒乃は不思議生物を見るような目で、首を傾《かし》げた。

『その冗談《じょうだん》、あんまり面白《おもしろ》くないよ』

『面白くないのは黒乃の方だよっ。教室で、しかも授業中に言うことじゃないよっ』

『真白は、あいつが好きなの？』

『……黒乃？』

『どうして、好きになったの？』

真白は唇を噛《か》んだ。肩越《かたご》しに双子の妹の様子をうかがいながら、考え事をするのに向いていない脳を使って答えを探す。

浮かんでくるのは翔《かける》の姿。今まで、見てはいたけれど意識はしていなかった、空気みたいだった翔のイメージが、沸騰《ふっとう》したみたいに頭から湧《わ》き出してくる。

教室移動の時は決して最初には動かない。最後にもならない。教師の質問にも自分からは手を挙げない。当てられても、三度に一度は「わからない」と答える。必死にとけ込もうとしている。自分を消そうとしている。距離《きょり》をおいて、人に触《ふ》れるか、触れないかのところを漂《ただよ》っている。自分より頭ひとつ分、背が高い。手紙——言葉をくれた。真白が一番聞きたかった言葉。どんな言葉だったかは思い出せない。手紙はどこかへ行ってしまったから。

覚えてるのはイメージだけ。

ぎゅ、と、抱《だ》きしめられたような。

——わ、わわ。

知らないうちに顔が火照《ほて》っていく。頭の中で熱いものが生まれ、それがじんわりと身体を満たしていく。はじめての感覚に、真白はふるふる首を振る。顔も、掌《てのひら》も真っ赤だった。

真白は黒板の方に向き直る。黒乃が呟いた『繁殖』という言葉を、頬《ほお》をぺたぺた叩《たた》いて追い出そうとする。視界が赤くなって、揺《ゆ》れはじめる。まるで、頭の奥から身体を痺《しび》れさせる不思議な温泉があふれ出たみたいだった。

――黒乃のばか黒乃のばか黒乃のばかぁ。

真白は机に頬を押しつけ、呟き続ける。

5

目が覚めたのはお昼過ぎだった。

玄関《げんかん》で意識をなくしてから――何かしたような気がするんだけど――はっきりしない。真新しい、木の香《かお》りがするリビングの床《ゆか》には毛布が五枚重なってて、僕はそれにくるまってる。無意識でひきずってきたみたいだ。

握《にぎ》ったままの携帯《けいたい》には、朝六時に電話した記録が残ってた。

相手は『怪人《かいじん》かえでさん』。

あ、一応保護者だから――学校に電話、頼《たの》んだんだっけ。

「……あう」

喉《のど》がからからだった。トレーナーとジーンズに寝汗《ねあせ》が染《し》みこんでた。こんな格好で寝《ね》てたからだ。熱は少し下がったみたいだけど、まだ頭がふらついてる。

「食べるものは……」

冷蔵庫に入っていたのはソーセージとチーズ、ミネラルウォーター。野菜室には長ネギとニンジン。冷凍《れいとう》室には豚肉《ぶたにく》と冷凍ごはんが入ってるけど——すぐに食べられそうなものはない。

とりあえず、僕はミネラルウォーターの封《ふう》を切って、一気にあおった。

……学校、休んじゃったな。

少し、ほっとしてるのは、昨日の今日で周防《すおう》さん——真白《ましろ》と会って、どんな顔したらいいのか分からないから。真白のことは嫌《きら》いじゃない。彼女を嫌いになれる人はあんまりいないと思う。でも、特別好きでもない。僕は真白のことを、ほとんど何も知らないんだから。

それに——あの不定形生物。夢にまで出てきた。

〝端末《ガジェット》〟——真白と、不定形生物と、みさおさんが呟《つぶや》いた言葉。

僕と真白は世界が違《ちが》うと思ってたけど、やっぱりそうだった。もういいや、認めてしまおう。あれは夢じゃない。僕がずぶぬれになったのも現実だし、真白に告白されたのも現実、熱を出したのも現実なら——屋上にいたあの不定形生物も——現実にいるとしたら。

たぶん、真白は、僕なんかには想像もつかない運命を背負ってる。

「……無理だよ」

僕には、そんなの背負えない。

僕はテレビの上に視線を向けた。倒《たお》しておいたはずの写真立てが、知らない間に起きあがっていた。映っている六歳ぐらいの女の子が、好奇心《こうき》いっぱいの目で僕を見てる。

妹、ほのかの写真。

僕の妹は五年前に事故で死んだ。予告もなく、いきなり。

人間って、簡単にいなくなるものなんだと、その時、思った。

まるで、見えない穴に吸い込まれたような存在の消滅《しょうめつ》。僕にはどうしてもそれが信じられなかった。両親は仕事に夢中になることで子供を亡《な》くしたショックを克服《こくふく》して——僕は、二年くらいかけて、やっと、ほのかがもういないってことを受け入れた。

世界が音のしない、無彩色《モノトーン》になったような二年間。

何にも心が動かない。何を食べても味がしない時間。あんなのはもうごめんなんだ。

人はいつ消えてしまうか分からない。

だから、できるだけ他人とは深く関《かか》わらないことに決めてる。

真白のことは——なんとかうまくごまかそう。騒《さわ》ぎになるから学校では話しかけないで、とか言って距離《きょり》をおいていれば、そのうち向こうが冷めるかもしれない。元々あの手紙そのものが間違《まちが》いなんだし。

ぱたん

僕は写真立てを倒した。

飲み干したペットボトルをテーブルに置いて、毛布の上に横たわる。

視界の端《はし》に、歪《ゆが》んだ木箱が映った。

昨日、みさおさんから無理矢理《むりやり》渡《わた》された〝流転骨牌《メタフェシス》〟。

「……〝流転骨牌《メタフェシス》〟、タロットの原型なんだっけ。それが〝端末《ガジェット》〟――？」

僕は箱を開けて、入っていた駒《こま》を取り出した。

駒の大きさは、百円ライターと同じくらい。

色は白。表面は滑《なめ》らかで光沢《こうたく》がある。ひとつひとつに四角い台座がついていて、そこに、熱出してぼーっとした僕の顔が映っている。百年前に作られたとは思えないほど綺麗《きれい》で、材質は石か――白大理石。十八個の駒のほとんどは人型《ひとがた》。たまに四角だったり三角だったり。

僕が触《ふ》れているこれは、ほっそりとした女性。繁殖《はんしょく》した木の根っこが足元に絡《から》みついてる。女性の手元まで枝が伸《の》び、彼女は鈴生《すずな》りの木の実を摑《つか》んでいる。

台座の裏にはどこかの言葉が彫《ほ》ってあった。

「『entité vivante』――何語だろ？」

ぴんぽーん

チャイムが鳴った。

僕は反射的に壁《かべ》のインターホンを取った。

「……あ、おにーさん？」

「留守《るす》です」

がちゃん

楓《かえで》さんとは紳士協定《しんしきょうてい》を結んでいる。

プライバシーは守る。緊急《きんきゅう》の時以外、合い鍵《かぎ》使って入ってきたりしない。もちろん盗聴器《とうちょうき》も隠《かく》しカメラも仕掛《しか》けない。家の敷地《しきち》内は僕の領土。入ってくる時はちゃんと断ってから。今までこれは——楓さん本人には、破られてない。

でも彼女の子供には「紳士協定」って意味が分からないみたいだ。

小学生には画数が多すぎるのか？

「おにーさんっ！」

部屋の窓ガラスを誰《だれ》かが叩《たた》いた。

背伸《せの》びをして窓に張り付いてる小さな少女。ボブカットの髪《かみ》を振《ふ》り乱《みだ》し、必死にガラスを揺《ゆ》さぶっている。髪にはピンクのリボン。フリルのついたワンピースにも同じ色のリボンがついてる。でも、何故《なぜ》かスカートの下は黒いスパッツ。ランドセルを背負っているということは、学校が終わってそのまま来たみたいだ。

「……どうしていつも僕のところに来るんだよ」

友達だってたくさんいるんだから、小学生《こども》は小学生《こども》で遊びなさい。

しゃっ

僕はカーテンを閉めた。

「うわっ。お、おにーさんは人の心が分からないひとでなしだと思います！」

無視無視。

「おにーさんが風邪《かぜ》ひいたって電話を聞いて飛び起きて、でも学校終わるまで我慢《がまん》しなさい。さもないとぐるぐる巻きにしてお風呂《ふろ》につけ込むとおかーさんに言われたから頑張《がんば》って授業を受けてきたわたしの立場というのも少しは考えて欲しいと思います！」

さらに無視。

「病気のときは誰でも心細いものです。そんな時、日本一包容力のある小学生がやってきたら、誰だって喜んで『はいどーぞ』とキッチンを明け渡すものです。そーしないおにーさんは宇宙の法則に逆らっていると思いますったらねぇ、そー思いませんか？」

僕はカーテンをもう一枚閉めた。

「…………なるほど、カーテンが二枚もあるということは、ガラスを割ってもおにーさんが怪《け》我《が》をすることはないということですね？」

「そうなったらお風呂につけ込まれるんじゃないか？」

カーテンの隙間《すきま》、ガラスの向こうで彼女はランドセルを振り上げてる。

やる気だ。

この子はやる時はやる。大事な人を看病するためには、その人の家を破壊《はかい》することだってためらわない。慈愛《じあい》と献身《けんしん》のかたまりみたいな小学生。

はぁ。

なんで僕の周りは、特殊な生き物《こんなの》ばっかりなんだろ。

僕は溜息《ためいき》をついてから、窓を開けた。

「おにーさんっ！」

日本一包容力のある小学生（自称《じしょう》）が靴《くつ》を脱《ぬ》ぎ捨て、僕の胸に飛び込んできた。

抱《だ》きついてくるのを寸前でかわす。バランスを崩《くず》した彼女はフローリングの床《ゆか》で綺麗に一回転して、さっきまで僕がくるまっていた五枚組毛布の束に突《つ》っ込んだ。

「……ふぇ」

泣きそうな声で呟《つぶや》いた彼女は、はっ、と身体《からだ》を起こした。毛布に顔をくっつけて、くんかくんかと鼻を鳴らしたあと、唇《くちびる》を結んでこっちを見た。

「おにーさん自分で脱ぐのと脱がせてもらうのとどっちがいいですか？」

「なんだよその知り合いに聞かれたら石投げつけられそうな二者択一《にしゃたくいつ》」

「おにーさんは具合悪くて寝《ね》てました。でも着てるのはパジャマじゃない。だから昨日から着《き》替《が》えてない。ゆえに汗《あせ》かきまくって気持ち悪いはずです。身体拭《ふ》いてあげますからぬぎぬぎし

てくださいっ！」

何故か両手をわきわきと動かしながら少女が迫《せま》る。

「日本一包容力のある小学生をみくびったら駄目《だめ》です！　毛布に残るぬくもりでおにーさんの体温は把握《はあく》済みですっ！　男の子なんだから覚悟《かくご》を決めてくださいっ！」

「近所の誤解を招くよーなこと窓全開で叫《さけ》ぶのは禁止だ！」

僕は迫り来る少女の頭を押さえた。

ぶんぶん、と、彼女は腕《うで》を振り回す。けど、四十センチ近い身長差のせいで僕まで届かない。

「……あのさ、もう、大丈夫《だいじょうぶ》だから」

「そんなことないです。おかーさんはおにーさんが意識不明で食べるものもなくてはいずり回ってるって言ってました。生活力欠損者《だめにんげん》のおにーさんは風邪の怖《こわ》さを知らないんですっ！　風邪のばいきんが脳に入ると死んじゃうんですよっ！」

「あーもう。そんなすぐに死んだりしないから。落ち着け、リト」

この子は天巡《あまめぐり》リト。楓《かえで》さん——僕の叔母《おば》さんの娘《むすめ》で、僕の従姉妹《いとこ》。

リトは、「日本一包容力のある小学生」を目指しているとかで、なにかあると僕を練習台に使おうとする。「包容力を鍛《きた》えるためには身近に生活力のない知り合いがいなければいけないんです。わたしの従兄弟《いとこ》におにーさんがいるというのは神様の作ってくれたプログラムです。宇宙の意志なんですから大人しく面倒《めんどう》を見られてください！」というのがリトの言い分。

楓さんに電話した時点でこうなることは分かってたんだけど――口止めしたって無駄《むだ》だし、逆に完全に蚊帳《かや》の外に置いたらあとで泣くし――。

リトはリトだから、しょうがないんだけど……はぁ。

僕が溜息をついた瞬間《しゅんかん》、リトが身体の力を抜《ぬ》いた――バランスが崩れ、その瞬間、リトが僕の前から消える。どこに――って、いつの間に背後に⁉　小さい掌《てのひら》が僕のシャツを掴《つか》んで、一気にまくりあげる。リトは僕のむき出しの脇腹《わきばら》から、胸に向かって手を這《は》わせる。いや、これ、立場が逆だったら犯罪だよね？　リトがするのはいいのか？

「ひゃ、あ、こら。そういうのはやめろってば！」

「汗びっしょり。やっぱりおにーさんは一人にしてたらいけない人です」

「リトのしてることの方がよっぽどいけないだろこらぁ！」

「覚悟を決めてください。脱ぐのと脱がせてもらうのとどっちがいいですか？」

リトはもぞもぞうごめきながら、今度は、前から僕のシャツに潜《もぐ》り込んでくる。ランドセルから取り出したタオルで、リトは僕の胸の汗を――いや、拭《ふ》いてくれるのはいいんだけど、この体勢はとってもまずいような気がする。めくれあがったシャツと、お腹《なか》のあたりにしがみついてる小学生。背中には真っ赤なランドセル。こんなとこ誰《だれ》かに見られたら――。

「通報されるから離《はな》れろってば！」

「おにーさんが捕《つか》まったらわたしが一生面倒を見てあげるから大丈夫です」

なぜ満足そうな顔？

僕はリトを振《ふ》り払《はら》おうとする――けど腕に力が入らない。まだ熱っぽいし、それに、そういえば僕は昨日から何も食べて――、
きゅう
お腹が鳴った。

「…………ごはん」

僕はリトの頭のてっぺんを見ながら、呟いた。

「ごはん、ですか？」

「昨日から何も食べてないんだ。なにか作ってくれると嬉《うれ》しい。その間に着替えてくるから」

「最初からそうやって素直《すなお》にしてれば、手荒《てあら》な真似《まね》をしなくて済むんです」

リトが服から這いだしてくる。興奮しすぎた顔で、僕の首にタオルを巻き付ける。リトは背中からランドセルを下ろし、「むん」と気合いを入れて銀色の板を取り出した。某《ぼう》大手メーカーのゲーム機みたいだけど、リトが一振《ひとふ》りすると、底から四本の脚《あし》が飛び出す。

展開式の踏《ふ》み台だった。

「おかーさんが作ってくれました。チタン合金で銃弾《じゅうだん》も防ぐそうです」

「小学生を誰が狙撃《そげき》するんだよ」

「脚につけるウエイトの代わりです。足腰《あしこし》が丈夫《じょうぶ》になります」

リトは答え、名残惜《なごりお》しそうな顔で僕に背中を向けた。シンクの前に踏み台を置き、鍋《なべ》を洗い始める。ふと手を止めて踏み台を降り、踏み台の横についた引き出しから子供用のマイ包丁を取り出す――って、どうして子供の持ち物に刃物《はもの》を仕込みますか楓さん。

「ところで、おにーさんは当分お一人様ですか？」

「んー、父さんも母さんも二ヶ月ペースであちこち移動してるし、高校出るまではここで一人暮らしじゃないかな？　家も建てたし、しばらくは転校しないと思うよ」

「……ほっとしました」

踏み台に乗ったままリトは振り返り、全くない胸をなで下ろした。

「おにーさんは、一つの場所でじっくりとっくり暮らした方がいいと思います。そうするともっと他人のことが分かるようになります。付き合ってるうちに色々問題が起こって眠《ねむ》れなくなってゴハンを作る気力もなくなるからわたしのありがたみに気づいて言うんです。

『やっぱり僕はリトがいないと駄目だ一緒《いっしょ》に暮らそう』

って。そしてわたしはおにーさんが押し入れに溜《た》め込んだぱんつを洗うんですっ」

完全にスイッチが入っていた。

『包容力発動モード』のリトに何を言っても無駄だった。

勝ち誇《ほこ》ったように息を吐《は》き、リトは料理の続きに取りかかる。とととん、と、小学五年生とは思えないほどリズミカルな手つきでニンジン、長ネギを輪切りにしていく。

「はい、おにーさんはとっとと着替《きが》えてくるんです。すぐにご飯できますから」

「……了解《りょうかい》」

頷《うなず》いて、居間を出ようとしたら——家の電話が鳴った。

あれ？

僕は電話機についてる液晶《えきしょう》画面を見た。表示されてるのは十二桁《けた》、携帯《けいたい》の番号——だけど。

履歴《りれき》にはずっと、同じ番号が並んでる。朝八時から始まって、三十分おきに一回ずつ。

なんだろ、これ。キャッチセールスにしてはしつこすぎる。

「——もしもし」

僕は、少し考えてから受話器を取った。

『やっと繋《つな》がったっ！ あんた一体今まで何してたのよっ!!』

熱でぼけてた僕の脳髄《のうずい》を、甲高《かんだか》い声が貫通《かんつう》した。

「……おかけになった電話番号は現在使われておりません」

『寝《ね》ぼけたこと言ってるとはり倒《たお》すわよ。昨日の今日でなんで姉さんをほっとけるわけ？』

「…………………は？」

『姉さん屋上に呼び出して「好きだ」って言ったのあんたの方でしょ？ 今日あんたが休んだら、姉さん「自分がはっきりしなかったせいだ」って思うじゃない！ なんでメールとか電話とか寄越《よこ》さないのよ!? 姉さん朝からがくんと落ち込んじゃってるのよ！ どうしてくれるのよっ⁉　もしもし？　聞いてる？　あんた、天巡翔《あまめぐりかける》でしょ⁉』

「…………どちら様ですか？」

『黒乃《くろの》』

電話の向こうの彼女は、名乗っていないことにやっと気づいたらしい。

『周防《すおう》黒乃。周防真白《ましろ》の妹』

「双子《ふたご》？」

『それがあんたに関係あるわけ？』

ないけどね。

僕も真白も高校一年だから、妹が同じ学校にいるとしたら、年子か双子しかあり得ない。

でも昨日の——黒乃と名乗った少女は、別の場所から現れたように見えた。

たとえば、昏《くら》い、不定形の神様が眠る水の底から。

「制服の上着、まだ返してもらってない」

『そんなことどうでもいいのっ！　問題はあんたのせいで姉さんがブルーになってるってこと。責任取りなさい。プレゼントするとか愛を囁《ささや》くとか抱《だ》きしめるとかしなさい。でないと二度と学校に来れないようにするわよ‼』

「おかけになった電話番号はこれから使えなくなります」

電話線を引っこ抜《ぬ》こう。

昨日からこの子、こっちの話を聞かないし——こいつにならし、嫌《きら》われてもいいか。

「好きだ」なんて言ってないし、僕が——周防さんと付き合う？　無理だよ、そんなの。

まだ熱があるせいか——耳が痛いし頭も痛い。

それに、腕《うで》も。

右腕のアザが脈打ってる。

単純な黒い線だったものが、別の形に変化している。

場所は、右上腕部《じょうわんぶ》の外側。

髪《かみ》の長い少女が黒い枝を摑《つか》んでいる。彼女を取り囲むのは樹《き》の根と無数の丸いもの。

合計十八個の、どんぐりに似た形の木の実。

……なんだ、これ。

僕の右手から子機が落ちた。

腕の力が抜け、だらりと垂れ下がった。

指の感覚がなかった。

骨が削《けず》られるような激痛が、それに続いた。

「……なんだよ、これはっ！」

「はい代わりました。おにーさんは体調不良なので用件はリトがうけたまわります」

リトの小さな手が、床《ゆか》に落ちた子機を拾い上げる。

「そうですそうです。はい。それは大変素晴《すば》らしいお話だと思います。まずはそちらの連絡先《れんらく》を教えて下さい。はい。日曜日のお昼ですね。駅前？　分かりました本人に伝えておきますいえいえ別に鍋《なべ》も長期国債《こくさい》も光ファイバーの契約《けいやく》もいらないです。はい、それでは」

リトは一気にまくしたてると、電話を切った。

「ああいう電話はいちいち返事してたら駄目《だめ》です。相手をつけあがらせるだけです」

ぴん、と、僕の目の前に指を一本立てるリト。

「ある程度相手のペースに合わせたら、あとは一気に終わらせちゃった方が簡単なんです。『結構です』とか言ったり、住所をこっちから教えたりするのは駄目です。相手の言うことに同意したことになっちゃいますから」

「向こうは何て言ってた？」

「日曜日、駅前、デート、お昼、コースはこっちが指定する、だそうです。全く、おにーさんからは目が離《はな》せません。わたしがいなかったらとんでもないことになってました」

「……リトのせいでとんでもないことになったんだけどな」

「何か言いましたか？」

「なんにも」

右腕の痛みが消えていた。

でも、痺《しび》れはまだ残ってる。

『この娘《むすめ》を精霊《デイヴァイン》の端末《ガジェット》という呪縛《じゅばく》から解放するがいい』
『〝傷《ペイン》〟を与《あた》える』
『失敗したなら——〝傷《ペイン》〟が汝を喰《く》らい、取り込む。
——汝を我が枕元《まくらもと》へと呼び寄せ、失敗談を聞くこととしよう』
「……まさか」
僕の背中を、嫌《いや》な汗《あせ》が伝った。

6

「と、いうわけで、天巡《あまめぐり》くんは明日、真白《ましろ》とデートしたいんだって。やったね」

黒乃《くろの》は携帯《けいたい》を真白の机に置いた。

真白は黒乃に背を向け、教科書に目を落としたまま答えない。

六時間目の授業中。

眼鏡《めがね》をかけた女性教師がチョークを操《あやつ》る手を止めて、黒乃を見た。

「クラスメイトがズル休みしてないか確認《かくにん》の電話を入れてました」

黒乃は立ち上がり、勢いよく手を挙げ宣言した。

満足そうな鼻息と共に席につこうとした黒乃の側頭部を、真白の筆箱が撃《う》ち抜いた。

「あぎゅうっ」

踏《ふ》まれたカエルのような声とともに、黒乃は椅子《いす》から転げ落ちる。

「なにするのー」

「何よそれ！　天巡が真白をほっといてるから廊下《ろうか》に立ってなさいっ！」

だよ！　なんで怒《おこ》られなきゃいけないのっ⁉　真白と天巡が私を作ったのに‼」

しん――と、
教室内が静まりかえる。

「昨日、屋上で、真白と天巡が私を作った。真白は〈生命体〉の〝端末《ガジエット》〟。『繁殖《はんしょく》』の相手に天巡を選んだんでしょ？　私はそのサポートをもがぁっ‼」

真白の掌《てのひら》が、黒乃の口を押さえた。真白の顔は真っ赤。癖《くせ》のある栗色《くりいろ》の髪が、冷や汗で、柔《やわ》らかい頬《ほお》に貼《は》り付き、大きな目は信じられないものを見るように見開かれている。真白は「もがが」とあえぐ黒乃を横抱《よこだ》きにして、廊下へと引きずっていく。

「妹が錯乱《さくらん》しているようなので保健室に連れて行きます！」

どがん、と扉《とびら》を蹴《け》り開ける真白。背後では「周防《すおう》と天巡がなにしたって？」「――学校でなにやってんだあいつら」「『繁殖』ってハムスター？　ハツカネズミ？」「どっちが手、出したんだ。天巡か？」「真白は誰《だれ》のものにもならないよ」と、ひそひそ声。廊下を走り抜《ぬ》け、階段まで来たところで黒乃はやっと真白の腕《うで》から抜け出した。

「真白、変」

「変じゃないもん！ 変なのは黒乃だよ。なんでみんなの前であんなこと言うの？ おかしいよっ！ あんなのが広まったらあたしも天巡くんも学校来れなくなるよっ⁉」

真白は頭を振《ふ》った。涙《なみだ》の滴《しずく》が飛び、黒乃の制服に落ちた。真白は、そのまま階段に座り込んだ。「うう」と、子供のように頭を抱《かか》えてうずくまる。

『おかしい』

それは黒乃のセリフだった。

言葉が、通じていない。

真白は自分の仕事が何か、分かっていなければいけないのに。

まさか、と、黒乃は思う。

真白は自分の役目を忘れてしまっているのか、と。

「――真白、〝精霊《ディヴァイン》〟が配置した――十八人の〝端末《ガジェット》〟の名前は――？」

「ぐすっ」

「真白は〈生命体〉、他《ほか》の十七の〝端末《ガジェット》〟の名前はっ⁉」

「なに言ってるのかわかんない！ わかんないんだってば‼」

黒乃の顔から血の気が引いた。

真白は、自分が本当の意味では人間ではないということを忘れている。

この世界は巨大《きょだい》な神様の見る夢。

真白は〝端末《ガジエット》〟。

〝夢を見続ける神《ラガジュ=ディア=レルガゾライ》〟が夢に飽《あ》きないように、〝精霊《ディヴァイン》〟が配置した十八人の〝端末《ガジエット》〟の一人。

夢を見るのに飽きたラガジュが目を覚ましたら、この世界は「ぱちん」と弾《はじ》けて消える。

それを防ぐために、最初の被造物である〝精霊《ディヴァイン》〟は、夢の中に真白のような役者を置いた。

夢——無限に続く舞台《ぶたい》が終わらないように。ラガジュを楽しませるために。

真白は〈生命体〉の名を持つ〝端末《ガジエット》〟。役目は豊穣《ほうじょう》と繁殖。

その時代で最も適した何人かの相手と交わり、子孫をたくさん残すのが役目。

黒乃は、天巡翔《かける》が最初の一人だと思っていた。

真白に魅了《みりょう》された、最初の一人だと。

——〝精霊《ディヴァイン》〟のプログラムは全《すべ》てに優先する。私は真白のサポート役。

「——なのに」

——だから、真白が天巡を選んだ今、発生したの……。

昨日、屋上に溢《あふ》れる水のなかで生まれた時、黒乃はそう思った。

真白の〝端末《ガジエット》〟としての『衝動《しょうどう》』が発動するのは初めてで、まだ色々と慣れていないから、真白と天巡翔をサポートするために自分は生み出されたのだ、と。

だからクラスメイトも黒乃《くろの》がいることに違和感《いわかん》を感じていない。この世界で〝端末《ガジエット》〟が役目を果たすことは他の全てに優先する。黒乃を真白《ましろ》の生活に割り込ませるぐらいは簡単にできる。その部分は正常に機能しているのに――何かが、おかしかった。

「……冗談《じょうだん》はなしだよ、真白。本当に〝端末《ガジエット》〟のこともラガジュの事も忘れてるの？」

「……あたしが描《えが》こうとした絵本のお話？」

――天巡翔《あまめぐりかける》を消そう。

黒乃は静かに決意した。

真白は〝端末《ガジエット》〟としての記憶《きおく》を完全になくしている。生まれると同時に脳内に埋《う》め込まれたプログラムが消えるはずがない。思い出せないとしたら――プログラムの源《みなもと》がバグを起こしているとしか考えられない。

――真白は、天巡を本気で好きになったんだ。

――その気持ちが〝端末《ガジエット》〟としての役目を拒絶《きよぜつ》してる。

黒乃は、膝《ひざ》を抱えてうずくまる真白の髪《かみ》を撫《な》でた。

「真白。忘れてないよね？　日曜日のお昼、駅前で、天巡が待ってる。好きなんだよね？　彼のこと」

「……うん」

真白は制服の袖《そで》で顔を拭《ぬぐ》い、きっぱりと頷《うなず》く。

「でも、黒乃と今日はもう口きかない」

――天巡翔を消そう。

黒乃は改めて決意した。

幕間《まくあい》　魔術師《まじゅつし》アグシーダの独白　一

まさに王《シャルル》よ、この世界は、より大きな存在の夢なのであります。

神の名は〝夢を見続ける神《ラガジュ＝デイア＝レルガゾライ》〟。夢の中で世界の創造を行う者。

ラガジュはあらゆるものを分割《ぶんかつ》することで、世界を形作って行きました。

昼でも夜でもあるものを、昼と夜に。

空でも陸でもあるものを、空と陸に。

動物でも人間でもあるものを、動物と人間に。

そして、この世界で最初に創造された生命を、〝精霊《デイヴァイン》〟と呼びます。

〝精霊《デイヴァイン》〟は自分たちが夢の中の存在であること、ラガジュが目を覚ませば夢が消え、自分たちも消滅《しょうめつ》することに気づいていました。

夢の終わりを防ぐため、彼らは十八人の役者——〝端末《ガジェット》〟を作り上げました。

〝端末《ガジェット》〟の役目は、夢を見ているラガジュを飽きさせないこと。

十八体の〝端末《ガジェット》〟。

超越者《ちょうえつ》

創造者

教師

生命体

政治家

慈母《じぼ》

恋人《こいびと》

侵略者《しんりゃく》

断罪人

放浪者《ほうろう》

英雄《えいゆう》

困窮者《こんきゅう》

壊体者《かいたい》

調停者
夢想家
心配症《しよう》
人形使い
角笛《つのぶえ》を吹《ふ》く精霊《せいれい》
〝夢を見続ける神《ラガジユ＝デイア＝レルガゾライ》〟の見る夢を盛り上げるために、特殊《とくしゆ》な能力を与《あた》えられた者たち。彼らは設定された役割を果たすようにプログラムされた、〝精霊《デイヴアイン》〟の操《あやつ》り人形なのです。
例えば〈生命体〉。彼女は愛する相手に、自分の全《すべ》てをためらいなく差し出すことができます。〈生命体〉の能力は『繁殖《はんしよく》』。生命力に長《た》けた子孫を多く残し、人間の数が増えるのを助けるのが役目。正しく繁殖を行えるように、恋人の怪我《けが》を治す能力さえ備えております。
他《ほか》の〝端末《ガジエツト》〟もそれぞれ、自分がいかなる人種、いかなる性別、いかなる人間であろうと、おのれの役目を最優先で果たすようにプログラムされております。
世界の終わりを恐《おそ》れる〝精霊《デイヴアイン》〟が、彼らをそのように作り上げたのであります。
それでは次回、この世界より失われてしまった「終末」についてお話しいたしましょう。

GADGET

第二章

〈侵略者〉は捕食する

1

日曜日、駅前での待ち合わせ。

学校一の美少女、周防真白《すおうましろ》とのデート。

でも、僕がどきどきしているのは、ときめいているからじゃなかった。

「周防さん」

「はいっ！」

「手を握《にぎ》ってみてもいいですか？」

僕の隣《となり》を一歩遅《おく》れて歩いていた真白が、びくん、と、身体《からだ》を硬直《こうちょく》させる。彼女が着ているのはリボンのついた真っ白なブラウスと、ギャザーの入ったミニスカート。恥《は》ずかしそうに目を伏《ふ》せ、真白は小声で「え？」と呟《つぶや》く。

「どうしても嫌《いや》なら諦《あきら》めるけど」

ふるふる
僕がそう言うと、真白は驚《おどろ》いたように目を見開き、それから必死に首を振《ふ》った。

「……嫌なわけ、ないです」

僕が駅に着いたのは十一時前。改札を出たら、噴水《ふんすい》前のベンチに真白がいた。

本を読むでもなく、音楽を聴《き》くわけでもなく、駅から出てくる人波をぼんやり眺《なが》めていた。

そして僕に気づくと、ぼっ、と音がしたみたいに真っ赤になり、手を中途半端《ちゅうとはんぱ》に挙げた状態で固まった。

それだけで――僕には彼女の気持ちが、簡単に分かってしまった。

間違《まちが》いだったらいいと思う。けど、真白はのぼせたみたいな熱い目で僕を見てるし、触《ふ》れるのが恐《こわ》くなるほど綺麗《きれい》な手を、こうやって僕に差し出してきてるし――もう、認めた方がいいのかもしれない。

周防《このひと》真白は、僕のことが好きなんだ――ってことを。

「……はい」

真白の手は、小さく震《ふる》えていた。陶器《とうき》のような指先と、薄《うす》いピンク色の小さな爪《つめ》。下手《へた》に触れたら傷つけてしまいそうな気がする。僕の爪はちゃんと切ってきたっけ？　ここで手を握るのをやめて確認《かくにん》すると――真白は手を引っ込めてしまうんだろうか――。

ああもうっ。考えすぎだ。

僕は真白の手に触れる。木曜日の放課後、屋上でずっと握っていた掌《てのひら》は、すぅ、と、当たり前みたいに僕の手に重なった。はじめからひとつの生き物だったみたいに。

真白の白い肌《はだ》の向こうから、彼女の鼓動《こどう》と、子供のような体温が伝わってくる。

とくん　とくん

同時に、僕の右腕から痛みが消えた。

本当は――デートに来るつもりなんかなかった。

すっぽかしたら騒《さわ》ぎになるかもしれないけれど、話はそこで終わる。白紙だったあの手紙は、僕が出したものじゃないということの証明になる。昨日、一日考えて決めた。

その瞬間《しゅんかん》、また――右腕に激痛が走った。

骨を削《けず》られるような痛みと、灼《や》けた鉄を押しつけられたような熱さ。

『この娘《むすめ》を〝精霊《ディヴァイン》〟の〝端末《ガジェット》〟という呪縛《じゅばく》から解放するがいい』

『〝傷《ペイン》〟を与《あた》える』

『汝《なんじ》が失敗したなら〝傷《ペイン》〟が汝を喰《く》らい、取り込む』

まさか、と思った。

だから試《ため》しに、黒乃《くろの》がかけてきた番号に電話をしてみた。

そしたら何故《なぜ》か、真白が出た。怯《おび》えてるんだか照れてるんだか分からない彼女と、僕は待ち合わせ場所と時間の再確認をした。すると――痛みが消えた。

さざ波みたいな痺《しび》れだけになった。

それも、真白と手を繋《つな》いだら消えた――。

「あ、あの、天巡《あまめぐり》くんの気持ちはすごくよく、わかりました、から」

「え？」

「う、うで、くむのは、ちょっとまだ、早い、かも」

気が付くと、僕は真白と密着していた。

手を握っていたはずなのに何故か僕らの腕《うで》は絡《から》み合い、真白は僕にしがみつかないと歩けない状態になってる。真白は「んんー」と何かを堪《こら》えるような声で呟いてる。〝傷《ペイン》〟が取り憑《つ》いた右腕を圧迫《あっぱく》してるのは、ブラウスの胸のあたりを突《つ》き上げてるふたつの丘陵地帯《きゅうりょうちたい》で――。

「……うわあ。ご、ごめんっ！」

僕は慌《あわ》てて真白から離《はな》れる。

〝傷《ペイン》〟に気をとられすぎてた。近づけば近づくほど痛みが消える――って、限度があるだろ。うわ。これで、嫌《きら》われたかもしれない。まずい。また右腕の〝傷《ペイン》〟から激痛が――？

真白は恥ずかしそうにうつむいてる。掌で胸を押さえ、二回、深呼吸を繰《く》り返し、それから、

「……これくらいなら、いいです」

今度は自分から、手を繋いできた。

どくん

心臓が跳《は》ねた。

たぶん〝傷《ペイン》〟とは関係なく。

僕は、本気でデートをしに来た訳じゃないのに。

今日の目的は真白と一緒《いっしょ》にいることで〝傷《ペイン》〟がどんな反応を示すかを確認すること。

〝端末《ガジェット》〟という言葉の意味と、あの不定形生物は何者なのか訊《たず》ねること。

僕は知らなきゃいけない。右腕に宿った〝傷《こいつ》〟と、あの不定形生物の正体。それと真白の関係を。デートをすっぽかそうとしただけで激痛が走る右腕、そんなのは普通《ふつう》ありえない。あの不定形生物が言った『〝傷《ペイン》〟が喰らい、取り込む』って言葉も気になる。

僕は知らなきゃいけない。そうじゃないと、僕は真白から離れることもできない。

ここに来たのはそのためだけの――はず。

なのに、どうしてこんなに心臓がどきどきしてるんだろう……？

「そういえば、黒乃がおかしなこと言ってなかったですか？」

「……妹さんからは、おかしなことしか聞いてないような気がするけど」

「ごめんなさい。黒乃、たまに変なこと言うんです。一昨日もあたしに『役割』があるとか言ってました。あのその、は、繁殖――とか」

真白は、まるでおしおきを期待する子犬のような目で僕を見た。

「で、でも黒乃が変なこと言うの、あたしのせいなんです。小さな頃から、黒乃にはあたしの作ったた絵本を読んでもらってたから、現実と虚構《きょこう》の区別がつかなくなったのかも、です」

「……周防さんは絵を描く人？」

「全然上手くないですけど。黒乃がいつも見てたのは、あたしの描いた、ゲームの好きな神様のお話でした——でも」

真白は不思議そうに首を傾げた。自分で描いたはずなのに、どうしてそんなお話を思いついたのか、覚えてない、と言った。スケッチブックには確かに自分の描いた絵があって、ノートには物語のあらすじがあった。

なのに、覚えていないと真白は言う。

「不思議ですよね。知らない人が作ったお話みたいでした。

その神様が作った世界は完成した箱庭だったんです。完璧《かんぺき》な、止まってしまった世界に飽《あ》きた神様は、物事を二つに分解することにして——そうやって対立を生み出したんですね」

ぎゅ、と、僕の手を握《にぎ》って、真白は語り続ける。

「そのせいで『はじまり』と『おわり』が生まれたんです。世界に生きるものたちは『おわり』が恐《こわ》くて恐くて仕方がなかった。だから、それをなくすために色々な計画を練るんです。でも、神様の方が上手《うわて》で、ついに世界は終わってしまう。そういうお話でした」

「そのスケッチブック、今度見せて——」

ぶんぶんぶんぶん

頭がどこかに飛んでいくんじゃないかと思うくらいの勢いで、真白は首を振《ふ》った。

絵本の話は宇宙の彼方《かなた》に置いといて、真白は黒乃がいかに困った妹なのかを話し始める。料理しないのに、栄養バランスに無茶苦茶《むちゃくちゃ》うるさい。真白はレトルト信者。ご飯だけ炊《た》いておけば大体ＯＫ。服は生産が海外拠点《きょてん》の量販店《りょうはんてん》。安いし着回しも利《き》くからいいんだけど黒乃はフリルにレースいっぱいの服を生活費削《けず》って買ってきて自分に着せようとする。着ていくとこないからいらないって言っても駄目《だめ》。今日なんか下着は黒で——あわわ。

「と、とにかくやっと妥協《だきょう》させてこの格好なんです」

真白は僕の右腕《みぎうで》をくぐるみたいにして一回転。ひらりっと、スカートを翻《ひるがえ》す。

なにかを期待するような顔で、僕を見上げてくる。

「服買うなら、そこのショッピングセンターの五階にあるよ？」

「……そうですね」

がっかり——と、うなだれる真白。

でも——言わなくたって分かるよね？

真白にとっては、墨汁《ぼくじゅう》染み込ませて作ったような公立高校の制服も、フリルいっぱいゴスロリドレスも同じ。真白が着た瞬間《しゅんかん》、どんな美少女も雑誌モデルも「比べられるの嫌《いや》だから側《そば》にこないで」な状態になる——そんな当たり前のこと。

「と、とりあえずお茶です！　デートなんだから一緒にお茶するのがルールなんです」

気を取り直したように首を振り、真白は僕の腕《うで》を引っ張った。いつの間にか僕と真白の掌《てのひら》は、指をからめる恋人《こいびと》つなぎで握り合ってる。真白の指は名前の通り白くて、なんだか奇妙《きみよう》に温かくて――強引《ごういん》にふりほどいたら、壊《こわ》してしまいそうな気がした。

「こ、ここで、どどどうでしょうか天巡くんっ」

真白はバーガーショップの前で立ち止まり、訴《うった》えかけるみたいに僕の顔を見上げた。

ここならいいよね――って。全国展開中のお店でコーヒーもジュースも安いから、お茶できますよね？　一人暮らししててもそれくらいの余裕《よゆう》はありますよね？　一緒《いっしょ》にいたいです。時間のある限り一緒にいて、たくさんお話ししたいです――汗《あせ》ばむ掌で僕を摑《つか》まえたまま、唇《くちびる》を結んで、飲み込んだ言葉を、まっすぐな視線に込めてぶつけてくる。

「い、一緒にお茶を飲むのはいいんだけど、周防さん――ここは、駅前なんだよ？　べ、別にお茶を飲むのがルールなんだっけ？」

そんな飼い主に置いてかれそうになった子犬みたいな目で、見るのは、やめて。

「そ、そうです。大宇宙の真理です、きっと」

「と、妹さんが作った予定表に書いてあるとか」

「……………天巡くんはいじわるですか？」

「でも、一昨日あの子に、すごい勢いで怒《おこ》られたし」

「あれからちゃんと黒乃、叱《しか》っときました。だって、授業中に騒《さわ》ぎ出すんだもの。でも、まだ天巡くんが怒ってるなら、あとでビニールロープでぐるぐる巻きにして届けますから、煮《に》るなり焼くなり好きにしてください。もう……あたしと一緒《いっしょ》に徹夜《てつや》してどーするの、黒乃」

真白の妹、「黒乃」。

「くろの」――名前の音を聞いただけでは、男の子なのか女の子なのかも分からない。だけど彼女は、真白と同じくらい綺麗《きれい》な女の子だった。

屋上で見た黒乃の姿が頭に浮《う》かぶ。むきだしの身体《からだ》にまとった、僕の制服。そんな格好で出てきたくせに、恥《は》ずかしがっている様子はなかった。軽くウェーブのかかった真白の髪とは違《ちが》う、素直《すなお》すぎるストレートの黒髪。墨染《すみぞめ》色の少女。真白の対極。

双子《ふたご》なのに、どうして姉が「ましろ」で、妹が「くろの」なんだろう。姉にはどこにでもあるような名前をつけて、妹には無理矢理《むりやり》、真白の対《つい》になる名前を――不自然すぎる。それに、僕は今まで、黒乃が同じ学校にいることさえ知らなかった。

「黒乃がどうかしたんですか？」

「いや、周防さんに妹がいるなんて知らなかったから――その、変な想像してただけ」

「え」

真白の顔が一瞬《いっしゅん》で真っ赤になった。

彼女は、精一杯背伸《せいいっぱいせの》びをして、鼻が触《ふ》れそうなくらい顔を寄せて、僕の目をのぞきこむ。

「あ、あのね、天巡くん。煮るなり焼くなりとはゆったけど、その。他《ほか》の女の子と一緒のときに、そういう背中がむずむずすること考えたら駄目だと思うの」

「……………なにかとんでもない誤解してませんか周防さん？」

「だって、相手は黒乃なの。煮るなり焼くなりするのはいいけど、そういうことは駄目なんです。変な想像って――なことですか？　あのその。あの、そういうこと考えると背中がむずむずしてどきどきして眠《ねむ》れなくなるから――あの、あのあの」

真白は、これ以上赤くなったら医者に行った方がいいと思うような顔で僕を見上げて、泣きそうな顔になったと思ったら目を伏《ふ》せて、すぐに誤魔化《ごまか》すみたいに首を振《ふ》った。

「お、お茶するんです。正しいデートはそこからなんです。順番というか時間が必要というか――とにかくっ！　大宇宙のルールです！　お茶しましょうっ！」

両腕《りょううで》をぶんぶん振ってから、真白は僕を店の中へ引っ張っていく。

バーガーショップの自動ドアは開いたまま。手を繋《つな》いで見つめ合ってたのは三分ぐらいだったけど、既《すで》に店員や他の客の視線は僕たちに集中していた。真白は、そこにいるだけで周囲の空気にソフトフォーカスをかけるほどの美少女なんだから、少しは自覚してほしい。

真白は僕の思惑《おもわく》なんか、綺麗さっぱり飛び越《こ》してくる。

一途《いちず》すぎて、まっすぐすぎて――僕は、真白のことが少しだけ、恐《こわ》い。

2

そして真白《ましろ》はショッピングセンターの五階でフリーズした。

「少しだけ見てきていいですか？」

と、カジュアルウェアの売り場へと駆《か》け出し、それきり戻《もど》ってこない。僕はエスカレーター脇《わき》のベンチに座り、真白が本日限定格安プリントTシャツ入りワゴンと格闘《かくとう》するのを見てる。

右腕《みぎうで》は小康状態。

真白の手を放しても、〝傷《ペイン》〟が暴れ出すことはなかった。

「……絵本作家になるのが夢、なんだっけ」

さっきまで、ちょっとだけデートっぽい話をしてた。

でも、僕の右腕に宿った〝傷《ペイン》〟が何なのかは教えてもらえなかった。向かい合ってお茶しながら話したのは好きな本のこととか、休日の過ごし方とか。高校生で愛読書が絵本しかないってのはどうかと思うけど——ひとつひとつ、宝物を教えるみたいに話してくれる真白に、〝端末《エット》〟とか〝傷《ペイン》〟って何なのか——って、問いつめることができなかった。

あんまり真白が開けっぴろげで、無防備すぎたから。

僕には、分からないことだらけなのに。

屋上で巨大《きょだい》な不定形の生き物が語ったのは、真白がなにかの〝端末《ガジェット》〟だということ。僕が真白をその運命から解放しなければいけないということ。さもなくば〝傷《ペイン》〟が僕を喰《く》らって取り込む、ということ。それと、一昨日屋上にいた少女、黒乃《くろの》。彼女は僕を『繁殖《はんしょく》』の相手って言ってた。服が必要な格好でずぶぬれの――あれは、本当に真白の妹なのか？　それに――。

「これ、天巡くんに似合うと思います」

気が付くと、目の前に真白が立っていた。Tシャツを掴《つか》んだ両手をいっぱいに広げ、僕の肩幅《かたはば》を測りながら「むむむ」と唸《うな》る。僕の胸のあたりに掌《てのひら》を押し当て、更《さら》に背中に腕《うで》を回して抱《だ》きついて、僕の胸囲を測り始める――って、

「ちょっと待った！　い、いきなり何してるんですか周防《すおう》さん」

「え？　だって、サイズが合わないと哀《かな》しいことになりますから」

すりすり　ほわほわ

「きゅむ？　Mサイズでいいですか？」

「……う、うん。いいけどそのTシャツ？　僕より周防さんの方が似合うと思う。可愛《かわい》いし」

僕は慌《あわ》てて、真白の肩《かた》を掴んで引き離《はな》した。

真白は一瞬、驚《おどろ》いたような顔をした――けど、すぐに満足そうな微笑《ほほえ》みを浮かべたあと、まだレジを通していないTシャツを、ぎゅ、と抱きしめてからカゴに入れた。そして、真白は僕に笑いかけてから、再び特売ワゴンに突撃《とつげき》していく。

「はあああああああぁぁ……………………はぁ」

一気に零距離《ゼロきより》まで踏《ふ》み込まれた。普通《ふつう》の高校生はいきなりあんなことしないよ、周防さん。

でも――。

ここまで真白とくっついたんなら、そろそろ〝傷《ペイン》〟も消えてるかもしれない。

あれは真白を拒否《きょひ》したりすると痛み出し、くっつくと痛みが消えるらしい。今日はもう十分くっついた。これ以上一緒《いっしょ》にいて――取り返しのつかないことになる前に、僕は真白から離れたい。彼女はもう、僕と付き合ってる感覚でいるみたいだ。そうじゃなきゃ、あんな――飼い主を慕《した》う子犬みたいな目で見たり、抱きついてすりすりしてきたりしない。

一途すぎて、まっすぐすぎる少女。

僕には重くて、恐くて――少し、引いてしまう。

僕は店内を見回した。日曜日だから人でごったがえしてる。試着室もいっぱい。列の一番後ろに並んだ真白が、こっち見て手招きしてる。何か見せたいのか選んでほしいのか分からないけど、彼女がいるのは女性向けのフロア。僕にはちょっと近づきにくい。

この店は右半分と左半分で、男性向けと女性向けに分かれてる。ひたすら手招きを続ける真白に見えるように、僕は天井《てんじょう》を指さした。天井からぶら下がってるのはトイレの案内板。ジェスチャーで僕は真白に、「トイレに行って来る」と伝える。真白は不満そうに頬《ほお》を膨《ふく》らませた。置いてかれるのは凄《すご》くさびしい、行くならどこでもついていきます――そんな顔。

でも、僕は、真白に踏み込まれるのがすごく恐《こわ》い。

真白を視線からはずして、僕は早足でトイレに向かった。

エスカレーターの脇を通り過ぎて、売り場の奥へ。

男性用トイレに続く通路に入ると——何故《なぜ》か、みさおさんが倒《たお》れていた。

「……あれ？」

こないだ駅前で見かけたのと同じ、チェックのスカート。ワインレッドのブラウスに、厚底のローファー。トイレを間違《まちが》えたのかも。みさおさん、少しぼーっとしてるところがあるから。

でも……なんだろう、この、ローファーに染《し》みこんでる真っ赤な液体。

粘《ねば》ついた赤い足跡《そくせき》が、通路の奥にあるトイレまで続いてる。男性用トイレの入り口に転がってる革靴《かわぐつ》が、赤い液体で染まってる。靴の隣《となり》には白赤まだらの靴下と、背広のズボン。

「……全部脱《ぬ》がないとトイレに行けない人？　まさか？」

僕は男性用トイレを覗《のぞ》き込んだ。

湿《しめ》ったタイルの上に転がってたのは——人の脚《あし》だった。

膝《ひざ》までの。

筋肉質の、薄《うす》く臑毛《すねげ》が生えた男性のもの。人体模型にそのまま使えそうなほどすっぱり斬《き》られた傷口。それと、血だまり。

たぶん、人間一人分の、血液。

膝から上、は――どこに？

そうじゃない、なんで？　嘘《うそ》だろ――これは、死体⁉

男子トイレの個室のドアには、人が通れるくらいの穴が空いている。顎《あご》が丈夫《じょうぶ》な生き物が、手当たり次第《しだい》に牙《きば》を立てていったみたいだ。洗面台が細かい破片《はへん》になり、食いちぎられた水道管から水が流れ出ている。薄赤《うすあか》い小さな波紋《はもん》になり、僕の足元で、ちゃぷ、と水音を立てる。

「――逃《に》げた方がいいよ」

僕の背後で、みさおさんの声がした。

床《ゆか》に溜《た》まった水の中から、にゅる、と、現れたものがあった。

光沢《こうたく》のある皮膚《ひふ》と、カエルに似た上あご。しかし目や鼻はない。

がば、と開いた口には人の腕ぐらいの牙が並んでいる。

巨大な顎門《あぎと》。それだけの生き物。

『架空兵士《かくうへいし》』の二態《たい》のうち――『噛《か》み砕《くだ》くもの』」

今にも絶えそうな息でみさおさんが呟《つぶや》く。

生き物は床に残った男性の脚の前で、小学生の身長くらいある口を開き、ばくん――と、人だったものの一部分を飲み込んだ。

綺麗《きれい》な、証拠隠滅《しょうこいんめつ》。

薄い、血だまりだけが残った。

化け物は牙がはみ出した口を、僕に向けた。

——血？

足元から寒気がわき上がってくる。

——血。

——消えた人。男性。名前も知らない人——血！　赤色。トイレの床に広がる、赤色。灰色の牙。牙が床を擦《こす》ってる。血だまり。赤いさざなみ。足元で音を立てる。ぴちゃ——顎だけの生き物が見ている。目撃者《もくげき》が残ってるから？　それは僕？　みさおさん？　どうして——!?

「う、わあああああああああああああああああああああああああああああああああぁっ！」

禁忌《タブー》。

見てはいけないもの。

人の死の一番残酷《ざんこく》なかたち。誰《だれ》にも知られない消失。誰かが悲鳴をあげている。トイレに響《ひび》いているのは喉《のど》がひび割れたような——僕の声。うるさい。叫《さけ》んでないで逃げろ。なんで足が動かない？　叫び声をあげられるなら足だって動くだろ!?

不意に、屋上で見た、不定形生物の言葉が甦《よみがえ》る。

『〃傷《ペイン》〃が汝《なんじ》を喰《く》らい、取り込む』

「何でだよ？　僕はまだ失敗なんかしてないだろ!?」

僕は右腕《みぎうで》に爪《つめ》を立てる。血がにじむほど、強く。手首を思い切り引っ掻《か》く。鈍《にぶ》い痛み。感覚が戻《もど》る。足が――動く。僕は倒れたままのみさおさんの腕を掴《つか》んだ。むりやり引っ張り起こして、一緒《いっしょ》に通路を駆《か》け戻る。みさおさんは抵抗《ていこう》しない。僕は後ろを振《ふ》り向くことができない。振り向いて、みさおさんの腕しかなかったら――走れなくなる。頭がおかしくなる！

「み、みさおさん……腕だけじゃないですよね？　ちゃんといますよね⁉」

「君は馬鹿《ばか》かい？」

僕とみさおさんは売り場へと転がり出る。

「奴《やつ》が危険だってことが分からないのか⁉　人がいるところに誘導《ゆうどう》してどうするんだ⁉」

売り場に並んでいた秋物コートがまとめて全部削《けず》り取られた。

床には粘液《ねんえき》。

顎だけの生き物が、壁《かべ》を喰い破って売り場に現れる。バーゲン品を飲み込み、客の群れへと突進《とっしん》していく。怪物《かいぶつ》の進路上にカートを押している女性がいた。彼女は、トイレにいた男性とは逆の運命をたどった。膝から下を消失させて、カートを掴んだまま後ろ向きに倒れた。

ざくざくの傷口から、ぱしゃ、と、血が噴《ふ》き出した。

「なんて馬鹿なことをしたんだ君は！　私などあのまま放《ほう》っておけば良かったんだ。何も知らないくせにどうして手を出すかな君はっ！」

みさおさんが叫んでるけど、僕には答える余裕《よゆう》がない。床の上を滑《すべ》るように動き回る異形のものを見るのが恐《こわ》い。

「聞いてるのか君わっ！」

「黙《だま》っててくださいってばっ！　文句なら生き延びたあとで聞きますから！」

「何もわかってないくせに手を出すなと言ってるんだこのたわけっ！」

「熱のせいで頭がはっきりしないんです！　一体ここはどこで僕は誰ですかっ！」

「ここはあの世とこの世の境だよ——まったく！　もう少し早ければ君まで『衝動《しょうどう》』に——」

衝動？

僕たちはエスカレーターまでたどり着いた。まだ文句を言っているみさおさんをベンチに座らせて、足を絶対におろさないように言ってから、僕は真白の姿を捜《さが》した。

吐《は》き気《け》がする。目の前で人があんなふうに——ただの部品みたいに解体されて。かけらも残らなくて、あれがもしも——真白だったら？

はにかんで笑う真白の上を、顎だけの異形が通過して、残るのは柔《やわ》らかい栗色《くりいろ》の髪《かみ》だけ——

考えただけで、さっきバーガーショップで飲んだコーヒーが逆流しそうになる。だから、他人と関《かか》わり合いになるのは嫌《いや》なんだ。僕が見えないところでなら、誰かが化け物に喰われたってなにも感じないのに！

関わり合ってしまった人は、見捨てられなくなるんだ。

なくしたときに痛くて痛くて動けなくなるから——!!

「周防さんっ！」

僕は売り場に向かって駆け出す。

真白が並んでた試着室のカーテンが、化け物に食いちぎられてる。中には誰もいない。でも、ハンガーにぶらさがってるギャザーの入ったミニスカートはなんだかさっき見たような気がする。試着室の前で、特売品の入ったワゴンが揺《ゆ》れてる。中に誰かが隠《かく》れてるみたいにゆらゆら揺れて——倒《たお》れて、中から二枚で九百八十円のシャツが流れ出てくる。

「…………きゅむ？」

シャツの雪崩《なだれ》の中に、真白が混じっていた。

「……あ、天巡《あまめぐり》くん。いました」

Tシャツの山に埋《う》もれながら、スカートをはきわすれた真白がきょとん、と、僕を見た。

黒乃が選んだ下着は、やっぱり黒だった。

しかもレースとフリル付きだった。

「……人前でなにをしてるんだ君たちは」

「果てしなく濡《ぬ》れ衣《ぎぬ》ですみさおさん」

「なんでもいい！　恋人《こいびと》なら『噛《か》み砕《くだ》くもの』に喰わせるような真似《まね》をするな！」

「ああもうっ！　頭がぐちゃぐちゃなんですから専門用語ばっかり喚《わめ》かないでくださいっ！」

僕は真白に駆け寄り、腕を掴んで引っ張り起こした。寝起《ねお》きみたいな顔で周りを見回してた真白は、僕と目が合うと急に真っ赤になってブラウスの裾《すそ》を押さえた。

「だ、だめです。だめなんです天巡くん。あたしこんなかっこだからその。誤解しないでください。スカート試着してたら変な生き物がカーテン引きちぎって——だからっ」

「この状況《じょうきょう》でそんなの気にしないよ！」

「き、気にしないのも困るんですっ！　まさか天巡くん、今更《いまさら》なんですか？　屋上でじっくり見たから今更驚《おどろ》かないんですかっ⁉」

ああもうっ。確かに見たけどじっくりじゃないし、それに今はそんなこと思い出してる余裕ないんだってば。

僕は真白の腕を引っ張り、無理矢理《むりやり》背中にしがみつかせた。

〝傷《ペイン》〟とか〝端末《ガジェット》〟とか、そんな言葉が頭をかすめる。真白は背中越《ご》しに、ぎゅ、と、胸を押しつけてくる。売り場には悲鳴と、怪我《けが》をした人たちのうめき声が充満《じゅうまん》してる。

押しつけられた身体《からだ》はあったかいのに——真白と一緒にいると、世界はおかしな姿を見せる。

真白のせい——なのか？　違《ちが》うだろ。だって、

「天巡くん——これ、なんですか？」

僕の背中に伝わってくるのは、とくん、とく、とくん、という、怯《おび》えた鼓動《こどう》なんだ。

『この娘《むすめ》を精霊《ディヴァイン》の端末《ガジェット》という呪縛《じゅばく》から解放するがいい』

『失敗したなら、〝傷《ペイン》〟が汝《なんじ》を喰《く》らい、取り込む』

僕はまだ何もしてない。

失敗も成功もしてないのに――終わり？

「……みさおさんっ！」

みさおさんはさっきの格好のまま、ベンチに座っていた。

「逃《に》げます！　ついてきてください！」

僕はみさおさんをベンチから引きずり下ろす。エスカレーターを駆《か》け下りようとして――踵《きびす》を返す。エスカレーターにはあちこち噛み裂《さ》かれた跡《あと》がある。狭《せま》い場所であの化け物に襲《おそ》われたら逃げられない。階段は？　非常階段はトイレの向こう。売り場を突《つ》っ切っていかなきゃいけないから駄目《だめ》。あとは内階段。エレベーターホールの向こうだ。

僕は真白を背負い、みさおさんを引っ張って走りだす。

本当に――逃げられるのか？

化け物はまだ、あちこちうろついてるのに。

「……信じます」

「え？」

「天巡くんについていきます。一緒《いっしょ》に食べられるなら、文句いいません」

「そんないきなり心中する覚悟《かくご》されても⁉」

こんな状況なのに？　なんでそんなうっとりした声で囁《ささや》きかけるんですか周防さん？

真白はそんなに重くない。僕の背中に押しつけてくる不思議なほど存在感のある胸とか、首に絡《から》みついてる甘噛《あまが》みして欲しそうな柔《やわ》らかい腕《うで》とか――ああもうっ。そういうのは生き残った後で。じゃなくて、僕には真白と付き合う覚悟なんてないのに！

「天巡くん――あれは⁉」

階段にさしかかったところで、真白が下の踊《おど》り場を指さした。

ショッピングセンターの内階段、五階から四階へと繋《つな》がる途中《とちゆう》。広い踊り場。

そこで、顎《あご》だけの化け物が円陣《えんじん》を組んでいた。数は八体。

中心に金髪《きんぱつ》の男が立っている。他人より頭ひとつ抜《ぬ》き出た長身。羽織っているのは黒い革《かわ》ジャン。それと、血の色が浮《う》き出たような、紅《あか》い眼球。

男は指揮棒《タクト》を振《ふ》るように、指先で宙に文字を描《えが》いた。

それに反応して化け物が円から、三角形に陣形《じんけい》を変えた。

なんだ、これ――？　こんな世界、知らない。

膝《ひざ》が震《ふる》え出す。

僕は、転校してきたばっかりだったから――人を観察して、その場所に合わせるようにしてた。目立たないように。その方が楽だから。必要以上に関《かか》わらないように。

でも、目の前のこれは違《ちが》う。違いすぎる。異形の生物に囲まれて、王様みたいに指を振る男。あいつに言葉が通じるかどうかも分からない。挨拶《あいさつ》したらそれが最大限の侮辱《ぶじょく》で、問答無用で喰い殺される可能性だって——。

「あれは——なんですか？」

僕の背中で真白が呟《つぶや》く。

〝端末《ガジエット》〟——〝傷《ペイン》〟——不定形生物——それに化け物。

関係者かもしれない真白は僕の背中にしがみついて、震えてる。

「俺は〝端末《ガジエット》〟」

踊り場で男が呟いた。

彼は、苦いものを吐《は》き捨てるような顔で、踊り場から僕たちを見上げていた。

赤く染まった眼球で。

「十八の〝端末《ガジエット》〟のうちのひとつ〈侵略者《しんりやく》〉。

そしてこいつらは使い魔《ま》『架空兵士《かくう》』二態のうちのひとつ——『嚙《か》み砕《くだ》くもの』」

僕は真白を振り返る。彼女の腕が震えてるから、僕の視界も揺《ゆ》れている。真白の目に、点滅《てんめつ》する蛍光灯《けいこうとう》が映っている。赤から黒へ、黒から赤へ、瞳《ひとみ》の色が小刻みに変わっていく。

踊り場にいる男と同じ、赤い瞳。

やっぱりそうだ。真白はこっちの世界の住人なんだ。

真白は綺麗《きれい》すぎる。一途《いちず》すぎる。偽物《にせもの》の手紙を貰《もら》っただけなのに、真白はもう、僕とラブラブな状態だと思いこんでる。好きって気持ちをまるごとぶつけてくる。おかしいだろ、そんなの。だって、僕はまだ真白に、「好き」って、一言も言ってないのに。

「――ふん」

不意に、みさおさんが僕の手を振り払《はら》い、鼻を鳴らした。

「逸史《いっし》・伝承《でんしょう》の類《たぐい》でよければいくらでも記録はあるさ。栄華《えいが》を極《きわ》めたモヘンジョ・ダロ、マチュピチュ――それらの都市を住民もろとも歴史から抹消したのが『架空兵士』。〈侵略者〉はその使い手。歴史の陰で、あらゆる人と町を滅ぼしてきた破壊者だよ」

「なんでそんなことまで知ってるんですか」

「あらゆる事象《ことがら》に精通してなきゃ、古本屋なんかやってられないって言ったろう？

あいつは〝流転骨牌《メタフェシス》〟の第八位に位置するもの〈侵略者〉。〝端末《ガジェット》〟はそれぞれ定められた『衝動《しょうどう》』に突き動かされるようにできている。子供の癇癪《かんしゃく》と同じだ。こいつは物を壊《こわ》し、人を殺し、攻撃《こうげき》衝動を満足させるためにここにいる。

そうだろう？〈侵略者〉」

「無駄《むだ》な知識を披露《ひろう》することはないよ。身を滅《ほろ》ぼす元だ」

男の口調は棒読みだった。

踊り場では八体の化け物が綺麗な三角形を描《えが》いている。

どうすればいい？

上の階まで逃《に》げて助けを待つ？　言いくるめて通してもらう？　あの男——〈侵略者〉を倒《たお》す？　まさか——無理だ。あんなの。

「……僕たちはあんたを見なかった。警察にも何も言わない。だから」

情けない。

けど、僕にはこれくらいしかできない。あいつが僕たちを殺すつもりならとっくにやってる。少なくとも言葉は通じる。僕たちに話しかけてきてる。だったら交渉《こうしょう》の余地くらい。

「ははっ」

男は金色の髪《かみ》を掻《か》きむしり、笑う。

「はははははははははははははははははははははははははははははははっ！」

「聞けよっ！　あんたが誰《だれ》かは知らないけど僕は！」

「滑稽《こっけい》だね！　人間《エキストラ》はこういう時、はいつくばって命乞《いのちご》いするか、『噛み砕くもの』から逃げ回るのが普通なのに、交渉か!?〝端末《ガジエット》〟に取引を持ちかける奴がいるとはね！」

男は腹を抱《かか》えて笑い続ける。

主人の感情にシンクロするように、八体の化け物が伸《の》び縮みの綺麗なウェーブを描く。

「君は分かってない。こんな時は悲鳴をあげてうずくまるのが、エキストラの仕事なんだよ」

目を逃《のが》れることができ

警備員の言葉が、中途

彼の拳銃は、発射され

二メートル近くにまで

「俺のせいじゃない」

〈侵略者〉が叫《さけ》ぶ。

「俺は、そういうふうに設

文句は〝端末《ガジェット》〟を配置した

化け物が〈侵略者〉に同意するように踊る。

「周防さん」

僕は奴《やつ》に聞こえないように、小さな声で呟《つぶや》く。

「……きゅむ？」

「僕が途中で転んだらふんづけて逃《に》げていいよ」

赤い。

〈侵略者〉のまわりも。

破裂《はれつ》しそうな心臓と一緒《いっしょ》にどくどく鼓動《こどう》してる、僕の頭の中も。

「…………嫌《いや》です」

「どうして？」

「天巡くんが好きだから」

柔《やわ》らかくて温かい生き物——真白が、僕の背中で呟いた。

そんなの理由になってないのに、心臓が、どくん、と、跳《は》ねた。

真白と付き合う覚悟《かくご》なんかない。でも、見捨てることもできない。彼女が〝端末《ガジェット》〟でも、誰《だれ》であっても。目の前で死んでほしくない。傷ついて欲しくない。

真白を見捨てられないのは——たぶん、僕の右腕《みぎうで》に〝傷《ペイン》〟が取り憑《つ》いてるから。真白を拒否《きょひ》したらあいつが痛み出す。きっとそのせいだ。ここを抜《ぬ》け出したら、誤解はちゃんと解く。

「合図をしたら走ります。みさおさんも、いい？」

背中で真白が頷《うなず》く気配がした。

生き残りの警備員が、弾《たま》がなくなった銃を棄《す》てる。

『噛《か》み砕《くだ》くもの』が彼を囲んで捕食《ほしょく》にかかる。

「……今！」

がばっ
真白が背中から転がり降りるのと同時に、僕は立ち上がって走り出す。振《ふ》り返ると背後には、精一杯《せいいっぱい》の信頼《しんらい》をこめてついてくる真白と、面倒《めんどう》そうに立ち上がるみさおさん。

確か階段の脇《わき》に消火器が——あった。保護カバーがかかってる。僕はそれごと消火器を、踊

警備員の足元に落ちたそれは——たぶん、弾丸《だんがん》のなれのはてだっ
「——雑音《ノイズ》か？　俺がここにいることを誰に聞いた？」
二体の『噛み砕くもの』が警備員の背後に移動する。
やめろ。僕にそんなものを見せるな。人が消えるところなんか見たくない！
ざくん
化け物の牙《きば》が通り過ぎ、二人の警備員の膝《ひざ》から下が消滅《しょうめつ》した。
ざくざくになった腿《もも》から、ぶしゃ、と、血が噴《ふ》き出した。
「……もう、やめてくれ」
「天巡くん——」
真白が僕の名前を呼んでる。この子のせいかもしれないのに。僕が、こ
だけど真白は一途に僕にしがみついてくる。
どうして、僕なんだろう。
他《ほか》の誰かじゃなくて、どうして。
脚《あし》を喰《く》われた警備員が〈侵略者〉の足元に転がる。激痛に顔を歪《ゆが》
〈侵略者〉を睨《にら》み付けてる。
「〈侵略者〉が！　貴様は歴史の中でどれだけの

り場に向かって投げる。空中でカバーがはずれ、赤い筒《つつ》が〈侵略者〉に向かって落ちていく。

僕と真白はそれを追いかけ、階段を駆《か》け下りる。

消火器に『噛み砕くもの』が反応した。警備員に背中を向け、赤い筒を、ばつん、と噛み砕く。瞬間《しゅんかん》、圧縮ガスと消火剤《ざい》が吹《ふ》き出す。白い粉が霧《きり》のように広がり、『噛み砕くもの』と〈侵略者〉を覆《おお》っていく。

「飛び降りて！」

踊り場へ、じゃない。手すりを乗り越《こ》えて、真下へ。

階段は踊り場で折り返して、下のフロアへと続いてる。僕は手すりを摑《つか》んだ。真白がついてくるのを見てから、反対側の階段へと飛び降りる。踊り場をショートカット。高さは段差《ステップ》十二個――と、少し。足をついた瞬間、ずどん、と衝撃《しょうげき》が来た。耐《た》えきったと思ったら、真白が僕の背中に降ってきた。狭《せま》い段差の上、バランスは簡単に崩《くず》れて、僕と真白は、木曜日の屋上でそうしたみたいに絡《から》み合い、階段をごろごろ転げ落ちた。

「……一体、あれは何なんだ？」

野太い声がして、僕は我《は》に返った。

革靴《かわぐつ》と、黒いズボンを穿《は》いた二本の足。それにぶつかって、僕たちの回転は止まっていた。

踊り場にいた人とは別の制服を着た警備員が、引きつった笑顔《えがお》で僕たちを見下ろしてた。

「映画のロケだろ？　そうなんだろ？」

「だったら自分で見てくればいいだろ！」

警備員のズボンにしがみついて立ち上がる。どこかギャラリーみたいな顔をしている警備員に——イライラする。あんたもここから『噛み砕くもの』を見ていたんじゃないのか？

「周防さん⁉」

「はい。います。天巡くんのそばにいます」

すぐに答えが返ってくる。真白は床《ゆか》の上に仰向《あおむ》けで倒《たお》れてる。剝《む》き出しの黒い下着と、まくれあがったブラウス。自分の格好に気づいて「きゅむっ！」って起きあがり、黙《だま》って僕に手を差し出す。

僕が、真白の手を握《にぎ》って走り出すってことを疑わない、まっすぐな瞳《ひとみ》で。

真白も——〝端末《ガジェット》〟かもしれない。もう、僕は確信してる。

おかしなことが起こるようになったのは、真白と関《かか》わりはじめてからだ。

真白が、僕の世界を変えた。

化け物が蠢《うごめ》く、生と死がむきだしになった世界へ。

恐《こわ》いのに——どうして僕は、真白の肩《かた》に上着をかけてあげてるんだろう。

「……きゅむぅ」

子犬みたいな声で呟《つぶや》いた真白は、上着の袖《そで》に鼻を押しつける。

頭上で、消火剤の霧が晴れていく。

僕は、真白の手を摑んで駆け出す。

真白は、ぎゅ、と、握り返してくる。

とくん　とくん　とくん
繋《つな》いだ掌《てのひら》に真白の鼓動を感じながら、僕は走り続けた。

ショッピングセンターの向かい側、道路を挟《はさ》んだところにあるバスターミナル。

僕は、ベンチに顔を押しつけて、うずくまっていた。

〝端末《ガジエット》〟？

あれが〝端末《ガジエット》〟？　化け物を操《あやつ》って、人を簡単に解体してしまうもの。

『この娘《むすめ》を〝精霊《デイヴァイン》〟の〝端末《ガジエット》〟という呪縛《じゆばく》から解放するがいい』

『失敗したなら――〝傷《ペイン》〟が汝《なんじ》を喰《く》らい、取り込む』

無理だよ。

僕には無理。絶対無理だ。真白もあの〈侵略者《しんりやく》〉と同じ運命を背負ってるとしたら――そんなの、僕にどうにかできるわけがないだろ！

頭の中がぐちゃぐちゃだった。恐怖《きようふ》で立ち上がることもできない。

階段の踊《おど》り場にいた〈侵略者〉と『嚙《か》み砕《くだ》くもの』。トイレに落ちていた人の足。銃声《じゆうせい》。解体された警備員。全部が絡まって溶《と》けて混ざって、血と異形《いぎよう》の混じり合ったマーブル模様。

もう、なにがなんだか分からない。

「……大丈夫《だいじょうぶ》ですか？」

澄《す》んだ声がした。

木のベンチの感触《かんしょく》が、途中《とちゅう》から柔《やわ》らかいものに代わっていた。

顔を上げると――真白が、息がかかるほど近くで、僕を見ていた。

「大丈夫ですよ、きっと」

僕は真白のことで悩《なや》んでるのに。

「だって、天巡くんはあたしのことも、知らない女の人のことも助けてくれました」

恐かっただけだよ。

知っている人が予告もなしに消えて、二度と会えなくなることが恐かった。

誰《だれ》でもよかったんだ。真白じゃなくても、助けてた。

自分の知り合いがいなくなることが、まだトラウマになってる。乗り越えたと思ってたのに、まだ残ってた。なくすのが恐いから、他人とは関わらないようにしてたのに。

「助けてくれて、ありがとう。天巡くん」

ぎゅ、と、真白は僕の頭を抱《だ》きしめた。

むにゅ、という音と共に、柔らかいふたつのふくらみが頬《ほお》に当たる。

――ちょっと待った。

さっきまでベンチに倒れこんでたのに、どうして目の前に真白がいるんだ？　なんだろ、このすべすべして温かいもの。ベンチじゃないよな。この手触《てざわ》りには覚えがあるんだけど。確かこれは真白のほっぺた——じゃなくてふともも——あれ？

「きゅむっ！　あ、天巡くん。それ駄目《だめ》です。人が見てます」

「あ、あの、周防さん………………なんでいつのまにか僕は膝枕《ひざまくら》されてるんですか」

「えっと、それは、その、隙《すき》を見て」

真白が僕を抱く腕《うで》に力を込める。膝枕——抱きしめる。ということは僕が今挟まってるのは真白の一番アンバランスに成長してるところ——胸の谷間で——ええええええええっ？

「うわぁわぁああぁっ。駄目だめすごく駄目です周防さんっ！」

僕は慌てて立ち上がり、真白を押しのけようとした。

むにゅ

「きゅむっ」

とくん

掌に、真白の心臓の鼓動《こどう》が伝わってきた。

僕の右手が鷲摑《わしづか》みにしている弾力性《だんりょく》のあるもの。それ以外の感覚が消えた。

この世界にこれほど柔らかくて、触《さわ》ってて気持ちいいものがあるなんて知らなかった。僕の掌がそれを包んでるのに、逆に僕自身が真白に抱きしめられてるみたいだった。真白の鼓動が伝わってくる。それがどんどん早くなる。僕の耳の奥でドラムが鳴ってる——。

「……きゅむぅ〜〜〜〜」

「……だから人前で何をしているんだよ君たちは」

みさおさんの冷えた声が、僕を正気に戻《もど》した。

「ごごごごご、ごめんっ！」

僕は焼けた鉄に触《ふ》れたみたいに、慌《あわ》てて手を引っ込めた。

と、とんでもないことを。こ、この右手が、温かくて弾力性があって重そうで——サイズなんか知らないけどDカップはありそうな真白の胸をすっぽりと——まだ付き合ってもいないのに。じゃなくて、付き合ってたっていきなり彼女の胸に触ったりしないだろ!?　それに真白も。いきなりこんなことされたら、問答無用でひっぱたくか悲鳴をあげるか、怒《おこ》って帰っちゃうか——なのに、どうしてそんな幸せそうな顔で胸を押さえてるんですか!?

「はぁ」

みさおさんの、疲《つか》れたような溜息《ためいき》が聞こえた。

「ここまでくれば大丈夫だろ？　君たちは若さに任せて好きにいちゃついてればいいさ」

「……みさおさん、怪我《けが》でもしたんですか？」

「疲れただけだよ。ひどく、ね」

振《ふ》り返ったみさおさんは、口を押さえ、咳《せ》き込んだ。

「疲れると咳が出るんだ。持病だよ。君たちに伝染《うつ》るといけない」

「あの、みさおさん」

〝端末《ガジェット》〟のことを——聞きたかった。

でも、聞けるような状態じゃなかった。

みさおさんの足はがくがく震《ふる》えてるし、顔色も、真っ青を通り越して真っ白だった。

「逃《に》げたのはいい判断だったと思うよ、少年。君は正しかった。〈侵略者〉と喧嘩《けんか》なんかしなくていい。一般人《いっぱん》が勝てっこないし、勝ったって、別にいいことはないんだ」

「家まで送ります」

僕の言葉に、みさおさんは首を振った。

「〝流転骨牌《メタフエシス》〟を返すときに来てくれればいいさ。君はその子を大事にしなさい」

みさおさんが貸してくれた〝流転骨牌《メタフエシス》〟。

その八番目に位置していたのが〈侵略者《しんりやく》〉。

そのことを僕に教えてくれたのはみさおさんだった。

じゃあ、真白は——？

僕の目の前で胸に手を当ててほわほわしてる少女は、何番目なんですか？

声に出さずに呟《つぶや》く。

みさおさんは、僕と、夢見るような表情の真白を見比べてから、どうでもいいことみたいに手を振りながら、バスターミナルを離《はな》れていった。

後には僕と真白が取り残された。

二人きりになると、なんだか、すごく気まずい。

「か、帰ろう、周防さん」

「……え？　あ、はい」

ぎこちない僕たち。

まだ、恋人《こいびと》でもないんだから当たり前なんだけど。

でも、下着も見ちゃったし胸まで触ってしまった。初めてのデートにしては行き過ぎだ——全部事故なんだけど、真白はどう思ってるんだろう。動揺《どうよう》してるのは僕だけなのかな。

僕たちは歩道橋を渡《わた》っていく。

真白は、僕の後ろを一歩遅《おく》れてついてくる。さっきから、何も言わない。

〈侵略者〉、『噛《か》み砕《くだ》くもの』、〝流転骨牌《メタフエシス》〟——〝端末《ガジエット》〟——僕の知らない言葉。

はっきりさせた方がいいのかもしれない。

全《すべ》ての謎《なぞ》の正体と、僕は真白と付き合うつもりはない——ってことを。

みさおさんが言った通り、〈侵略者〉に対抗《たいこう》できる手段なんか持ってない。自分が化け物に喰《く》われるのは嫌《いや》だし、真白が目の前で——最初からいなかったみたいに消えてしまうのも耐《た》えられない。想像するだけで寒気がして――精神《こころ》がぎしぎし軋《きし》みはじめる。

僕と真白の関係って、なんなんだろう。恋人未満、友達未満、知り合い以上？

よし。

僕は立ち止まり、真白に向き直る。

「周防さんにお願いがあります」

「きゅわあぁ～～っ⁉」

何故《なぜ》かまた、子犬みたいな悲鳴を上げる真白。

すーはすーはと深呼吸して、胸を押さえ、なんだか熱のこもった視線をぶつけてくる。

「は、はい。天巡くん。覚悟《かくご》はできてます」

「お願いだから――隠《かく》さないで欲しいんです」

「きゅわぁっ？　そうなんですか？　ここでですか？」

「無理強《むりじ》いはしたくないんです。これから、僕の言うことを聞いてください」

「わ、わかりました。天巡くんがそこまで言うなら、ど、どんなことでも聞いてあげます」

――あれ？

なにか、噛み合ってないような気がするけど、まあいいか。

「周防さんの秘密を僕に教えて――」

「こんなとこで何しようとしてるのあんたわあああああっ！」

体当たりが飛んできた。

少女の頭突《ずつ》きが、僕の背中を撃《う》ち抜《ぬ》いた。

視界がぐるりと一回転。歩道橋の欄干《らんかん》に激突《げきとつ》した僕は、頭を振って起きあがる。

顔を上げると、目の前に、真白に似た少女がいた。

長い黒髪《くろかみ》に純白のリボン、着ているのは髪と同じ色のワンピース。

真白の双子《ふたご》の妹、黒乃。

3

「じゃあデートは終わりということで」

「家まで送りなさい」

「命令するな」

「じゃあタクシー代。こういう時は男の子が足代出すもんでしょ？　それともあんた、こんな格好の女の子を町中に放置して帰ろうっていうわけ？　放置プレイふぇてぃしずむ？　どういう教育を受けたのか是非《ぜひ》とも一晩中話聞きたいわね」

「……あ、あああたしは別に——黒乃《くろの》？」

「真白《ましろ》は黙《だま》ってる！　最初が肝心《かんじん》なの。ここで甘い顔見せたら男なんて付き合ってる間ずうううぅぅぅっとつけ上がったまんまなんだから!」

僕たちがいるのは歩道橋を降りたところ。できそこないのデートに乱入してきた真白の双子の妹は、姉を背中にかばったまま、僕を睨《にら》み付けてる。どこから持ってきたのか値札のついたパーカーを真白に着せて、代わりに僕の上着を文字通りひっぺがし、こっちに投げつけた。

「さ、どうするの？　まさかこんなマニアックな格好の真白に、家まで歩いて帰れなんて言わないわよねぇ？」

……冷蔵庫、何が残ってたっけ。ミネラルウォーターは飲み干したから、あとは冷凍室《れいとう》に、リト特製シチュー三食分。それと食器棚の下にあるカップ麺《めん》とカップ麺とカップ麺——。

僕は財布《さいふ》から二千円出して、黒乃の掌《てのひら》に叩《たた》き付けた。

黒乃は頷《うなず》き、タクシーを呼び止める。真白を後部座席に押し込んで、勢いよくドアを閉めた。

「あ、あのっ！」

タクシーが走り出す直前、真白が窓から顔を突《つ》き出した。

「きょ、今日は楽しかったです！　また一緒《いっしょ》に——」

最後まで言い終わる前にタクシーは走り出した。

タクシーが最初の角を曲がるまで、真白はずっと僕を見つめていた。

僕の上着の袖《そで》をしっかり摑《つか》まえてる双子の妹のことは、忘れたみたいだった。

「……お前も一緒に帰るんじゃないのか？」

「あんたと話したいことがあるの、二人きりで」

「絶対に嫌だ」

「知っておいた方がいいと思うけど？」

黒乃はふふん、と、鼻を鳴らした。

「〝端末《ガジエット》〟のこと。真白にかかってる枷《かせ》のこと。天巡《あまめぐり》みたいな〝普通の人間《エキストラ》〟が知らないこの世界の法則《ルール》、教えてあげるよ？」

4

古びた家の二階。

湿《しめ》った畳《たたみ》。

破れた襖《ふすま》。

ここ数年、干したことがない布団《ふとん》の上で、誰《だれ》かが泣いている。

毛布を被《かぶ》り、戸口に背を向けて。

「問題は解決したよ」

廊下《ろうか》で男が彼女に向けて呟《つぶや》く。狭《せま》い、きしむ階段の上。幅の狭い廊下。

彼の髪は金色。耳にはピアス。羽織っているのは消火剤がこびりついた、黒い革《かわ》ジャン。シヨッピングセンターを襲《おそ》ったままの姿の〈侵略者《しんりゃく》〉。

「二人とも『衝動《しょうどう》』は発散した。だから――そっちに行ってもいいかな？」

毛布を被った頭が激しく左右に動く。

はっきりとした、痛いくらいの拒絶《きょぜつ》。

「〈壊体《かいたい》者〉」

〈侵略者〉は淋《さび》しそうな口調で呟く。

「君が俺を傷つけることを怖《こわ》がっているのは分かる。だから互《たが》いの『衝動』を消してきたんだろ？　ほんの少しでもいい。近づいて頬《ほお》に触《ふ》れるだけでも構わない。それくらいなら構わないだろう。どうせ〝端末《ガジェット》〟は〝端末《ガジェット》〟を殺せない――」

「……こわい、の」

掠《かす》れる声で彼女は呟く。

「……人を壊すの、こわい」

窓ガラスを鴉《からす》がつつく。彼女は喉《のど》が裂《さ》けるような悲鳴をあげる。驚《おどろ》いた鴉が、ばさ、と飛び立つ。彼女が叫《さけ》んだ理由を、〈侵略者〉は知っている。他《ほか》の生き物を威嚇《いかく》するのは、彼女の『衝動』が相手を殺さないようにするため。本当は掌に餌《えさ》を載《の》せて、食べさせてあげたいのに。

「……それ以上近づいたら、だめ」

「壊れてるかもしれない〝端末《ガジェット》〟を見つけた。

〝端末《ガジェット》〟同士が殺し合うのは禁忌《タブー》。でも、壊れた奴《やつ》なら別だ。そいつを殺して『果実《かじつ》』を取り出す。そうすれば君は普通の人間になれる」

「私たちが壊れてないってどうして言えるの？　自分が壊れてるかどうかなんて分からない。近づいた瞬間《しゅんかん》、私はあなたをバラバラにするかもしれない。あなたは私を『架空《かくう》兵士』の餌にするかもしれない。私たちが正しく機能してるなんて保証はないの」

「『果実』があればいい。他の〝端末《ガジェット》〟から『果実』を奪《うば》って君に喰《く》わせる。もう決めたんだ」

「自分の意志で人間を殺すつもり？」

「それが必要なんだよ」

「そんなのはただの人殺し。〝精霊《ディヴァイン》〟も〝夢を見続ける神《ラガジュ＝ディア＝レルガゾライ》〟も私たちを許さない」

「じゃあどうしろって言うんだ!?」

〈侵略者〉は部屋が震《ふる》えるほどの声で叫んだ。

「好きでこんなふうに生まれたわけじゃない！　いつ『衝動』に駆《か》られるか分からない。〈生命体〉や〈慈母《じぼ》〉はいいよ。あいつらは人と関《かか》わっていられる。でも俺たちはそうじゃない。〈侵略者〉と〈壊体者〉である限り、相手をいつ殺すか怯《おび》えてなきゃいけない！　もういいだろう!?　ずっと〝端末《ガジェット》〟はラガジュを楽しませてきた。運命に逆らってどうしていけない!?」

毛布を被った背中は動かない。

「猫《ねこ》や犬は好きかい?」

「嫌《きら》い。すぐ死んじゃうから」

「人間は好きかい?」

「嫌い。動物より壊れやすいから」

「――俺のことは?」

〈壊体者〉は答えない。

〈侵略者〉は彼女に背を向けた。

壊れた〝端末《ガジェット》〟を殺して『果実』を奪う。二人が抱《だ》き合うにはそれしかない。

5

「世界を創造した神様がいました」

いきなりマクロな話だった。

駅前のコーヒーショップ。店の一番奥にある席。

僕と黒乃《くろの》は向かい合わせに座ってる。飲んでるカフェオレは黒乃のおごり。タクシー代巻き上げられたせいで、僕の財布《さいふ》に残ったのは五百円玉がひとつだけ。飲み物自腹で買ったら電車にも乗れなくなる。

「神様の名前はラガジュ＝ディア＝レルガゾライ――もちろん本人が名乗ったわけじゃなくて、最初に作られた〝精霊《ディヴァイン》〟が、創造主につけた名前。

それまで〝夢を見続ける神《ラガジュ＝ディア＝レルガゾライ》〟に名前は必要なかったの。自分以外の存在がいなかったから。〝精霊《ディヴァイン》〟を作り出した時、初めてラガジュは自分以外のものを作る楽しさを知ったの。

そうして――そして、ね。ラガジュは世界を分割《ぶんかつ》していきました。

自分でも他者でもあるものを、自分と他者に。

昼でも夜でもあるものを、昼と夜に。

地上でも空でもあるものを、地上と空に。

陸でも海でもあるものを、陸と海に。

動物でも植物でもあるものを、動物と植物に。

そして最後に、動物でも人間でもあるものを、動物と人間に。

一通り世界を創造してしまったラガジュは、やがて飽《あ》きてしまいました。ラガジュが作った世界はとてもよくできていたので、なにも変化が起こらなかったからです。人間も動物も食べたり食べられたりして、その世界は完全に安定していました。

困ったのは〝精霊《デイヴァイン》〟たち。ラガジュには世界を創造しつづけてもらわないと困ります。この世界はいわばラガジュの夢みたいなもの。ラガジュが夢を見るのをやめたら、そこで生きているものたちは、ぱちん、と弾《はじ》けて消えてしまうのです。

ラガジュが興味を持つような物語を、世界は必要としていました。

そこで〝精霊《デイヴァイン》〟たちが配置したのが、十八体の〝端末《ガジェット》〟。世界を掻《か》き回すために生み出された役者たち。

〈政治家〉は人に目的を与《あた》え、盲目《もうもく》的に突《つ》き動かすことが。

〈創造者〉は新しいものを創《つく》り出し、人の居場所を広げることが――」

「〈侵略者《しんりやく》〉は？　なんで虐殺《ぎやくさつ》者が必要なんだよ？」

「あんたはハリウッド映画とか見たことないの？」

ストーリーのなかで、意味もなく他者を殺す存在が現れる。そいつが暴れるシーンは観客の注目を集め、最終的に正義の味方にやられるシーンで観客はカタルシスを得る。

「じゃあ、そいつに殺される人間の立場は？」

「あんたは怪獣に潰された人たち《エキストラ》の名前を覚えてる？

あくまで目的はラガジュに夢を見続けて貰《もら》うこと。世界そのものが消えちゃうくらいなら、エキストラなんか何人死のうが構わない。ゼロコンマゼロゼロゼロ――それ以下の犠牲《ぎせい》。比較《ひかく》にすらならない。

〝端末《ガジエット》〟の脳には、割り当てられた行動をしたくてたまらなくなるようなプログラムの塊《かたまり》──『果実』が組み込まれてるの。例えば〈侵略者〉はある時突然《とつぜん》、他人を傷つけたくてしょうがなくなる。『果実』が作り出す『衝動《しょうどう》』に逆らうことはできない。無理に抑えつけようとすれば精神が錯乱《さくらん》を起こして──身体《からだ》が『衝動』のまま、勝手に動き出す。

そういうふうにできている。〝端末《ガジエット》〟はラガジュを楽しませるためだけに存在するの」

「それだけ……なのか？」

「そうよ？　この世界にいる〝端末《ガジエット》〟以外の人間は、あんたも含《ふく》めて全員〝エキストラ〟。歴史に何も名を残さない生き物。ただの頭数」

コップの底で、氷が、からん、と、音を立てた。

「他《ほか》の〝端末《ガジエット》〟の脳にある『果実』を食べれば、役目から解放されるっていう話もあるんだけどね──でも、ちゃんとそうならないように仕掛《しか》けがしてあるの」

黒乃はつまらなそうな顔で、淡々《たんたん》と話し続ける。

「〝端末《ガジエット》〟は〝端末《ガジエット》〟を殺せない。当然でしょ？　主人公クラスの人間は物語の終わりまで死なないの。舞台《ぶたい》は永久に続けていかなきゃいけないんだから。もちろん寿命《じゅみょう》が来たり、役目を果たせなくなったりしたら死ぬけど、すぐに次の世代の〝端末《ガジエット》〟が現れる。無限に。

この世界は無限に続く、終わりのない舞台なの」

「……分からないことがあるんだ」

「あんたに分からないことがあっても困らないもん」

僕は〝流転骨牌《メタフェシス》〟のことを話した。

〝端末《ガジェット》〟と同数の、十八個の駒《こま》。タロットの原型《ルーツ》と言われているもの。

超越者《ちょうえつ》

創造者

教師

生命体

政治家

慈母《じぼ》

恋人《こいびと》

侵略者

断罪人

放浪者《ほうろう》

英雄《えいゆう》

困窮者《こんきゅう》

壊体者《かいたい》

調停者
夢想家
心配症《しょう》
人形使い
角笛《つのぶえ》を吹《ふ》く精霊《せいれい》
「……〝流転骨牌《メタフエシス》〟？　なんであんたがそんなのを持ってるの」
「親切な人が貸してくれたんだ」
「〝流転骨牌《メタフエシス》〟――魔術師《まじゅつし》アグシーダ――？」
「アラビア人の魔術師が作ったものだって言ってた。世界の法則を表すものだって。これも〝端末《ガジエット》〟に関係してるのか？」
「アグシーダは――確か、十四世紀の自称《じしょう》、魔術師、〝雑音《ノイズ》〟の開祖。あんたが知らなくてもいい人間。それに、あんたが持ってる〝流転骨牌《メタフエシス》〟は、できそこないよ。ラガジュの夢を完成させるものが入ってないもの」
「夢を――完成させるもの？」
「〈世界〉。
　この世界は完成してはいけないの。だから〈世界〉の〝端末《ガジエット》〟は、概念《がいねん》だけはあるけど、未《いま》だ存在したことがない。〈世界〉は完成を表す。〈世界〉の〝端末《ガジエット》〟が生まれたということは、夢が完成したということ。そしたらラガジュは目を覚まし、この世界は弾《はじ》けて消える。〈世界〉だけは過去においても未来においても、存在してはいけない〝端末《ガジェット》〟なのよ」

この世界は終わらない。完成しない。無限に続くことだけが目的の舞台。

それが、この世界を動かしている法則《ルール》。

「……最悪だな」

あれが、この世界の神様？

うねうねと動く不定形の生き物が創造主？

あいつは自分で〝夢を見続ける神《ラガジュ＝ディア＝レルガソライ》〟って名乗ってた。

象形文字が描《えが》かれた六角形の柱に囲まれた玉座の中にいた不定形生物。

あの生き物が僕の腕《うで》に刻んだのが、〝傷《ペイン》〟。

僕の役目は真白《ましろ》を〝端末《ガジェット》〟から解放すること。でも、解放するってどうすればいいんだ？

真白の『果実』をえぐりだせばいいのか？　どうなったら失敗？　成功したら世界が無限の輪《りん》廻《ね》から解放されて――失敗したら僕が〝傷《ペイン》〟に喰《く》われる？

「黒乃が言っていることは、全部ただの言葉だよな」

僕はコップに残った氷を噛《か》み砕《くだ》きながら、黒乃の目をまっすぐに見返した。

「ただの物語だろ。証拠《しょうこ》も、なんにもない」

「あんたさっき〈侵略者〉に襲《おそ》われたんじゃないの？」

「周防《すおう》さんは言ってた、世界を分割《ぶんかつ》しつづける神様の物語を書いたことがあるって。それを読んだんじゃないのか？　僕と周防さんを——どういうつもりなのか知らないけど、黒乃はくっつけたい。だからさっき起こった事件に、物語を組み合わせた」

「想像力のない男ってつまんないのよね。なんで真白、こんなの選んだんだろ？」

黒乃は鬱陶《うっとう》しそうに、足元まで伸《の》びる黒髪《くろかみ》をかきあげた。

「それともなに？　自分の人生が無意味だって思いたくなくて、無駄《むだ》な抵抗《ていこう》してるだけ？」

「お前の——黒乃の作り話に振《ふ》り回されるのが嫌《いや》なだけだよ」

「……じゃあ、見れば？」

ぐい、と、黒乃はテーブルに身を乗り出した。ワンピースの襟元《えりもと》を指で、ぐい、と、引っ張る。その下は真っ白な鎖骨《さこつ》のくぼみと、真白の胸に比べたら、あまりにもささやかな丘陵地帯《きゅうりょうちたい》。でも、そこにはあるべきものがなかった。高校生にもなったら普通《ふつう》はつけているもの。ぶらじゃあとか呼ばれてるもの……が。あ、あれっ？

「く、黒乃？　お前、なにっ⁉　下着はっ⁉」

「真白のが私に合うわけないでしょ？　いいよブラなんか別に買わなくても」

「実は双子《ふたご》の弟だとか——わあああああぁごめんっ妹ですっ！　証明しなくていいから！」

わ、わかったから、スカートまくり上げて下着に手をかけるのはやめなさい！

「あんたが変なこと言うからでしょ⁉　いいからこれ、みーなーさーいっ‼」

黒乃は胸に手を突っ込み、銀色の小さな十字架《クルス》を取り出す。

「来なさいっ！　はぁあああああああぁと、ぶれいかぁあああああああっ!!」

黒乃の叫《さけ》びがコーヒーショップの店内を貫《つらぬ》く。

十字架を握《にぎ》りしめた黒乃の指の隙間《すきま》から、淡《あわ》い、銀色の光が溢《あふ》れ出る。黒乃はゆっくりと拳《こぶし》を開いていく。十字架は消え、手の中にあるのは光る球体。それを一振《ひとふ》りすると白銀の直線が宙に描かれる。

その先端《せんたん》が尖《とが》り、鞘《さや》に包まれた切っ先と化す。

黒乃が摑《つか》んでいる部分は、柄《つか》に変わる。

鞘にレリーフが施《ほどこ》された、白銀のショートソードが姿を現す。

「〈生命体〉が自分を殺すために作られた剣、ハートブレイカー」

天井《てんじょう》からつり下がっているほの暗い電球に向けて、黒乃は剣先《けんさき》を突き上げる。

「『繁殖《はんしょく》』のために存在する〝端末《ガジエット》〟には不似合いなほど強力な武器よ。適格者が使えばその刀身は灼熱《しゃくねつ》を帯び、いかなるものも切断する。

五百年の寿命《じゅみょう》を持つ〈生命体〉の人生を終わらせるために作られた魔剣《まけん》。

どう？　これを見ても私の言ってることが作り話だと言えもがあああああっ!?」

僕は剣を掲《かか》げて見得《みえ》を切る黒乃をテーブルの上に押さえつけた。

「いいからしまえ！　すぐしまえ！　店の中でなにを振り回してんだお前はっ⁉」

「だってあんた証拠見せないと信じないじゃない⁉」

「だからって人前でそんなの持ち出すな！　片づけろ馬鹿《ばか》っ」

「天巡《あまめぐり》が私の話を信じなかったのが悪いんでしょ‼　馬鹿ってなによっ⁉」

他《ほか》の客と店員が僕たちを遠巻きにしている。まずい。店員が受話器握りしめてる。さっきショッピングセンターで惨劇《さんげき》があったばっかりだから、一言電話すれば警察がすぐここに来る。

「い、今からこの子がこれを見事に飲み込んでみせます」

自分でもなに言ってるのか分からなくなってきた。

僕は剣を奪《うば》い取り、黒乃の口へと突きつけた。抗議《こうぎ》しようと黒乃が開いた口の中に、鞘に包まれた切っ先を押し込む。がきき、と、白い歯がレリーフの施された鞘を擦《こす》る。

「あんた、なに、もがあああああああああっ！」

魔剣ハートブレイカーの長さは約八十センチ。そのうち三分の二が、鞘に包まれた刀身。細身の剣は、指二本くらいの太さ。「なに、もが、もがあああ。あんたまがかこほで《まさかここで》わらひを《わたしを》亡《な》き者《もの》に――」と、黒乃は鞘を口にくわえた状態でわめき出す。僕は黒乃の口元を上着の袖《そで》で隠《かく》しながら「いいから早く元に戻《もど》せっ」って耳元で叫ぶ。一斉《いっせい》に集まった客の視線。それに気づいたのか、黒乃は剣の鞘を両手で挟《はさ》んだ。

魔剣の鞘に彫《ほ》られているレリーフは、枝を掴んだ女性の姿。

それを取り囲む樹《き》の根――僕の右腕《みぎうで》にある〝傷《ペイン》〟と同じ形。

つながってるのか？　〝傷《ペイン》〟と、この剣と、真白は。

黒乃が剣先をくわえたままなにか呟《つぶや》いた――魔剣を銀色の光が包む。

それが消えると、剣は元の十字架に戻っていた。

コーヒーショップの狭《せま》い店内に、拍手《はくしゅ》が響《ひび》きわたる。

僕は、どうして喝采《かっさい》を浴びているのか分かってない黒乃を置いて、店を出た。


「……ちょ、ちょっと待ちなさい！　まだ話は終わってないわよ天巡っ！」

「黒乃の話が本当だってのは分かったよ」

僕は右腕の袖をめくった。〝傷《ペイン》〟は色も形も変わっていない。

影絵《かげえ》の少女と、まとわりつく樹の根、枝。どんぐりのような木の実。数は十八個。

黒乃の話が本当なら、屋上にいたあの不定形生物は――たぶん、〝夢を見続ける神《ラガジュ＝ディア＝レルガゾライ》〟。

僕の右腕にある〝傷《ペイン》〟は、間違《まちが》いなくあいつが刻みつけたものだ。

あいつは言った。

『この娘《むすめ》を〝精霊《デイヴァイン》〟の〝端末《ガジエット》〟という呪縛《じゅばく》から解放するがいい』

『汝《なんじ》が失敗したなら、〝傷《ペイン》〟が汝を喰《く》らい、取り込む』

僕に向かって、一方的な契約《けいやく》を。

「……そんなの、僕にどうにかできるわけないだろ」

僕が真白を拒絶《きょぜつ》したりすると、〝傷《ペイン》〟が痛み出す。黒乃からの電話を切ろうとしたとき、灼《や》けた針で骨をがりがり削《けず》られたような――あんな状態になったのが、その証拠《しょうこ》。

僕は、真白に繋《つな》がれているんだ。

真白は可愛《かわい》い。一途《いちず》で、あったかい。

僕を信じてくれてる。一緒《いっしょ》なら化け物に喰われても構わないって言ってた。

でも、真白も〝端末《ガジェット》〟。

化け物を操《あやつ》る〈侵略者〉と、同じ生き物なんだ。

歩行者信号が点滅《てんめつ》しはじめた横断歩道の手前。僕が立ち止まると、コーヒーショップからついてきてた黒乃も、隣《となり》で足を止めた。彼女が僕の方を見上げて何か言おうとした瞬間《しゅんかん》、僕はダッシュで横断歩道を渡《わた》りきった。向こう側で振《ふ》り返ると、飛び出そうとして、目の前をかすめたトラックに仰《の》け反る黒乃がいた。苛立《いらだ》つように足踏《あしぶ》みを繰《く》り返し、自分を置き去りにした僕に向かって歯をむき出す。

「聞きなさいっ！　真白は〈生命体〉の〝端末《ガジェット》〟。役目は『繁殖』っ！」

行き交《か》う車の隙間《すきま》を貫《つらぬ》き、黒乃の声が耳に届く。

「真白はあんたを選んだの。あんたじゃないと駄目《だめ》なの！　どうして逃《に》げるの？　真白にはあんたが必要なのにぃっ!!」

エキストラに価値はないって、黒乃は言った。

人間は簡単にいなくなる。昨日まで一緒にいた家族が、見えない穴に落ちてしまったように消えて、二度と会えなくなる。泣《な》き叫《さけ》んでも戻ってこない。

だけど、それが当たり前のことだとしたら。

〝端末《ガジェット》〟が〝夢を見続ける神《ラガジュ＝ディア＝レルガゾライ》〟を楽しませるために人を殺して回ってるとしたら。

真白も〝端末《ガジェット》〟で、そいつらの仲間だとしたら。

僕は――真白と、一緒になんかいられない。

黒乃が道路の向こうで叫んでる。僕は駅に向かって歩き出す。瞬間、後ろでクラクションが一斉に鳴り響いた。車のブレーキ音と、人の怒鳴《どな》り声、そして車のぶつかる音。

振り返ると、

「あああまあああめぐりのばかあああああああああっ!!」

信号も車も全部無視した黒乃が突進《とつしん》してくるところだった。

黒乃を避《さ》けようとした車が急ハンドルを切る。対向車線にはみ出した軽自動車がトラックと接触《せつしよく》。行く手を塞《ふさ》ぐように絡《から》み合う二台の車のボンネットに、黒乃は容赦《ようしゃ》なく駆《か》け上がる。だんっ、と、靴跡《くつあと》を残してジャンプ。

「人の話は最後まで聞きなさいよ！　このわからずやっ!!」

「聞いたから逃げてるんだよっ！」

ごん

僕のみぞおちに、黒乃の頭突《ずつ》きが炸裂《さくれつ》した。背中がアスファルトにぶちあたる。馬乗りになった黒乃が、細い指で僕の両肩《りょうかた》を掴《つか》み、地面に押しつける。

「いいっ？　真白は〈生命体〉、役割は『繁殖《はんしょく》』！　つまり子孫をたくさん残すこと。誰《だれ》か一人を選んでその人と子供を作る。そしてたくさん子供を産んだら――記憶《きおく》をなくすの。前の相手のことを全部忘れて次の相手のところに行く。それが真白の『衝動《しょうどう》』！　わかった!?」

「……相手が誰でもいいってことは分かったよ」

「違《ちが》うっ！　ちがうちがうちがうううっ!!　あんた、真白のことなんにも分かってないっ！　真白は、はじめてなんだよ。『衝動』が発動したの。あんたが真白のはじめてなの！」

息がかかるほど近くにある黒乃の顔。

彼女の目に映る僕の姿が、にじんで、歪《ゆが》んで、そして涙の滴《なみだしずく》が落ちてくる。

「勘違いなんかしてない。周防さんは〈生命体〉の〝端末《ガジエット》〟で、繁殖の相手に僕を――」

「決めつけないでよ！　話はまだ半分なのっ！」

なんで、泣いてるんだろう。

この子も〝端末《ガジエット》〟で、自分の武器だって持ってるくせに。

信号はとっくに変わって、横断歩道の前に人が集まってる。路肩《ろかた》に停《と》まった車は二台。ボンネットがへこんでいるのは黒乃が踏《ふ》みつけたから。運転手が携帯《けいたい》でどこかへ連絡《れんらく》してる。顔は——見られてないよな。黒乃は彼らに背中を向けてるし、僕は黒乃の陰《かげ》になってるし。

「……お願いだから、最後まで話を聞いてよ」

「わかった」

僕は一気に身体《からだ》を起こした。反動で後ろに倒《たお》れていく黒乃の手を摑む。きょとん、としてる黒乃を引っ張って、僕は駅の方向へ走り出す。

「ちょ、ちょっと！　あんたが私と手を繋いでどうするのっ⁉　こういうことは真白としなきゃ駄目でしょっ！　なに考えてるのよっ⁉」

「じゃあ自分で走れよっ」

僕は黒乃の手を放した。黒乃は「ととと」と、前のめりになってたたらを踏む。僕たちの後ろから罵声《ばせい》と足音がついてくる。振り返ると、ボンネットがへこんだ車の運転手が、僕たちを追いかけて来るところだった。

「まさかあの人たちも真白を狙《ねら》ってるの？」

黒乃は首を傾《かし》げた。

やっぱり、この子は別の世界に生きてる。

五分くらい走り続けたあと、駅の地下道への階段を駆け下り、僕は足を止めた。

黒乃を追っていた人たちは諦《あきら》めたみたいだけど、諸悪の根源《黒乃》はしっかり僕の後をついてきていて、汗《あせ》と涙でぐちゃぐちゃになった顔をワンピースの袖《そで》で拭《ふ》き——勝ち誇《ほこ》ったように笑った。

「それじゃ、話の続きね？」


「私、本当は天巡に消えて欲しかった」

午後一時の駅のホーム。

僕と黒乃は並んでベンチに座っている。

「でも、やめたの。真白がどれだけあんたを好きなのか、分かっちゃったから。無理に引き離《はな》したらたぶん、壊《こわ》れちゃうものね……たぶん、補正もできないくらいに」

黒乃の挑戦《ちょうせん》的な視線は相変わらず。さっきまで、泣きじゃくってたくせに。

僕は缶《かん》コーヒーを飲みながら、話の続きを聞いている。

「天巡、真白とデートして何か感じなかった？」

「頭の中がほんのりピンクで一途《いちず》な子供？」

「的確な指摘《してき》をありがと。でもね、そんな〝端末《ガジェット》〟がいると思う？　真白はたくさんの人と交わって繁殖しなきゃいけない。なのに、一途で——そうね、自分の『好き』って気持ちをもてあましてる子供みたいなの。そんなのおかしいって思わなかった？」

「思わなかったもなにも、〝端末《ガジェット》〟の話はさっき聞いたばっかりだ」

「真白は——バグったのよ。あんたのせいで」

黒乃は恨《うら》みがましい目で、頭ひとつ分上にある僕の目を見た。

「〝端末《ガジェット》〟の頭には精霊《ディヴァイン》が作った『果実』があるの。〝端末《ガジェット》〟が〝端末《ガジェット》〟であるためのプログラムの塊《かたまり》。それが誤作動を起こしてるんだと思う。今の真白は、バグった〝端末《ガジェット》〟なの。全部、天巡のせいだ」

「……僕がなにかしたのか？」

「してないわよ。でもね、恋ってのはそういうものなの」

黒乃はまっすぐ、僕を見つめてくる。

「あんたが貰《もら》った手紙のことは私も知ってる。あれはね、真白が書いたものなの」

「……え？」

そんなわけ、ない。

屋上での真白を見れば分かる。彼女は、とぼけてるようには見えなかった。真っ赤な顔をして、必死で僕に訴《うった》えかけてた。〝端末《ガジェット》〟の因果を壊して欲しいって。

「バグったってのはそういうことなの。あの子は自分の使命も、自分が〝端末《ガジェット》〟だってことも忘れてる。天巡に手紙を書いたこともね。〝端末《ガジェット》〟としての使命と、天巡への気持ち、それがぶつかりあって、耐《た》えられなくなって、手紙を書いたあと——真白はバグっちゃったの。あんたが、真白を壊したのよ」

〝端末《ガジェット》〟——『果実』というシステムに操《あやつ》られているもの。

真白がそういうものだとしたら、バグるのは——なんとなく、分かる。

でも、それって僕のせいなのか？

「迷惑《めいわく》なのは分かってる。でも、真白の命がかかってるんだよ」

「……命が？」

「『端末《ガジェット》は端末《ガジェット》を殺せない』。さっきそう言ったよね。『果実』は端末《ガジェット》同士の殺意に反応して、伝達物質を分泌《ぶんぴつ》する。そうすると頭が痛くなったり、身体が動かなくなったりするの。でもね、そのルールは正常に稼働《かどう》してる〝端末《ガジェット》〟にしか適用されないの。

だから、今の真白には身を守る手段がない。他《ほか》の〝端末《ガジェット》〟からすれば、真白は文字通りの美《お》味《い》しい餌《えさ》なのよ」

「〝端末《ガジェット》〟は人間を喰《く》うのか？」

「他の〝端末《ガジェット》〟が持ってる『果実』を喰らえば、〝端末《ガジェット》〟を辞《や》めることができるの」

静かな声で、黒乃は呟《つぶや》く。

「幸せな〝端末《ガジェット》〟なんて、いないもん」

「でも周防さんは笑ってた」

「あの子は今、自分の役割を忘れてるの」

「お前は——黒乃はどの〝端末《ガジェット》〟なんだよ」

「私は、真白がバグったせいで生まれた補正プログラム。

真白が〝端末《ガジェット》〟のことを全部忘れてても、うまく繁殖《はんしょく》できるようにするための、いわばサポート役。真白が〈生命体〉だから生み出せたもの。必要がなくなれば消えるよ」

「結局……黒乃は僕にどうして欲しいんだ？」

「真白を『繁殖』させてあげて」

ぶは
僕はコーヒーを吹《ふ》き出した。

『繁殖』――というのは子供を作れということで、つまり黒乃は僕と真白がくっついて抱《だ》き合ってあんなことやこんなことを――うわぁ。そんなこといきなり言われても困る。まだ学生なんだし、そもそも付き合ってさえいないし。『繁殖』って、飛びすぎだろ、それ。

「真白はね、〈生命体〉の『衝動《しょうどう》』が何なのか忘れてる。忘れてるけど『衝動』そのものは、ちゃんと頭の中に残ってるの。それが天巡を好きだって気持ちと混ざって掛《か》け合わされて、今の真白はもう、あんたのためならなんでもしてあげたいって気持ちになってる。

だからね？　天巡にその気があるなら、真白はいつでもおっけーなんだよ？」

こっちがおっけーじゃないんだよ！　なんで爽《さわ》やかな笑顔《えがお》でサムズアップなんだよ黒乃！

「……………他の選択肢《せんたくし》は？」

「真白を〝端末《ガジェット》〟でなくせばいい。他の〝端末《ガジェット》〟が持ってる『果実』を奪《うば》って真白に食べさせればいいの。そしたら真白は〝端末《ガジェット》〟じゃなくなる。

もちろん、私も、必要なくなるから消えるけどね」

当たり前のことみたいに、黒乃は続けた。

「それは……僕に人間を殺せってことか？」

「……私には、選択肢は二つしかないの。

真白を〝端末《ガジェット》〟から解放するか、真白を正しい〝端末《ガジェット》〟として繁殖させるか。真白がバグるのも仕方がないのよ。この世界には致命的《ちめいてき》なバグ――〝雑音《ノイズ》〟があるんだもん」

黒乃は溜息《ためいき》をついた。

「例えばＲＰＧ《ロールプレイングゲーム》でラスボスを倒《たお》してもゲームが終わらなかったら、どうなると思う？」

「主人公のレベルが上がりっぱなしになる」

「世界を作った側が、それを想定してなかったとしたら？　この世界は『終わり』が無くなったせいで、致命的なバグがあるの。それが〝雑音《ノイズ》〟」

「黒乃は武器持ってるだろ。あれで周防さんを守れば――？」

「ハートブレイカー？」

黒乃は大きく開いたブラウスの胸元《むなもと》から十字架を取り出した。彼女が、しゅる、と腕《うで》を振《ふ》ると、再び白銀のショートソードが出現した。

「抜《ぬ》いてみて」

黒乃は僕に向かってハートブレイカーを突《つ》き出した。僕がためらってると、剣先《けんさき》を胸元に突きつけてくる。銀色の柄《つか》を握《にぎ》ると——なんだか生温かい。黒乃がずっと握ってたからか、それとも、彼女の胸のあたりにずっと張り付いてたから……うわぁ。

僕は鞘《さや》を摑《つか》み、一気に剣を抜こうとした。

「……あれ？」

でも、びくともしなかった。

まるで鞘と刀身が溶接《ようせつ》されてるみたいに、刃《は》の部分は全く姿を現さない。

「ハートブレイカーは天巡には使えないの。もちろん、私にも。これは、いわば真白が自殺するための剣だから」

黒乃は僕からハートブレイカーを受け取り、愛《いと》しいものにするみたいに抱きしめた。

「〈生命体〉は、たくさん子供が残せるように、人間よりずっと老化するのが遅《おそ》いの。好きな人の怪我《けが》を治す能力も持ってるけど、相手の寿命《じゅみょう》だけはどうにもならないの」

好きになった人はみんな自分より先に死んでいく。〈生命体〉は繁殖を繰《く》り返し、付き合った人のことを忘れていく。『果実』は次々、他の人を求めるように指示を出す。恋愛《れんあい》と、死別。無限の繰り返しに心が疲《つか》れていく。この剣は安全装置。〈生命体〉を世代交代させるための。

「そうして耐《た》えきれなくなった時にこの剣で〈生命体〉は自分を殺してもらうの。

これを使えるのは、真白に嫉妬《しっと》している人。美の結晶《けっしょう》である〈生命体〉に恋人《こいびと》を奪われた人——真白のせいで好きな人に振り向いてもらえない人。恋敵《こいがたき》の女性が使うための剣なの」

黒乃は溜息をついて、ハートブレイカーを十字架の姿に戻《もど》した。

「私たちにこれは何の役にも立たない。真白に自分を守る力はなんにもないの。天巡に〝端末《ガジェット》〟と戦ってくれなんて言わない。真白と一緒《いっしょ》にいてくれるだけでいい。危ないことがあったら、真白を連れて逃げて。私が真白の盾《たて》になるから。その間に《に》」

言うべきことを全部言ってしまった黒乃は、疲れたようにベンチに身体《からだ》を投げ出した。長い黒髪《くろかみ》が広がり、黒乃が呼吸をするたびに別の生き物のように揺《ゆ》れる。黒乃は唇《くちびる》を噛《か》みしめ、寝《ね》そべったまま僕の顔を見上げていた。

無理だよ、黒乃。

〈侵略者《しんりゃく》〉から逃げられたのは、運が良かっただけ。僕と真白とみさおさんが、あいつにとっては美味《おい》しい餌《えさ》じゃなかった。助かった理由はたぶん、それだけ。一歩間違《まちが》えれば、僕も顎《あご》だけの化け物に解体されてた。

〈侵略者〉が本当に真白の『果実』を狙《ねら》ってきたら、僕にはどうすることもできない。真白と黒乃がいる世界のルールは巨大《きょだい》すぎて、重すぎて——恐《こわ》いんだ。

「……答えは、保留でもいいかな」

「どのくらい？」

「僕が世界のルールを飲み込めるまで」

「明後日までね？」

早っ。

「忘れないで。真白はあんたを信じてる。私も、真白の千分の一くらいは信じてるから」

真剣《しんけん》な顔で呟《つぶや》いたあと、黒乃は誤魔化《ごまか》すように、「いーっだ」と、歯をむき出して、ホームから地下へと下りていった。

僕はやってきた電車に乗り込み、空いた席に座った。

〝端末《ガジェット》〟は、〝夢を見続ける神《ラガジュ＝ディア＝レルガゾライ》〟を楽しませるために人を殺す。

〈侵略者〉の『噛み砕《くだ》くもの』とか、〝普通の人間《エキストラ》〟には理解できない手段を使って。

人殺しを楽しむもの——真白も、その仲間。

『天巡くんが好きだから』

真白は関係ない。彼女の能力が『繁殖《はんしょく》』なら関係ないはず。

同じ〝端末《ガジェット》〟でも、違《ちが》う。

分かってるのに、真白もあいつらの同類だって考えが——頭から離《はな》れない。

幕間《まくあい》　魔術師《まじゅつし》アグシーダの独白　二

今宵《こよい》は、「終末」についてお話しいたしましょう。

〝夢を見続ける神《ラガジュ＝デイア＝レルガゾライ》〟が目覚めれば、この世界は弾《はじ》けて消える。これは、昨夜申し上げた通りです。また、〝精霊《デイヴァイン》〟がそれを恐れていることも。

〝精霊《デイヴァイン》〟が管理しているこの世界は、完成することが許されてはおりません。

ここに、とある絵描《えか》きがいたとしましょう。

絵描きはカンバスに絵を描《えが》きます。完成するまで、絵と一体となり絵筆を走らせ続けます。ですが、完成すれば彼の仕事はそこで終わりです。筆は止まり、絵には二度と手が加えられることはありません。完成したものは既《すで》に――ある意味死んでいるのです。

〝夢を見続ける神《ラガジュ＝デイア＝レルガゾライ》〟もまた同じ。彼が目覚めれば、この世界の創造は止まり、二度と手を加えられることはありません。その時点で世界は終末を迎《むか》えます。

〝精霊《デイヴァイン》〟がたくらんだのは、〝端末《ガジエット》〟により夢を盛り上げ、いつまでもいつまでも――ラガジュが夢を見続けるようにすること。そしてそれは成功し、今でも世界は続いています。

無限に続く、永久に完成しない世界が。

終わらない世界は楽園でしょうか、それとも無限の煉獄《れんごく》でしょうか。

救いはただひとつ。未《いま》だ存在しない〝端末《ガジエット》〟――〈世界〉。完成を表すもの。

〈世界〉の〝端末《ガジエット》〟が出現した時、ラガジュの夢は完成し、世界は終わると言われています。

はたして、王は無限と有限、どちらを望まれますか？

GADGET

第三章

〈角笛を吹く精霊〉の審査

1

月曜日の朝、気が付いたら僕は電車に乗ってた。

学校に行くつもりで家を出たのに、足が勝手に、駅に向かって歩き出していた。真白《ましろ》と黒乃《くろの》に会いたくなかった。真白はもう僕と付き合ってる気でいるみたいだし、黒乃は問答無用で僕に選択《せんたく》を迫《せま》ってくる。そんな二人に、どんな顔をしたらいいのか分からなかった。

〝端末《ガジエット》〟、〈侵略者《しんりやく》〉、『噛《か》み砕くもの』、〝夢を見続ける神《ラガジユ＝デイア＝レルガゾライ》〟。

昨日から同じ言葉がずっと頭の中をぐるぐる回ってて、全然眠《ねむ》れなかった。

僕は駅の売店でお茶を買い、最初にやってきた電車に乗り込んだ。人はほとんど乗ってない。お年寄りと、ハンチングを被《かぶ》り、釣《つ》りに行くようなブルゾンを着た、フリーターっぽい人だけ。

電車が動き出し、僕は携帯《けいたい》の電源を切った。黒乃がかけてくるかもしれないから。

明日までに結論を出すなんて無理だ。

僕が持ってる選択肢《せんたくし》は三つ。真白を正しい〝端末《ガジエット》〟として繁殖させるか、他《ほか》の〝端末《ガジエット》〟から『果実』を奪《うば》って真白を〝普通の人間《エキストラ》〟にするか——真白と黒乃から、逃《に》げるか。

真白は――綺麗《きれい》だし、無邪気《むじゃき》で可愛《かわい》いと思う。でも、いきなり彼女と子供を作れなんて言われたって無理だ。僕だってベッドの下に十八歳未満お断りの本くらい隠《かく》してあるけど――黒乃が求めてるのはその後の結果なんだ。子供を作って、育てて、つまり生み殖《ふ》やすこと。

無理。絶対に無理――そんな、いきなり人生決めるような覚悟《かくご》なんかできない。

二つ目の選択肢。他の〝端末《ガジエット》〟を倒《たお》して『果実』を奪う。

これも……冗談《じょうだん》じゃない。僕が〈侵略者〉なんかと戦っても絶対に勝てない。仮に、黒乃が持ってるような武器があったとしても――僕に、人を殺すことなんかできない。

最後の選択肢。真白と黒乃の二人から逃げる。

〝端末《ガジエット》〟がいる、異常な世界から離《はな》れて、どこか遠くへ。

そしたらバグった真白と、補正プログラムの黒乃は、僕を信じたまま取り残されて――

二人は、他の〝端末《ガジエット》〟に喰《く》われるのか？

「……どうしろっていうんだよ」

どの選択肢を選んでも、誰《だれ》かが犠牲《ぎせい》になる。

僕か、他の〝端末《ガジエット》〟か、真白と黒乃か――そのどれかが。

誰も傷つかないで、みんなが幸せになる方法。そんな甘い選択肢はどこにもない。

この世界のシステムを考えた奴《やつ》は、根っこのところから歪《ゆが》んでるんだ――。

がたん

電車が揺《ゆ》れた。

そのショックで僕は、座席から滑《すべ》り落ちた。

……あれ？

右腕《みぎうで》の感覚がなくなってる。

電車が駅に停《と》まって、また、走り出す——その瞬間《しゅんかん》。

「がががががあああああああっ!!」

痛い痛い痛い痛い痛い！

灼《や》けた釘《くぎ》で骨を削《けず》られているような痛みが、耳の後ろを走り抜《ぬ》けた。一瞬、目の裏が真っ赤になる。電車の振動《しんどう》でまた激痛が走る。なんだ、これ？　どこから——!?


『——食ベテイイ？』


声がした。

右腕のアザ——女性と樹木、十八個の木の実を象《かたど》った、〝傷《ペイン》〟から。

『——食ベテイイ？』

骨をえぐり出したくなるような激痛と共に。

「……まさか」

金曜日、真白とのデートを断ろうとした時も〝傷《ペイン》〟が痛み出した。

じゃあ……今は？

「あがあがががあがっ！」

激痛で頭が回らない。真白はここにはいない。僕は真白を拒《こば》んだり、傷つけたりはしてない。

でも――離れようとしてる？

距離《きょり》は、駅ふたつ分。

「それだけでも駄目《だめ》なのか⁉」

まるで、鎖《くさり》をつけられた犬のように。

僕は真白から離れることを許されてないのか？　そんな⁉

「次の停車駅は――、――」

アナウンスが流れてる。もうすぐ駅に着くんだ。降りないと。降りて、逆方向の電車に乗るんだ。真白の側《そば》に戻《もど》らないと――このままだと、死ぬ？　〝傷《ペイン》〟に喰われる⁉

『――食ベテイイ？』

電車が停まった――ドアが開く。這《は》って降りようとしたら、一斉《いっせい》に、小学生の子供たちが乗り込んできた。椅子《いす》の下にうずくまってた僕は病人だと思われたみたいだ。みんな僕を遠巻きにして、心配そうに見てる。でも、そんな顔するくらいなら――僕を先に降ろさせて――停車時間短いんだから。

僕は左腕《ひだりうで》を伸《の》ばした。ドアに挟《はさ》んで、閉じるのを阻止《そし》するつもりだった。

けど、

「あれ？　おにーさん？」

伸ばした僕の手を、小さな女の子が握《にぎ》っていた。

「お医者さん行く途中《とちゅう》ですか？　どうしてわたしを呼ばないんですか？」

「リト？」

僕の従姉妹《いとこ》がそこにいた。

「はい。おにーさんの大切な包容力のある小学生です。おにーさん顔、真っ青ですよ？　風邪《かぜ》のばいきんがとうとう脳にまで来たんですか？」

ぷしゅ、と、音がして、ドアが閉じた。

今日のリトはリュックサックを背負ってる。サスペンダーのついたスカートに、ピンクのブラウス。髪《かみ》には同じ色のリボン。そしてやっぱり、スカートの下にはスパッツを穿《は》いている。

リトは当たり前のように僕を抱《だ》きかかえ、座席に座らせせようとした。でも、力が足りない。

赤い顔して「うーん」と唸《うな》ってる。諦《あきら》めたのか、リトは、胸ポケットからハンカチを出して、水筒《すいとう》の水を染《し》みこませた。僕の額に当てて、脂汗《あぶらあせ》を拭《ぬぐ》う。

「遠足？」

「いも掘《ほ》り大会です。次の駅の近くに、学校で借りてる芋《いも》畑があるんです」

「……あのさ、リト」

「苦情は受け付けません」

リトは僕の体温を確認《かくにん》するみたいに、ハンカチを首筋に移動させる。

「友達の前でこういうことしてると噂《うわさ》になるよ？　下手《へた》すれば一年以上」

「それがどうかしましたか？」

髪の毛一本ほどの迷いもない返事。

丸い、大きな目が僕を見つめ返す。

「わたしは今したいことをしてるだけです。後のことなんか知りません」

電車は山に向かっている。線路の先にトンネルが見える。〝傷《ペイン》〟を操《あやつ》る謎《なぞ》電波――は、携帯《けいたい》みたいに、トンネル入ると切れるの――かな。それとも――あの時、不定形の生き物が言ってたみたいに――。


『〝傷《ペイン》〟が汝を喰《く》らい、取り込む』


〝夢を見続ける神《ラガジュ＝ディア＝レルガゾライ》〟の言葉通りに。

「おにーさんっ！」

僕の左手の爪《つめ》が〝傷《ペイン》〟に食い込んだ。右腕を強く握りすぎてた。指先にぬるりとしたものが触《ふ》れる。皮膚《ひふ》が破れて、血が出てる。僕とリトを囲んでいた子供たちが一斉に離《はな》れる。引率役《いんそつ》の先生が子供に腕《うで》を引っ張られ、怯《おび》えた目でこっちを見てる。

「なにしてるんですか？　おにーさんが死にそうなんですよ？　救急車呼ぶとか運転手に連絡《れんらく》するとかしたらどうですこの役立たずっ！」

リトは自分の先生——たぶん、担任——に向かって叫《さけ》んだ。

「いいからもう電車を止めてくださいっ‼」

無茶《むちゃ》言うな。

大丈夫《だいじょうぶ》、次の駅までは我慢《がまん》できるから——そう言ったつもりだった。

だけど、動いたのは口だけだった。声が出なかった。視界が真っ赤に染まる。ぱたん、と、自分が床《ゆか》に崩《くず》れる音が、聞こえた。線路の振動《しんどう》が耳に直接伝わってくる——気持ち悪い。

『——食ベテイイ？　食ベテイイ？　食ベテイイ？』

〝傷《ペイン》〟が叫び続けてる。

甘く見てた。この世界の法則《ルール》は、僕が考えるより容赦《ようしゃ》がなかった。

終わり——なのか？

普通の人間——エキストラはただの頭数。

だから僕も——消える——跡形《あとかた》もなく？

それがこの世界の法則——？

「この電車は止まる。そういうことになっている」

がくん

車輪と線路が擦《こす》れ合う音が鼓膜《こまく》を直撃《ちょくげき》した。

衝撃《しょうげき》で、飛びかけてた意識が戻《もど》る。

電車が急停車した。僕に覆《おお》い被《かぶ》さるみたいにして、リトが倒《たお》れてくる。他《ほか》の子供たちも先生も、立ってた人は転がり、座っていた人は席から投げ出されてる。

座席に座っているのは、たった一人。

始発駅からずっと僕の正面に座ってる、ハンチングを被った男性だけだった。

「子供も教師も当分目を覚まさない。そういうことになっている」

「……事故？」

「事故というよりテロだよ。誰《だれ》かが先頭車両を脱線《だっせん》させた。カーブからトンネルにさしかかってたからスピードが落ちていた。だから後ろの車両は止まるだけで済んだ。それだけのこと」

彼は倒れた子供たちを見回し、笑いを堪《こら》えるような口調で呟《つぶや》いた。

「無理をすることはない。エキストラなど脆《もろ》いものだ。すぐに壊《こわ》れてしまう。だから〝精霊《ディヴァイン》〟が管理しなきゃいけない」

男はつり上がった細い目で僕を見下ろしている。歯の隙間《すきま》から、馬鹿《ばか》にしたような息を漏《も》らしている。なにもかも分かったような顔で、頭に対して大きすぎるハンチングを引っ掻《か》く。

「さて、審査《しんさ》を始めようか。起きなさい〈慈母《じぼ》〉の〝端末《ガジェット》〟」

倒れていたリトが、ゆっくりと目を開き、起きあがった。

「……おにーさんのことで頭がいっぱいだったから、気がつきませんでした」

僕は、動けなかった。こぼれそうになる悲鳴を堪えるので精一杯《せいいっぱい》だった。

目の前にいる男――こいつは、何だ？

見た目は人間にしか見えないけど、目つきが違《ちが》う。僕と、周りで倒れている子供たちに、まるでそこらに転がる石ころを見るような視線を向けている。ここにいる者達の中で、見るべき相手はリトだけ――そんな顔をしてる。

「……おにーさん」

リトの掌《てのひら》が僕の頬《ほお》に触れる。

いつもと変わらない、子供っぽい体温。

「大丈夫です。おにーさんには関係のないことです」

「この時代で逢《あ》うのは初めてかな？　慈悲《じひ》の〝端末《ガジェット》〟である〈慈母〉は、今でも分け隔《へだ》てなく人々に愛を注いでいるのか？」

「小学生はそんなに知り合い多くありません。それに、大事な人は、一人いれば充分《じゅうぶん》です。はじめまして、ですね。〈角笛《つのぶえ》を吹《ふ》く精霊《せいれい》〉。運命を巡《めぐ》らすものにして、管理者。〝端末《ガジエット》〟の管理者であり、〝精霊《デイヴアイン》〟。二つの役目を担《にな》うもの」

リトはスカートの端《はし》を持ち上げ、軽く膝《ひざ》を曲げ、目の前に座る男に挨拶《あいさつ》した。

みさおさんがくれた〝流転骨牌《メタフエシス》〟。

その六番目の配役が〈慈母〉。水が入った壺《つぼ》を捧《ささ》げ持つ、優《やさ》しい表情の女性。

最後の配役が〈角笛を吹く精霊〉。角笛を吹く道化師《どうけ》と車輪。星と太陽を巡らすもの。

リトも〝端末《ガジエット》〟だった。〈慈母〉ってのは分かる。日本一包容力のある小学生にはぴったりだ。でも、リトも常《つね》ならぬ世界の住人なのか――〈侵略者《しんりやく》〉や真白、黒乃と同じように。

真白は〈生命体〉だった。

黒乃はその補正プログラムだった。

「そして、リトは〈慈母〉の〝端末《ガジエット》〟――？」

「ま、まさか、おにーさん。〝端末《ガジエット》〟が何か知ってるんですか？」

こぼれた。

リトの目から、涙《なみだ》が。

知られたくなかったんだ、僕には。

「〝端末《ガジエット》〟は――眠《ねむ》る神様の操《あやつ》り人形」

「おにーさん……どうして知ってるんですか？　おにーさんは〝端末《ガジエット》〟じゃないですよね？　そんなこと知らなくてもいいのに。どうして分かっちゃうんですか⁉」

「リトは……バグってるのか？」

〈角笛を吹く精霊〉が言う〈慈母〉とは違う。リトはみんなに慈悲を振《ふ》りまいてたわけじゃない。リトが包容力を発揮してたのは、僕に対してだけだった。

だったら――リトも真白と同じように、バグってるのか？

「わたしはずっと前から選んでるんです、おにーさんを」

涙の粒《つぶ》を散らしながら、リトはうなずいた。

「なるほど。危惧《きぐ》していた通り、〝端末《ガジエット》〟が役目を忘れているということか」

地の底から響《ひび》くような、〈角笛を吹く精霊〉の声。

「〈慈母〉が持つ包容と慈悲の『衝動《しようどう》』は、その少年のためだけのものじゃない。〈侵略者〉〈断罪人〉〈壊体者《かいたい》〉――死と破壊《はかい》を担当する〝端末《ガジエット》〟が生み出す悲劇を中和するためにある。演者が役を忘れたら舞台《ぶたい》は崩壊《ほうかい》する。そうなれば〝夢を見続ける神《ラガジュ＝ディア＝レルガゾライ》〟が目を覚まし、世界は弾《はじ》けて消える。わかっているのか？」

「わかりません。難しすぎます。わたし、小学生ですから」

「君も、なのか？

終わらぬ世界の代償であるバグが〈慈母〉をも汚染してしまったのか⁉」

〈角笛を吹く精霊《せいれい》〉は爪《つめ》を噛《か》んだ。

電車は止まったまま、事故のアナウンスも流れない。

リトのクラスメイトたちも、先生も、目を覚まさない。

「おにーさん。この人は運命を規定する〝端末《ガジェット》〟です。

しかも〝精霊《デイヴァイン》〟で管理者だから、『衝動』なしで能力が使える——迷惑《めいわく》な人です」

「……うん」

リトは何も変わってない。僕の従姉妹《いとこ》で、いなくなった僕の妹、ほのかの親友。何も変わってない。トレードマークのリボンとスパッツも、スカートを握《にぎ》りしめて、涙をぽろぽろこぼす幼い表情も——面倒《めんどう》見ようと押しかけてきたのを、追い返そうとした時の顔と同じ。

「バグを起こした出来損《できそこ》ないが〝端末《ガジェット》〟を名乗るか」

向かい側の席で〈角笛を吹く精霊〉が、蔑《さげす》むようにリトを睨《にら》む。

「名乗りたくもないですっ！

わたしは自分の意志でおにーさんを選びました。大切な人ぐらい自分で選びます。わたしが〝端末《ガジェット》〟じゃないって言うなら、もう放《ほう》っておいてくださいっ！」

「ただの刷り込み《インプリンティング》だ。

バグを起こしていても『衝動』は発生する。たまたまその時、目の前にこの少年がいただけなんだよ。それを君は、自分で選んだものと思いこんでいるだけだ」

「好きなこと言ってればいいです。わたしの仕事は、おにーさんを病院に連れて行くことです」

「健気《けなげ》なことだ。だが、そこの少年はどう思っているのだろうね？」

〈角笛を吹く精霊〉は用もないのにカメラのフレームに入ってきたエキストラを見るような目をしてる。レンズに張りついた蜘蛛《くも》か蠅《はえ》。〈角笛を吹く精霊〉にとって僕はその程度のものなんだろう。

「リトは——僕の妹分《いもうと》だ」

妹のほのかを亡《な》くして落ち込んでる僕の隣《となり》に、リトはずっといてくれた。一人でいたい——もう誰《だれ》とも付き合いたくない。そう言って何度追い返しても、戻《もど》ってきて、結局、僕の側《そば》に居場所を作ってしまった。

うっとうしいと思うこともあるけど、でも、リトは僕の妹分なんだ。

「僕は、このリトしか知らない。この子が〝端末《ガジェット》〟でも人間でも関係ない！」

「君の答えの方が無意味だ。〝精霊《ディヴァイン》〟が、〝普通の人間《エキストラ》〟に興味を持つと思うのか？」

「……あんたが聞いたんだろ」

「は！　これだからエキストラは！　ただの気まぐれだよ。エキストラは泡《あわ》のように生まれ、弾けて消えていく。その存在に意味はない。誇《ほこ》るがいい。ただ一人の、地上に降りた管理者たる〈角笛を吹《ふ》く精霊〉と向き合い、言葉を交《か》わしたエキストラは数えるほどしかいない。

誇るがいい。君にはバグを起こした〈慈母《じぼ》〉を、舞台から引きずり下ろす任務を与《あた》えよう」

ぴき
陶器《とうき》が割れるような音を立てて、僕の膝《ひざ》が挫《くじ》けた。

「〈角笛を吹く精霊〉の能力は『運命規定』。君の運命を規定する。

君はこれから彼女を殺す。そういうことになっている。

君の両脚《りょうあし》は折れる。

その原因は〈慈母〉にある。

だから君は、彼女を憎《にく》み、殺す」

ぴき
「やめてください！　おにーさんは関係ないですっ!!」

「壊《こわ》れた〝端末《ガジエット》〟は取り替《か》える。世界にこれ以上ノイズが起こらないように。だが私は〝端《ガジ》末《エット》〟を殺さない。誘導《ゆうどう》するだけだ。君が消滅《しょうめつ》するような運命へ」

僕の脚《あし》が、関節の稼《か》働《どう》域とは反対側に反っていく。

それが「運命」？

〈角笛を吹く精霊〉は運命を規定する？

『リトが悪い』

『〝端末《ガジエット》〟のくせに、人間のふりをして』

『何もできないぐうたらだから、彼女は僕の側にいたんだろ？』

『ずっと見下していたんだ。エキストラの僕を』

やめろ。

リトは違《ちが》う。そんな子じゃない。彼女は僕の妹分なんだ。僕と、ほのかと、リトはずっと一《いっ》緒《しょ》にいたんだ。『果実』があってもなくても関係ない！

『殺せよ』

ぱき
膝から下が痙攣《けいれん》をはじめる。

『リトを殺せば全部解決なんだよ』

『〈角笛を吹く精霊〉は〝普通の人間《エキストラ》〟なんか相手にしない』

『リトを殺せば、見逃《みのが》してもらえる』

「あがあああああああああっ！」

脳味噌《のうみそ》をかき回すような声が頭の中で響《ひび》き渡《わた》る。

卑屈《ひくつ》とか嫉妬《しっと》とか、マイナスの感情だけで作られた、無限に繰《く》り返されるエコー。

耐《た》えられない──リトが──悪い？

違う！

「さて──この国には他《ほか》にもバグった〝端末《ガジエット》〟があるようですね。全く面倒《めんどう》なことだ」

〈角笛を吹く精霊《せいれい》〉は僕から視線を外した。

「感じます──誰でしょうね？　また『審査《しんさ》』に行かなければいけませんか。エキストラ同様、壊れた〝端末《ガジエット》〟になど価値はない。何故《なぜ》？　彼らはそれでも生きようとするのでしょう。役目を果たせない者が、存在すべきではないのに」

どくん
この国にいるバグった〝端末《ガジエット》〟──まさか、真白？

こいつは真白まで殺すつもりなのか？

エキストラ、壊れた〝端末《ガジエット》〟。〈角笛を吹く精霊〉は僕たちをまるで虫みたいに見下してる。

他人を殺すのに、自分の手さえ汚《よご》さない。真白が──殺される？　小さくてほわほわしてて、僕の言葉ひとつひとつですぐに真っ赤になるあの子を──誰かの手で殺させるのか!?

『天巡くんについていきます。一緒に食べられるなら、文句いいません』

『──天巡くんが好きだから』

今は何も知らない彼女を、プログラム通りに動かなくなったってだけで？

僕は真白も〝端末《ガジエット》〟――人殺しの仲間だと思ってた。

でも、違う！　こいつと真白は違う！　〝端末《ガジエット》〟は僕たちを高い位置から見下ろしてる。真白は一度だって、僕を見下したりはしなかった――いつも――自分の「好き」って思いをもてあますみたいに――一途《いちず》に、笑ってた。

じゃあ、違う！　真白は違う！　あの子は〝端末《ガジエット》〟の仲間じゃない!!

真白は僕の――

『――食ベテイイ？』

右腕《みぎうで》から――甲高《かんだか》い、子供のような声が聞こえた。

『――食ベテイイ？』

誰《だれ》を？

『――食ベテイイ？』

僕を？　それとも――。

『――〈角笛を吹く精霊〉ノ果実』

いいよ。

その瞬間《しゅんかん》、右腕がはじけた。

〝傷《ペイン》〟が花粉をまき散らしたようだった。

吹き出す、赤い鱗粉《りんぷん》。

それが、僕と〈角笛を吹く精霊〉の間に浮《う》かび上がる。

あれは——何だろう？

鱗粉が集まり、人のかたちに変わっていく。氷のような青白い皮膚《ひふ》。透明感《とうめいかん》のある背中。炎《ほのお》のようにゆらめく赤い髪《かみ》。

〝傷《ペイン》〟から生まれたものは、女性の形をしていた。

真白にも——黒乃にも似てる。背の高さも同じ。胸のサイズは——二人のちょうど中間くらい。何も着てないからそれがよく分かる。獣《けもの》のようにしなやかな身体《からだ》を惜《お》しげもなく晒《さら》して、彼女は僕を見た。

赤い目。

炎を宿したような視線。

当たり前のように彼女は、僕と〈角笛を吹く精霊〉の間に立ちはだかる。

『——食ベテイイ？』

——〈角笛を吹く精霊〉を？

こくん、と、頷《うなず》く〝傷《ペイン》〟。

「……喰《く》っていい！」

エキストラの存在に意味はない。バグった〝端末《ガジェット》〟は処分する——そう言い放った奴《やつ》を。

キュキュキュキュキュキュッ！

〝傷《ペイン》〟が、牙《きば》を剥《む》きだして笑う。〈角笛を吹く精霊〉は、呆然《ぼうぜん》とそれを見ている。〝傷《ペイン》〟の少女は、ぱきぱきと背骨を鳴らしながら、獣のように身をかがめ、ゆっくりと〈角笛を吹く精霊〉に近づいていく。

「何だこれは！　何だこれは何だこれは‼　こんなものは知らない！　〝精霊〟が設定したどのシステムにもこんな物は存在しない！　君は一体なにをした⁉」

「おにーさんっ⁉」

「リトは離《はな》れて！」

僕は叫《さけ》んだ。リトは素直《すなお》にドアの前でうつぶせになり、頭を抱《かか》える。

〝傷《ペイン》〟が考えてることが何となく伝わってくる。

こいつは——こいつは『果実』を喰らいたがってる！

「〝創造主の傷《リジェネリック・ペイン》〟！　まさか、これは〝夢を見続ける神《ラガジユ》〟の細胞《さいぼう》か⁉」

〝傷《ペイン》〟が〈角笛を吹く精霊《せいれい》〉が座っている席に近づく。〈角笛を吹く精霊〉は座席の上に立ち、逃《に》げ出そうとする。けど、それより先に奴の足首を〝傷《ペイン》〟が摑《つか》んだ。

赤い亀裂《きれつ》が走った。

〝傷《ペイン》〟の手が触《ふ》れた部分に、蜘蛛《くも》の巣のようなひび割れが生まれた。

それが、〈角笛を吹く精霊〉の足を上っていく。

「馬鹿《ばか》な！　これは『果実』を喰うのか？　汚染《おせん》するのか？

駄目《だめ》だ！　『運命規定』！　我が足は膝《ひざ》より落ちる！」

ぱしゃあ
〈角笛を吹く精霊〉の足が、膝下《しっか》から落ちた。

まるで、とても鋭利《えいり》な刃物《はもの》が通過したみたいに。

『──美味シク、ナイ』

〝傷《ペイン》〟は、あっさりと、切り離された〈角笛を吹く精霊〉の脚《あし》を食いちぎった。床《ゆか》に落ちた食べ残しが、しゅわ、と、湯気を立てて蒸発していく。

「『運命規定』──我が座標は転移せり！」

〈角笛を吹く精霊〉の姿が座席から消える。一瞬遅《いっしゅんおく》れて、座席一列分離れた扉《とびら》の前に、右脚《みぎあし》をなくした男性が出現する。

「君は……〝夢を見続ける神《ラガジュ＝ディア＝レルガゾライ》〟に──この世界の神に会ったのか？」

座席の背もたれに寄りかかりながら〈角笛を吹く精霊〉が呟《つぶや》く。さっきまでの〝普通の人間《エキストラ》〟を見下した視線とは違《ちが》う、怯《おび》えた──自分が知らない異形に出会ってしまった者の顔だっ

た。

『──オ腹《ナカ》スイタ』

〝傷《ペイン》〟は疲《つか》れたように、かくん、と、膝を折った。赤い目が、甘えるように僕を見た。

真白──？

彼女と、〝傷《ペイン》〟が、だぶって見えた。

真白の裸《はだか》なんか見たことないけど──でも、この子は〈生命体〉の形をした〝傷《ペイン》〟から生まれた。〝傷《ペイン》〟が真白と繋《つな》がってるなら、そこから生まれたこの子も真白と繋がってるはずだ。

『オ腹スイタ──』

炎のようにゆらめく〝傷《ペイン》〟の髪が、ほどけた。

身体が無数の鱗粉に代わり、螺旋《らせん》を描《えが》きながら僕の右腕《みぎうで》へ戻《もど》ってくる。

そうして〝傷《ペイン》〟の少女は人の形から、二の腕に宿るアザに戻った。

影絵《かげえ》のような少女。それを取り囲む樹《き》の根と枝、十七個──の木の実。

「答えろエキストラ！　ラガジュに会ったのかと聞いているんだ！」

「僕は──あんたが嫌《きら》いだ。吐《は》き気《け》がするほど」

学校の屋上で見た六角形の石柱。

形を変える象形文字。

玉座をまたいで横たわる、巨大《きょだい》な不定形のもの。

上半身を覆《おお》う長衣《トーガ》と無毛の頭に載《の》った銀色の冠《かんむり》。

「……あれが、神様？」

あいつが寄越した〝傷《ペイン》〟は、僕か〝端末《ガジェット》〟の『果実』のどちらかを攻撃《こうげき》するのか？

真白を拒絶《きょぜつ》したり、真白から離れたりすると、僕を。

目の前に敵の〝端末《ガジェット》〟がいる場合は、そいつを。

これを——真白を守るために使えっていうのか。僕に、〝端末《ガジェット》〟と戦えって？

でも痛みはまだ続いている。真白に似た赤い少女。そいつはまだ、人の形をしたアザの中で、僕の骨を掻《か》きむしってる。こいつは、味方なんかじゃない！

「君は——ただでは殺さない。せめてラガジュを楽しませるように。君の死に方については、これからシナリオを編み出すとしよう」

嬉《うれ》しそうに〈角笛を吹《ふ》く精霊〉は舌なめずりをする。こいつは、僕のことも何かに利用するつもりなのか？　分からない。こいつの考え方は僕には異常すぎて分からない。

「……あんたと話なんかしたって無駄《むだ》だ。消えろよ！」

「は！　これだからエキストラは‼　身の程《ほど》知らずにも〝精霊《ディヴァイン》〟を見下すか⁉　何故《なぜ》エキストラや『雑音《ノイズ》』が、大いなる世界のシステムに土足で踏《ふ》み込んでくる⁉」

突然《とつぜん》、電車のドアが開いた。開いたドアから乗り込んできたのは、背広姿の男たち。開いたドアの向こうには白いワゴン車。男たちは一斉《いっせい》に、背広の内側から拳銃《けんじゅう》を取り出す。

昨日、ショッピングセンターで、〈侵略者《しんりゃく》〉と戦った警備員が持っていたのと同じものを。

「……リト！」

僕はうずくまったままの従姉妹《リト》に駆《か》け寄り、抱《だ》き起こした。

悪い予感がした。

男たちは〈角笛を吹く精霊〉を取り囲む。全員サングラスをかけていて表情が読めない。車両に男達の足音が響《ひび》く。それでも「目を覚まさない」ことを規定されたリトの先生とクラスメイトは眠《ねむ》ったまま。男の一人は僕とリトに背中を向けている。僕たちは、警戒《けいかい》されてない？

「管理者。〝精霊《ディヴァイン》〟であり〝端末《ガジェット》〟でもあるもの――〈角笛を吹く精霊《せいれい》〉」

男たちの一人が呟いた。

「〝雑音《ノイズ》〟？　ああ、組織を作るまでになったのか。まったく〈壊体者《かいたい》〉は何をしてるんだ？」

右足をなくした〈角笛を吹く精霊〉は座席に腰《こし》を下ろし、舌打ちをした。

「――まあ、ここで君たちと会う、そういうことになっていたんだけどね」

「既《すで》に四体の〝端末《ガジェット》〟を我々は手中に収めている。貴様が五体目だ」

男たちの問いかけを無視して、フリーターめいた〝精霊《ディヴァイン》〟は口の中だけで何かを呟いた。目を細め、僕とリトを見て薄《うす》く笑う。

「大丈夫《だいじょうぶ》。この言葉は君たちにしか聞こえない――『運命規定』。

彼らが持っている拳銃は確実に暴発する！」

ショッピングセンターで見た光景が蘇《よみがえ》る。〈侵略者〉を取り囲んでいた〝雑音《ノイズ》〟と呼ばれた警備員たち。〈角笛を吹く精霊〉は、目の前にいる男たちを同じ名前で呼んでいる。

これから起こるのは残酷《ざんこく》な光景。

僕は左手で座席の下にある非常コックを引いた。右腕の感覚はまだない。動く方の腕をドアの隙間《すきま》に押し込み、無理矢理《むりやり》押し開いていく。

「リトっ！」

リトが僕の首にしがみつく。ドアの隙間に身体《からだ》を押し込み、僕たちは外へと飛び出した。

「大丈夫。拳銃の破片《はへん》は君たちには当たらない。『運命規定』──そういうことになっている。君たちにはもっと、残酷な結末《シナリオ》を。ラガジュが笑いころげるほどのね──」

〈角笛を吹く精霊〉の声が、耳の奥で木霊《こだま》する。直後に爆音《ばくおん》がした。枯《か》れた田んぼに転がりながら、電車の窓越《ご》しに見えたのは、男たちの手元で破裂《はれつ》する拳銃。破片と銃弾《じゅうだん》が飛び散り、持ち主に向かって飛んでいく。彼らの、首から上が──なくなった。引き金を引かなかったのは一人だけ。不発だったのか、仲間の様子に怖《お》じ気づいたのかは分からない。

僕はリトを抱きしめる。

あれが〈角笛を吹く精霊〉の能力なんだ。

〝流転骨牌《メタフェシス》〟の最後に位置する、〝端末《ガジェット》〟の『運命規定』。

物質でも生き物でもなんでも、その「運命」を決めてしまう能力──？

がたん、と、音がして、停《と》まったままの電車から、生き残った男が転がり降りてきた。サングラスが割れ、頬《ほお》に金属片が突《つ》き刺《さ》さっている。拳銃は握《にぎ》ったまま。

男と、僕の視線がぶつかる。彼は僕とリトを見てから、握りしめた拳銃を――舌打ちしてホルスターに戻《もど》した。乗ってきたワゴン車に戻り、収穫《しゅうかく》前のキャベツを踏み荒《あ》らして走り去った。

農道の向こうからサイレンの音が聞こえた。

「……もがもがもが」

「黙《だま》って、リト。〈角笛を吹く精霊〉が、まだ電車の中にいる」

「……も、もういないと思います」

「なんで?」

「〈角笛を吹く精霊〉は舞台《ぶたい》を管理するものだからです。自分から舞台を動かすことはしません。警察なんかの前には姿を見せないはずです」

力が抜《ぬ》けた。

僕は泥《どろ》と雑草だらけの田んぼに寝転《ねころ》がった。

〈角笛を吹く精霊〉の『運命規定』から解放された先生が、電車のドアから顔を出す。泥の上に転がる僕とリトを、呆《あき》れたみたいな顔で見てる。先生の周りにはリトのクラスメイトがまとわりついてる。

顔面泥だらけのリトは先生に手を挙げ、それで義務は果たしたみたいに顔をそむけた。

「ところでおにーさん、あ、あの腕《うで》は——？」

「痛くなくなった。筋が違《ちが》ってたのが、床《ゆか》に落ちたショックで治ったみたいだ」

「…………そうですか」

絶対に嘘《うそ》をついてますおにーさん、でもここは納得《なっとく》したふりをしておきましょう。ところでこれからわたしたちは警察の事情聴取《ちょうしゅ》という奴《やつ》を受けるんでしょうか、時間を取られるのはやだし芋掘《いもほ》りのんきにやってる気分でもないから、事故のショックでずっと気絶してたことにしましょう。ではおにーさん口裏を合わせてください——文字にして百字ちょっとの情報を視線で伝えて、リトは僕の腕の中で目を閉じた。

やってきた警察車両と救急車が、農道に停まった。

警官が降りてくるのを確認《かくにん》してから、僕も、気絶したふりをした。

薄目《うすめ》で、右腕の〝傷《ペイン》〟——髪《かみ》の長い少女と、それにまとわりつく樹《き》の枝。

昨日よりひとつ少なくなった、十七個の木の実を見ながら。

2

白い部屋。

手を伸《の》ばしても届かない場所にある窓。

蓮花の象眼が入ったテーブルに頬杖《ほおづえ》をつき、少女がノートに万年筆を走らせている。象牙色《ぞうげ》の椅子《いす》にふわりと広がる白金《プラチナブロンド》の髪。足元まで伸びた髪は、石造りの床でとぐろを巻いている。ページを繰《く》る少女の指は白く、纏《まと》っている白衣との境目さえ分からない。

少女の瞳《ひとみ》は、光を帯びた紫水晶《アメジスト》の色。

彼女の背後に、首からモノクルを下げた初老の男性が立っている。髪も髭《ひげ》も白く、少女同様白衣を身につけている。ノートにかじりついていた少女は、老人の視線に耐《た》えきれなくなったように、万年筆を投げ出した。

「博士《はかせ》。リーディングは終わった。今日はもういいでしょ？」

少女の声に、老人が静かに頷《うなず》き返す。

「日本で八人の部下が〝端末《ガジエット》〟に殺される、か。〈侵略者《しんりやく》〉を監視《かんし》していた者を二人。また、〈角笛《つのぶえ》を吹《ふ》く精霊《せいれい》〉の動きを探《さぐ》っていた者を五人、既《すで》に生け贄《にえ》として差し出したのだが。生き残った最後の一人も死ぬのかね？

それだけの代償《だいしょう》を支払《し》《はら》い、我々は何を得るのだろうか？」

「〈侵略者〉と〈壊体者《かいたい》〉。

わたしの中に取り込んだ四つの『果実』。そして新しく手に入れるものふたつ。合わせて六つ。いかがかしら、博士」

「なるほど、既に犠牲《ぎせい》となった者、これから犠牲になる者は、そのための生け贄と？」

「〈教師〉の『衝動《しょうどう》』。『リーディング&ティーチング』」

ディンタニアは立ち上がる。白壁《しらかべ》をバックに、白金色《プラチナ》の髪が広がる。

まるで翼のように。

ディンタニアは、自分より少し高い位置にある博士の顔を見上げる。細い足に支えられた身体《からだ》。ほどよい起伏《きふく》を備えた曲線美。透《す》き通るような白い肌《はだ》を、無造作に覆《おお》う白衣。身長は真白より少し高いくらいだろう。ディンタニアは、まるで子供のような好奇心《こうきしん》に満ちた目で、師《し》匠《しょう》であり、研究者でもある老人を見つめている。

「〈恋人《こいびと》〉〈困窮者《こんきゅう》〉〈調停者〉の能力も、すぐに使えるようになるわ。そしたら外に出てもいいのよね？　博士」

「ああ、そうだ」

「……でもね、不思議なことがあるの」

ディンタニアは、インクの乾《かわ》いていない文字を指でなぞった。

擦《こす》れたインクが、ノートと、白い肌に黒い線を残す。

「〈角笛を吹く精霊〉と接触《せっしょく》したのは〝雑音《ノイズ》〟の六人、〈慈母《じぼ》〉と、もう一人いたはずなの。でもね、その人のことが全く読めないの。まるでモザイクがかかったみたい」

「〈角笛を吹く精霊〉が何かしたのではないかね？

　読んでるのは『読まれた』と思う。博士、前の指示は忘れてないよね？　電車で生き残った部下は〈侵略者〉に張り付けておく。これは大事なことよ。忘れないでね」

「日本支部に確認しておこう」

「でも、ディンタニアにも読みとれない人がいるんだ……会ってみたいな、〈教師〉の『リーディング』から逃《に》げられる人がいるなんて信じられない。ね、博士。誰《だれ》かわかったら教えて？

ディンタニアはその人を恋人にするの。

好きな人のことが全部分かっちゃったらつまらないでしょ？

だからね、ディンタニアはなにひとつわからない人を恋人にするの」

内緒話《ないしょばなし》をするように、ディンタニアは可愛《かわい》らしい唇《くちびる》に指を当てる。

「了解《りょうかい》だ。可能な限り叶《かな》えよう。

リーディングが終わったのなら今日はお休み。

まだ、全《すべ》ての『果実』が定着したわけではないのだから。

我らの希望。

〝雑音《ノイズ》〟が七千二百年の間、願い続けたもの。完成を導くもの。人工の〝端末《ガジエット》〟」

そして言葉を、見えないものに聞かれるのを恐《おそ》れるかのように、続ける。

「ディンタニア——我らの、〈世界〉よ」

幕間《まくあい》　魔術師《まじゅつし》アグシーダの独白　三

終わらない世界の代償――今宵《こよい》は『雑音《ノイズ》』についてお話しいたしましょう。

ここに一枚の、真っ白なカンバスがあるとします。

最初の人間が、ここに最初の筆を入れました。彼は生涯《しょうがい》をかけて絵を完成させようとしました。しかし、あまりに高度な絵だったため、彼の代では完成しませんでした。やがて彼は老い、絵は彼の子供へと引き継《つ》がれて行きます。

子より孫へ、更《さら》に玄孫《げんそん》へ絵は引き継がれ――仮に八代目で、完成したといたします。

カンバスは一点の隙間《すきま》もなく絵の具で埋《う》められました。もはや塗《ぬ》る場所はございません。

しかし、ここで問題が発生します。

代々、その絵だけを描《えが》き続けてきた彼らには、完成＝終了《イコール》という概念《がいねん》が無かったのでございます。絵を描くのを止《や》めれば、彼らは生きる目的を失ってしまいます。

描かれた図柄《ずがら》が歪《ゆが》み、見るに堪《た》えないものになったとしても、絵は永遠に描き続けなければいけない。彼らはそう考え、白い部分など欠片《かけら》もないカンバスに色を塗り続けました。

絵の具は段々と厚くなっていきます。

やがてカンバスはそれを支えきれなくなり、剥《は》がれた色が地面へと落ちます。

ぽとり

床《ゆか》に染《し》みを作ります。

ぽとり

ぽとり

絵描《えか》きを〝夢を見続ける神《ラガジュ＝デイア＝レルガゾライ》〟。絵を、この世界とお考え下さい。

染みは「歪み」でございます。

完成されない絵に発生した歪み――〝雑音《ノイズ》〟と申します。

絵を画家の意図とは違《ちが》うものに変えていく、余分な絵の具でございます。

〝雑音《ノイズ》〟はこの世界に発生した歪みですが、人間の形をしております。

世界が永久に終わらない代償《だいしょう》として彼らは発生しました。彼らの存在は、精霊《ディヴァイン》が精細に作り上げたシステムを歪めてしまうことになります。

故《ゆえ》に〝雑音《ノイズ》〟を狩《か》りたてる〝端末《ガジェット》〟が存在します。

〈壊体《かいたい》者〉も、その一人。

石であれ、釘《くぎ》であれ、〈壊体者〉が握《にぎ》った瞬間《しゅんかん》、あらゆるものを分解する凶器《きょうき》と化すといわれております。〈壊体者〉は生まれつきの殺戮者《さつりくしゃ》。気まぐれに人間も動物も、十数の欠片に解体してしまいます。

〝雑音《ノイズ》〟が望むのは〈世界〉の創造。

エジプトでは古来死者の内臓を取り出し、ミイラにすることが行われて来ました。これは来世での復活を願ってのこととされていますが、例えば、ミイラにされた者が〝端末《ガジェット》〟の一人であったとしたらどうでしょう？　内臓を取り出したのは、彼らを〝端末《ガジェット》〟たらしめているものが何処《どこ》にあるのかを探すためだったとしたら？

〝雑音《ノイズ》〟は常に、〝端末《ガジェット》〟の秘密を探しているのです。

〝端末《ガジェット》〟と〝雑音《ノイズ》〟の暗闘《あんとう》は七千年の時を経ても、未《いま》だ決着がついておりません。

彼らの争いが終わる時、人の世界は新たなる姿を見せるのでしょう。

それが、〈世界〉による新たな創世であるのか。

それとも、〝精霊《ディヴァイン》〟が望む終わりなき夢であるのか。

私はそれを見届けたいと思っていますが、しかし、叶わぬことかもしれません。

王よそれは――

GADGET

第四章

〈慈母〉は静かに嫉妬する

1

逃《に》げ損《そこ》なったから正座することになった。

僕とリトはカーペットの上に座ってる。目の前のテーブルには、さっきリトが淹《い》れてくれたミルクティが入ったカップ。ちょうど喉《のど》も渇《かわ》いてきたところだけれど、部屋に漂《ただよ》う不気味な緊《きん》張感《ちょうかん》のせいで手が出せない。

ソファーに座って僕たちを見下ろしてる楓《かえで》さんの視線が痛い。

「ねぇ、翔《かける》」

「……誰《だれ》のことですか？」

「あんた」

「そうだっけ？」

「金曜日、風邪《かぜ》引いたってゆって学校休んだわよね？　今日は普通《ふつう》に学校に行ってるはずの君が、どうしてリトと同じ電車に乗ってたのかなぁ？　お姉さん不思議だなぁ」

にっこり笑って首を傾《かし》げる。

ノンフレームの眼鏡《めがね》を貫通《かんつう》した視線が、容赦《ようしゃ》なく僕に突《つ》き刺《さ》さる。

楓さんの髪《かみ》は茶髪《ちゃぱつ》のポニーテール。二週間会わないうちに脱色《だつしょく》したらしい。髪を留めているのは半透明《はんとうめい》のバレッタ。真っ赤なルージュの唇《くちびる》が吊《つ》り上がっているのが問答無用で恐《こわ》い。仕事の途中《とちゅう》で抜《ぬ》け出して来たせいで、着ているのはパンツスーツ――って、楓さん何の仕事してるんだっけ？　警察署に大型バイクで乗り付け、警官の目の前で僕とリトに三人乗りを強要してそのまま逃走《とうそう》してもクビにならない仕事なんてあるのか？

「理由があるならゆってごらん？　聞いてあげるから」

「実は学校ですごい嫌《いや》がらせをされてそれに立ち向かうか逃げるかの二者択一《にしゃたくいつ》なのですが、第三の手段はないかを探していて、考えを整理するために空気の綺麗《きれい》なところで気持ちを落ち着けてついでに悟《さと》りを開こうと思っていたんです」

「嫌がらせの内容を具体的に示しなさい。四十字以内」

「女の子から手紙を貰《もら》って屋上に行ったら悪戯《いたずら》で、その子の妹に怒《おこ》られて精神に傷を負った」

「その子の名前は？　ついでにスリーサイズは？」

「知らないし――だいたいその質問はセクハラだと思うよ叔母《おば》さん」

「『楓さん』もしくは『お姉さん』」

「一児の母がなにを言いますか」

「美人は年取らないからいいの。それで、言い訳はおしまい？」

僕は、横目でリトを見た。

〝端末《ガジェット》〟について話していいかどうか、聞いたつもりだった。

だけど僕の隣《となり》で正座してるリトは目を伏《ふ》せ、小さく首を振《ふ》った。

「とにかくね、楓さんは保護者として、翔には安全で健康で文化的な生活をしてもらう義務があるわけ。そりゃ山のなかで瞑想《めいそう》したっていいけどさぁ、その途中で事故って怪我《けが》されたりしたら、楓さん責任感じて髪の毛全部剃《そ》って出家しちゃうよ？」

「是非《ぜひ》そうしてください。お寺の手配しますから」

「まあ、翔が精神に傷を負ったのは分かった。じゃあ、それを癒《いや》すマスコットが必要ね。傷ついたままじゃ、あんたまた逃亡《とうぼう》するものね。ねぇ、リト」

「ふぇっ？」

突然《とつぜん》話を振られたリトが、喉から変な息を吐《は》き出す。

「あんた、電車で小学校通っても構わないわよねぇ？」

「え、ええっ？　一人暮らし？　でも、友達でそんなことしてる人いないよ？」

いきなりといえばいきなりな提案に、リトは目を丸くして楓さんを見てる。

「それに学校遠くなったら朝ご飯作ってる時間もないよ？　おかーさん、朝はご飯じゃないと一瞬《いっしゅん》でキレるよね？　こないだパン焼いたらこんなものが食えるかーってちゃぶ台返し」

「リトが一緒《いっしょ》に住んで、翔の心を癒してあげなさい」

「……了解《りょうかい》しましたっ！」

座ったままジャンプするんじゃないかと思うくらいの勢いで、リトは手を挙げた。「準備してきます！」と言い残し、部屋を飛び出して行く。楓さんは満足そうな溜息《ためいき》をつき、僕はやっと金縛《かなしば》りから解放されて、冷めて香《かお》りの飛んだミルクティを口に含《ふく》んだ。

「……ご、ごめんなさい嘘《うそ》です。急に山が見たくなっただけです。だから」

「リトはいらない？　大喜びで準備してるのに残念ね。きっと傷つくわね。あの子一回落ち込むと引きずるからきっと登校拒否《きょひ》になるわね。小学校に留年ってあったかしら？　ああ、そんな残酷《ざんこく》なこと楓さん言えないからね。『リトいらない来るな』って、翔から伝えてあげて」

「……大人なんか大嫌《だいきら》いだ」

「嫌われる覚悟《かくご》なしで保護者なんかやってられません」

「他人を監視《かんし》する口実に、自分の娘《むすめ》を使いますか？」

「子供の幸せを考えるのが、おかあさんの務めだもの」

楓さんは急に真面目《まじめ》な口調になる。

「リトの気持ちに責任を持てなんてこと言わない。あなたはあなたの思うことをすればいい。あの子は、翔の側《そば》にいるだけで幸せなんだから。そういうことになっているの」

もしかしたら——楓さんはリトが〝端末《ガジェット》〟だってことを、知ってるのかもしれない。根拠《こんきょ》はないけど。この人、本当に油断できないんだ。

「無邪気《むじゃき》でいられる時間はそんなに長くないの。あの子を翔の側に置いてあげて。これは楓さんのわがまま。ね？」

「……この卑怯者《ひきょうもの》」

「お褒《ほ》めの言葉として受け取っておきましょう」

不思議と真剣《しんけん》な表情のまま、楓さんは笑った。

2

みさおさんの古書店は休みだった。

もともと『営業中』『休業中』なんて札が出ていたことはない。店の前に猫《ねこ》がたかっていたら営業中。二、三匹《びき》しかいなかったら、みさおさん昼寝《ひるね》中。

今日は一匹もいないから、お休み。

「……どうしたんですか？」

リトが不思議そうな顔で僕を見た。

古書店と、ドラッグストアとの境目の路地に入っていく人影《ひとかげ》が見えたような気がした。

逆光のせいで、見えたのは影と、夕方の風にひるがえる金色の髪《かみ》だけだったけど。

「ちょっと待ってて」

僕はリトに荷物を預け、足音を殺して路地に近づく。古書店とドラッグストアの隙間《すきま》は狭《せま》くて、肩《かた》をすぼめてやっと通れる程度。壁《かべ》沿いに昭和末期のマンガ雑誌が積み上げられているから、かなり歩きにくい。

「にゃー」

本の山の向こうに猫がいた。

「ふにゃー！」

猫は不法侵入《しんにゅう》者をとがめるように、尻尾《しっぽ》を膨《ふく》らませて僕を睨《にら》んでる。僕の足元で水を含んだ雑誌が破れて、ぐちゃ、と、気持ち悪い音をたてる。地面には赤い――ぬるりとした水が染みこんだ紙と――綺麗《きれい》な切り口の細長い毛の束。ひとつ、ふたつ、みっつ。

あれは――尻尾――それとも？

「にゃあああああああああああああああああああっ!!」

「わわわっ」

猫は叫《さけ》びながら僕の顔に向かってジャンプ。しゃきん、と振りかざす爪《つめ》を、僕はバックステップで避《よ》ける。濡《ぬ》れた地面に着地した猫は毛を逆立て、口から泡《あわ》を吹《ふ》きながら鳴《な》き叫ぶ。ここは通行止め、通りたければ命がけ。刺《さ》し違《ちが》えても通さない。それだけの覚悟があるか――。

「みさおさんは――？」

「ふみゃあああっ！」

僕は後ろ向きに路地を出た。

これ以上ここにいたら、興奮しすぎた猫が血を吐《は》くんじゃないかと思ったから。

僕はみみずく古書店の建物を見上げた。

木造の外壁《がいへき》は剝《は》がれかけ。破れた庇《ひさし》はトタンで補修してある。隙間から何枚もビニールがはみ出てるのは、水を染み込ませないため。雨の日にはたぶん、斜《なな》めになった雨樋《あまどい》から水が噴《ふ》き出してくる。

でも、みさおさんは、僕に補修を手伝えって言ったことはない。全部、自分でやってる。店番も帳簿《ちょうぼ》も入荷《にゅうか》も出荷も、全部。それが経営の秘密。一人で生きていく覚悟と、強さなのかな。

「おにーさん。おにーさんってば！」

「あ」

リトの声で僕は我に返った。リトに荷物を預けっぱなしだったのを思い出した。当面の着替《きが》えと教科書は、リトのリュックの中。他《ほか》の荷物は明日の宅配便で届くことになってる。

住むところが変わるんだから、少しは不安そうな顔してもいいのに、リトは笑ってた。

笑って、初対面の二人と話してた。

周防《すおう》真白《ましろ》と、黒乃《くろの》。

バグった〈生命体〉の〝端末《ガジエット》〟と、補正プログラムの少女。

「この人たち、おにーさんのとこにお見舞《みま》いに行く途中《とちゅう》だそうです」

学校帰りなのか、真白も黒乃も制服姿だった。真白は愛《いと》しいものを見るように両手を組んで僕だけを、黒乃は冷えた目で僕とリトを眺《なが》めている。

「あのその、あのですね、黒乃が、お見舞いに行こうって。あたしは具合悪いのにデートなんかに誘《さそ》ったのが悪かったんだからそっとしておこうってゆったんですけど……。でもでも、お話したいとは思ってました。そしたら」

「あんたがのこのこ出歩いて、路地裏覗《のぞ》いてたってわけ」

黒乃は皮肉たっぷりに目を細めて、僕の顔を覗き込む。

「熱出して動けないんじゃなかったの？」

「夕飯の買い物に来ただけだよ」

「晩ごはん？　あんたこれからこの子を食べるの？」

黒乃はリトを指差した。リトの背中にはふくれあがったリュック。片手には洗面用具やタオルの入った紙袋《かみぶくろ》。もう片方の手には大根とネギがはみ出したレジ袋。足元にも食材の山。

「……学校で、何か変わったことは？」

僕は声をひそめて、黒乃の耳元に囁《ささや》いた。

「なんにも――って、まさか〈侵略者〉が、真白を狙って来てるかと思った？」

「……そんなところ」

「大丈夫、こっちには来てないわよ？　危ない奴は、誰も」

――来てない――危ない奴は、誰も。

黒乃の答えに、僕は溜息をついた。

僕が電車の中で出会った〈角笛を吹く精霊〉。〝精霊《ディヴァイン》〟であり管理者でもある――〝端末《ガジェット》〟。

あいつは、この国には他にもバグった〝端末《ガジェット》〟がいるって言ってた。真白のことかと思ってたんだけど――違うのか？　それとも、右足を失って真白に手を出す余裕がないだけなのか？

分からない。それに、あいつには二度と会いたくない。

僕とは違う世界の生き物でいてほしい。

「黒乃。〝端末《ガジェット》〟同士って、居場所を検索《けんさく》できたりしないのか？」

「無理よ。ひとつ、私は〝端末《ガジェット》〟じゃない。ふたつ、〝端末《ガジェット》〟は、『衝動《しょうどう》』が発動するまで普通《ふつう》の人間と変わらない。〝端末《ガジェット》〟と意図して会えるのなんて〈角笛を吹く精霊〉ぐらい。私はあいつに会ったらまずいんだけど。とにかく、私たちはそんなに便利な存在じゃ――」

「おにーさんっ!!」

レジ袋を提《さ》げたリトが、僕の腕《うで》を引っ張った。

「さっさと帰りましょう！　おにーさんまだ本調子じゃないし、電車の中で腕が痛い痛い痛いって言ってたでしょ。だからっ！」

「ごめん、ちょっと待ってて」

僕は歩道の真ん中で、きょとん、と、立っている真白を手招きした。

視線が合った瞬間《しゅんかん》、真白の顔が一気に沸騰《ふっとう》した。頭のてっぺんから見えない湯気を上げながら、のぼせたような足取りで近づいてくる。

僕はまわりを見回して人目が——リトと黒乃以外——ないことを確認《かくにん》。

右手で、真白の手を握《にぎ》った。

「ふぇっ⁉」

真白は、きゅん、と身体《からだ》を震《ふる》わせ、大きな目で僕を見た。

僕だって他人《ひと》にされたらびっくりだ。けど、警察に保護された後もずっと、右腕《みぎうで》の〝傷《ペイン》〟は疼《うず》いてた。〝傷《ペイン》〟は真白と離《はな》れている距離《きょり》と時間が長くなると痛みが強くなって、くっついてると痛みが消える。命がけで今日、僕はそのことを確認した。

だから、今日の分の「真白成分」を補給させてほしい。

「あわわ……あ、天巡《あまめぐり》くん？」

「ノート貸してください」

「え？」

「二日も休んだから授業に遅《おく》れてないか心配なんです。コンビニでコピー取らせてください」

「は、はい。も、もちろんおっけーです」

「ありがとう」

「わ、分かりましたから。手を握られるとあたし、きゅん、ってなっちゃいますから――」

切なそうに目を閉じて、空いた手で胸を押さえる真白。

振り返ると、リトがなんだか凄《すご》く怒《おこ》ったような顔で僕たちを睨《にら》んでる。その耳に、黒乃が何かを呟《つぶや》いた。リトは無言でリュックを背中から下ろし、取り出した展開式踏《ふ》み台を黒乃の顎《あご》に向かって振り上げた。

がごん、と、音がして――楓さん印《じるし》の展開式踏み台は、一撃《いちげき》で黒乃を気絶させた。

「……貧血だそうです。気が付いたら追いかけますから先に行っててください」

「いや、殴《なぐ》っただろ。しかも顎」

「包容力のある小学生にも我慢《がまん》の限界というものがあるんです」

リトは全く無い胸を張った。

真白は背後で起きた惨劇《さんげき》には全く気づかず、みさおさんの古書店を見上げていた。

「どうかした？」

「……いえ？」

真白は耳たぶを細い指で、ぴん、と、引っ張った。

「『ぷつん』って、不思議な音が聞こえたような気がしたんです。それと――泣き声？」

「猫《ねこ》の声じゃないかな？」

さっき、あれだけ興奮してたし。

「そ、ですね。二日も休んじゃってますもんね、天巡くん」

全身全霊《ぜんれい》でお力になりましょう、と、真白は僕の腕を引っ張って歩き出す。

「……そんなたいしたことじゃないよ」

「ううん、そんなことないです。天巡くんが誰《だれ》かにお願いをしたのは初めてでしょ？　いつも、手助けされるのを避《さ》けるようにしてたから。違うかな？」

どくん
心臓が跳《は》ねた。

人と争うのは時間の無駄《むだ》。クラスでは空気を読んで、みんなに合わせる。教室移動はさりげなく人波についていく。誰かに質問するときは、会話の中にさりげなく交ぜる。頼《たの》み事は大丈夫そうな相手だけ。貸すのはいいけど、借りは作らない。

人間《ひと》は突然《とつぜん》いなくなってしまうものだから、できるだけ、深く関《かか》わらないように。

「……そんなこと、ないけど」

「いいんです。あたしが嬉《うれ》しいだけなんだから」

今まで見抜《みぬ》かれたことなかったのに。

真白は僕の手を握ったまま、コンビニのガラス戸を押した。一歩進むごとに振り返り、僕たちの掌《てのひら》が繋《つな》がっているかどうかを確認してる。絡《から》み合った指を眺《なが》めて「えへへ」と笑う。

〝傷《ペイン》〟の痛みは消えたのに、僕たちの手はほどけない。

真白と〝傷《ペイン》〟から生まれた少女の顔が重なる。

『果実』を補食する化け物と、〈生命体〉の少女。

顔が似てるだけで、中身は全然違《ちが》うのに――。

こつん
コンビニのガラス戸をくぐった真白の肩《かた》が、背の高い男性の腕《うで》とぶつかった。

反射的に真白が顔を上げた瞬間、彼女の細い背中が硬直《こうちょく》した。

「やあ」

目の前の男性は僕たちに向かって軽く手を挙げる。真新しい革《かわ》ジャンの袖《そで》に赤黒い染《し》みがついてる。金髪《きんぱつ》はショッピングセンターで会った時のまま。だけど、あの時とは違う。目の前にいる人は、信じられないくらい穏《おだ》やかな目で僕と真白を見下ろしている。

〝精霊《デイヴァイン》〟に選ばれた殺人者だって、分からないほどに。

僕たちの前に〈侵略者《しんりゃくしゃ》〉が――いる⁉

「……周防さんっ！」

僕は真白の肩を掴《つか》んで抱《だ》き寄せる。〈侵略者〉から視線は外さない。背中を見せたら襲《おそ》われる。相手は『衝動《しょうどう》』だけで動いてる。野生動物と同じだ。

〝傷《ペイン》〟を呼ぶ――？

駄目《だめ》だ。こんなところであれが出てきたら、こっちが化け物扱《あつか》いされる。

それに、真白に〝傷《ペイン》〟の少女は見せたくない。

今の真白は〝端末《ガジエット》〟のことなんか何も覚えてないんだから。包容力が有り余って頭の上から噴水《ふんすい》みたいに吹《ふ》き出してるリトとは違う。『果実』喰《ぐ》らいのあの子を真白に見せて、嫌《きら》われたら——僕が〝傷《ペイン》〟に喰われるかもしれない。

「天巡くん。この人——このひと」

〈侵略者〉を指さす真白の腕を掴んで、僕は駆《か》けだした。

でも——二歩、踏み出したところで、走れなくなった。

両脚《りょうあし》の、膝《ひざ》から下が痙攣《けいれん》していた。

昼間〈角笛を吹く精霊〉に痛めつけられた部分に限界が来たんだ——こんな時に！

「そんなに怯《おび》えないで欲しいな」

コンビニのガラス戸を半分だけ押し開けた〈侵略者〉が、僕たちを見ていた。

「別に、君たちを追いかけてきたわけじゃない」

瞳《ひとみ》の色が昨日と違う。あの時〈侵略者〉の目は返り血をそのまま映したような赤色だった。

今は黒。普通《ふつう》の人間と変わらない。

「……消火剤《ざい》は綺麗《きれい》に取れましたか？〈侵略者〉」

「俺にも人間の名前くらいある」

「聞きたくない」

「どうしてだい？」

「あんたには別の世界の生き物でいてほしい。名前を聞いたら〝普通の人間《エキストラ》〟と勘違《かんちが》いしそうになる。あんたは人間の敵なんだ。敵なら敵らしく……」

真白が「きゅむっ」と悲鳴をあげながら、僕の後ろに隠《かく》れる。

これで僕は、逃《に》げられなくなった。

「敵なんだから……遠くで幸せになってよ」

「革ジャンは駄目になった。弁償《べんしょう》してくれるつもりはあるかな？」

「学生にそんな金があるわけないだろ。あそこには服なんかたくさんあったんだから、盗《と》ってくればよかったのに」

「安物は駄目だ。ところで、それは君の彼女かい？」

「あんたには関係ない」

「好きな人に触《ふ》れられるのは幸せなことだよ」

「そう思うなら二人きりにして――」

「――獣《けもの》がいるんだ」

〈侵略者〉は僕の言葉を遮《さえぎ》り、溜息《ためいき》をついてから呟《つぶや》いた。

「頭のなかに制御《せいぎょ》できない獣がいて、それがいつ暴れ出すか分からない。一瞬《いっしゅん》でも獣のことを忘れたら、次の瞬間、大切な誰かが獣の餌《えさ》になっているかもしれない」

「君はこの人にになら、殺されてもいいと思える誰かがいるかな?」

「……誰《だれ》の話だよ」

また、僕の言葉は無視された。

「〝端末《ガジェット》〟をやっていると、ひとつだけいいことがある。それはね、自分にとって大切なものがすごくよく見えるということだよ。他人を殺し、喰らい、憎《にく》まれて——それでも、ある人のためにだけ生きていたいと思う、そんな相手のことが」

「……僕とあんたは、違《ちが》う世界に生きてるんだ」

僕は彼の足元を睨《にら》み付ける。『噛《か》み砕《くだ》くもの』は地面から出てくる。本体から目を離《はな》さない方がいい。背中を向けたら、後ろから喰われるかもしれない。

「……そんなに俺が恐《こわ》いのかい?」

「恐がらない人がいたら、そいつは生き物として欠陥《けっかん》品だろ」

「人に会いに来ただけなんだよ。お願いだから……そんなに怯えないでくれ」

「化け物の餌にでもするのか?」

「……分かったよ。もう、帰る。俺は——君たちに何もしない」

「じゃあ、何もしないまま何処《どこ》かに行って」

お互《たが》い手の届かないところへ。

二度と巡り会わないところへ。

違う世界に生きてる生き物は、そうするしか——ないんだ。

「俺は君たちを見逃《みのが》す」

〈侵略者《しんりゃく》〉は、僕の背後に視線を向け、宣言した。

「ここで会ったことは忘れる。君たちが何者なのかも気にしない。後ろにいる彼女の——正体を君が知っていても、いなくてもね」

「……!!」

僕は肩越《かたご》しに振《ふ》り返り、真白の顔を見た。

瞳が赤と黒の点滅《てんめつ》を繰《く》り返している。日曜日、ショッピングセンターで〈侵略者〉と出会った時と同じように。〈侵略者〉の目は化け物を操《あやつ》る時に、赤くなってた。黒乃の言う通り、〝端末《ガジエット》〟は瞳の色で見分けるんだとしたら——まずい。

こいつに、真白が〝端末《ガジエット》〟だってことを気づかれた？

「見逃すよ。そう決めたんだ。僕の『衝動』は彼女の後始末にしか使わない」

「なんの話かわからない」

「分からなくていいんだよ。ずっと分からないままでいた方がいい。幸せな〝端末《ガジエット》〟がいるのはいいことだから」

「なんの話か、わからないって言っただろ」

長い時間、話をしていたような気がした。〈侵略者〉はガラス戸の前から動こうとしない。

淋《きび》しそうな目。まるで、逆に向こうが僕と真白のことを怖《こわ》がっているみたいに。

そんな目で、僕を見るな。

恐がられることに怯えてるみたいな目で僕を見るな。

視線は逸《そ》らさない。油断なんかしない。奥歯をがちがち噛み鳴らしながら、僕は真白の腕《うで》を取り、ゆっくりと〈侵略者〉の進路から退いた。

「……はぁ」

〈侵略者〉は、ひどく疲《つか》れたような溜息をついた。

硬《かた》そうなブーツの踵《かかと》を鳴らして、寂《さび》しそうに目を伏《ふ》せ、僕たちの目の前を通り過ぎた。

「……ごめんなさい、でした」

真白は〈侵略者〉に出会ってからずっと、僕のシャツを掴《つか》んでた。

「大丈夫《だいじょうぶ》？」

「大丈夫です。昨日の、その、恐いものを操っている人でした。当たり前のこと、忘れてました。ああいう人でもご飯は食べるんですよね。同じ世界に住んでるんですから」

身体《からだ》に溜《た》まった恐怖《きょうふ》を吐《は》き出すように、真白は一息に言葉を紡《つむ》ぐ。

「そうですよね。みんな、この世界しか住むところがないんだから」

「周防さん……今日はもう、外に出ないほうがいいよ」

油断してた。〈侵略者〉は何故《なぜ》か僕たちを見逃してくれたけど、あれが〈角笛《つのぶえ》を吹《ふ》く精霊《せいれい》〉だったら、どうなってたか分からない。電車で奴《やつ》に襲《おそ》われたのはほんの三時間くらい前だ。あいつは人間《エキストラ》とバグった〝端末《ガジェット》〟には容赦《ようしゃ》しない。

真白をコンビニになんか連れて来ることなかったんだ。

「じゃあ……はい」

真白は鞄《かばん》から出したノートを僕に差し出した。

「明日返してくれればいいですから……あれ？」

真白の膝《ひざ》が笑っていた。まっすぐ立とうとしてるみたいだけど、真白の身体は傾《かたむ》いていく。僕のシャツが伸《の》びていく。バランスを崩《くず》した真白は、ぽふ、と、僕の胸に寄りかかった。

「……天巡くんと一緒《いっしょ》にいると、いつも恐《こわ》いものを見るような気がします」

本当なら──それは僕のセリフなんだけどな。

この世界は〝端末《ガジェット》〟が主役の、無限に続く舞台《ぶたい》。僕はただのエキストラ。生きていることに意味はなく、ただ怪獣《かいじゅう》に踏《ふ》みつぶされるのが役目。

僕が他《ほか》の〝端末《ガジェット》〟と出会うのも、真白のせいかもしれないのに。

でも、役者が配役を忘れて震《ふる》えてるから、

「だから、天巡くん。今日はあたしが恐くなくなるまで、一緒にいてくれますか？」

僕は真白のお願いに、思わず首を縦に振ってしまった。

3

真白と黒乃の家はマンションの六階だった。

リビングの窓から駅と、高速道路のインターが見える。

クッションの効いたソファに、大型の液晶《えきしょう》テレビ。部屋の隅《すみ》には蔦《つた》の絡《から》みついた樹《き》がやたらと緑色の葉を繁《しげ》らせている。リビングの他はキッチンとトイレ、バスルーム。他に真白と黒乃共有の部屋と、お兄さんの部屋があるらしい。

真白には「ゴハンできるまでくつろいでて下さい」って言われたけど、全然落ち着かない。家族が帰ってきたら、どんな関係だって言えばいいんだろう。恋人《こいびと》——じゃないし。友達、でもないような気がするし——。うまい言葉が見つからない。

真白はキッチンに入ったけど、黒乃はカーペットに正座して、僕をじっと睨《にら》んでた。

「……なんだよ」

「あんたが私たちの部屋とか下着とか漁《あさ》らないかどうか見てるの」

「じゃあ帰る」

「帰ったらあんたの家に火つけてやるんだから」

「だったら消防車呼んで待機させとく」

「消防隊の前で私は泣き崩れるの。実はこの人は姉の恋人なんだけど、私とも付き合ってたって。恋と家族との間で揺《ゆ》れ動いて放火したんだから精神鑑定《かんてい》で無罪になるのよ」

「その前に弁護士を呼んでくれ」

睨み合う僕と黒乃の間を、リトがぽてぽて歩き回ってる。キッチンを覗《のぞ》き込んだかと思うと、液晶テレビの下に手を突《つ》っ込み、

「うわ、テレビの足とテレビ台の隙間《すきま》に埃《ほこり》が溜まってますよおにーさん」

「ちょっとそこのちびっこ！　ひとんちで小姑《こじゆうと》しないでくれる⁉」

「やっぱりおにーさんが来る前にわたしが掃除《そうじ》をしておくべきでした。モップとぞうきんと綿棒はどこに――」

「きゃあああああああああっ」

キッチンから悲鳴が聞こえた。

ぞくん
背筋を寒気が走った。

〈侵略者《しんりやく》〉――まさか、〈角笛を吹く精霊〉？

マンションのセキュリティシステムなんか人間にしか通用しない。『噛《か》み砕《くだ》くもの』なら文字通り噛み裂《さ》く。作動しないように『運命規定』されたら、何の役にも立たない！

「周防さんっ！」

僕はキッチンに飛び込んだ。

真白が、床《ゆか》に座り込んでいた。目をいっぱいに見開き、震える指で冷蔵庫を指さしてる。

「冷蔵庫が、からっぽでした。……そういえばレトルトカレーは昨日使い切っちゃったから、あとはミートソースの缶《かん》と、冷凍食品《れいとうしょくひん》のピラフと——わわわ」

真白は子犬のような目で僕を見上げる。まだ、〈侵略者〉に怯《おび》えてるみたいだった。真白を見てると——指がむずむずする。喉《のど》をくすぐってあげたくなるのは〈生命体〉の能力なのか？

自分が〝端末《ガジエット》〟だってことを忘れてる真白は、まるで——動物みたいだった。

無防備な、

とてもあやうい、小動物。

「なるほど、わたしはおにーさんの最後の理性としてここにいるんですね？」

はぁ。

僕の背中にリトの溜息《ためいき》が当たる。

「でもまあ、こんなことだろうと思いました。『お部屋を見せなさい。さればあなたの冷蔵庫の中身を当ててみせましょう』ということわざがあるくらいです。お肉とお野菜はありますから、一緒《いっしょ》に肉じゃがでも作りましょう。

ただし、材料費は出してくださいね？」

そう念を押してリトは、膨《ふく》らんだレジ袋《ぶくろ》を掲《かか》げてみせた。

初めて来た、周防家のキッチン。

シンクの前で真白とリト（踏《ふ》み台つき）が並んで料理をしていたのは五分だけ。真白があんまり不器用だから、リトが「うがー」って、キレた。

「どーして皮をつけたままニンジンを刻むんですかっ。輪切りってゆったのに脳天唐竹割《からたけわ》りにしてどうするんですかっ！　お鍋《なべ》をあっためてくださいってゆったけど、なんで水も油も入れないで強火であぶるんですかああっ!!」

ひとんちに来て、家の住人を追い出すのはどうかと思うけど。

真白は素直《すなお》にリビングに逃《に》げてきた。

「……不器用なのは自覚してますから」

がっくり

真白は、ソファーの上で正座してる僕の横に腰《こし》を下ろして、うなだれた。

「で、でもでも、普段《ふだん》はもうちょっと上手なんですよ？　今日は、その、昨日も恐《こわ》いことがあって――はじめてのデートでどきどきして、ずっと、眠《ねむ》れなかったから」

僕の肩にやわらかい頬《ほお》を載《の》せて、目を閉じる。

「どきどきするけど、天巡くんと一緒にいると、安心するんです」

まるで、

歯車が、かち、と、かみ合うみたいだって、真白は言う。

「恐い目にあったけど——いいんです。その時は天巡くんが一緒にいてくれるんですから」

「周防さんは、僕をかいかぶり過ぎてると思う」

「そうですか？」

「僕には、周防さんがどうして僕を選んだのか分からないんだ」

「理由がなければ駄目《だめ》ですか？」

真白は僕の肩に、柔《やわ》らかな頬を押しつけてくる。

「生命《いのち》は生きるもので分析《ぶんせき》するものじゃないんです。あたしは、評論家にはなれません。あたしをばらばらにして、百億の細胞《さいぼう》に分解したって、『好き』の理由なんか見つからないんです。あたしはあたし。

好きって気持ちも、天巡くんも黒乃も含《ふく》めた全部があたしの世界。

理由なんて、いらないん——です」

言いたいことを、言って。

すとん
真白はそのまま僕の膝《ひざ》まで急降下した。僕は慌《あわ》ててそれを受け止め、ふわふわの髪《かみ》に包まれた頭を、膝の上に載せた。ジーンズじゃなくて、もう少し柔らかい生地《きじ》のズボンを穿《は》いてくればよかった。真白は安心しきった顔で目を閉じてる。

飼い主の手の中で眠る子犬みたいに。

真白の、細くて、柔らかすぎる髪。僕の身体《からだ》に触《ふ》れているどこもかしこも柔らかくて温かくて――どきどきする。僕の、〝傷《ペイン》〟以外の全部が鼓動《こどう》をはじめる。

僕は、真白のことをなんとも思ってないかもしれないんだよ？

こんなに無防備な顔を見せてくれても、なにもしてあげられないかもしれないのに。

真白を〝端末《ガジエット》〟との戦いなんかで死なせたくない。でも、真白とリトを除いて〝端末《ガジエット》〟はあと十六人もいるんだ。そいつらから真白を守りきる自信なんかない。〝傷《ペイン》〟がどうやったら作動するのか分からないし――〝傷《ペイン》〟から出てくる赤い少女には、もう会いたくない。

まだ、〝夢を見続ける神《ラガジユ＝デイア＝レルガゾライ》〟の言葉が、頭に焼き付いてる。

『この娘《むすめ》を〝精霊《デイヴアイン》〟の端末《ガジエット》という呪縛《じゆばく》から解放するがいい』

『汝《なんじ》が失敗したなら、〝傷《ペイン》〟が汝を喰《く》らい、取り込む』

僕は――死にたくないから、真白と一緒にいるだけなのかもしれないんだよ？

「きゅむ」

真白は僕の足に頬をこすりつける。本当に子犬みたいだ。試《ため》しに僕は、喉《のど》に指を当ててくすぐってみた。目を覚ますかと思ったけどそんなことはなくて、真白は「きゅきゅ」と喉を鳴らしただけだった。すごく満足そうな顔をしてたからもう一回。

かりかり、きゅきゅ、

かりかり、きゅきゅん――

「残念ですがご飯の時間ですよおにーさん？」

がちゃん
リトがテーブルにトレーを置いた。

「これだから相手のテリトリーに入るのは嫌《いや》なんです。地形効果で圧倒《あっとう》的にこっちが不利です。せめてご飯で家庭的なところをアピールしようとけなげにがんばってる小学生の前でそういう態度はどうかと思いますよ？　おにーさん？」

「邪魔《じゃま》するな小学生」

「おおっと手が滑《すべ》りましたよそこのつるぺた高校生さん」

リトと一緒に料理を運んできた黒乃がぼそっと呟《つぶや》いた瞬間《しゅんかん》、リトは二秒で肉じゃがの載った大皿と箸《はし》をテーブルに並べ、空になったトレーで黒乃の側頭部をひっぱたいた。

しかも角で。

「……ぐばぁ。あ、あんたにつるぺたなんて言われたく、な、ない――」

「わたしはまだ成長の余地があるからいいんです」

勝負あり。

包容力のある小学生は、再び〈生命体〉の補正プログラムを気絶させた。

「ひとんちに来て、家《うち》の住人殴《なぐ》り倒《たお》すのはどうかと思うよ、リト」

「お客のコンプレックスつつくような人は同じ人間だと思っちゃいけないんですっ」

それよりご飯です。温かいうちに食べるのが宇宙のルールです。冷めたご飯は七代祟《たた》るほどの罪悪なんです——って、リトはとても不満そうな顔で、茶碗《ちゃわん》と箸を突《つ》き出した。

ガラスのテーブルの上で、できたての肉じゃがが湯気を上げている。

「きゅきゅ」

膝の上で真白が鳴いてる——というのはあんまりだけど、他《ほか》に上手《うま》い言い方が思いつかない。僕が軽く背中を揺《ゆ》すると、真白は目を擦《こす》りながら身体を起こした。僕と、目の前にある茶碗を見比べて、世界を初めて見た子供のような仕草で首を傾《かし》げた。

「リトが、ご飯作ってくれた」

「——うん」

真白は頷《うなず》いて、茶碗と箸を受け取った。そのまま食べ始めるのかと思ったら、僕の手首を上気した指で摑《つか》んで掌《てのひら》を上向かせ、受け取った茶碗を載《の》せた。僕の指をひとつひとつ折り曲げて、茶碗を摑ませる。箸も、同じようにした。

「きゅきゅむ」

満足そうに頷いた真白は、目を閉じ、
ぱか
と、口を開いた。

「……あーん？」

こくこく
……………………どんな夢を見てるんだろう。

「この人とは住んでいる世界が違《ちが》うんですね」

リトが、なにかを諦《あきら》めたような口調で呟いた。

「この人の世界では、たぶん、みそ汁《しる》は頭からかぶるものなんだと思います」

そう言ってリトは、キッチンに鍋《なべ》を取りに行った。

4

「真白」

夜明け前。

黒乃が突然《とつぜん》起きあがり、隣《となり》で眠《ねむ》る真白を揺り起こした。

二人の部屋はフローリングの六畳間《じょうま》。元々真白一人の部屋だったところに黒乃の布団《ふとん》を置いたから、スペースはそれでいっぱい。他には真白用のベッドと机、本棚《ほんだな》、その上にミニコンポが置いてあるだけ。

「もしかしたら天巡はろりこんかもしれない」

「――な、なにを言うかな黒乃はっ⁉」

がば、と、跳《は》ね起きる真白。

「だってどう見ても小学生の女の子連れてたし、しかもご飯まで作らせてた。それはとてもとても怪《あや》しい関係だと思う」

「従姉妹《いとこ》だって言ってたもん」

「ただの従姉妹はあんなこと言ったぐらいで怒《おこ》ったりしないよ」

黒乃が着ているのはパジャマ代わりのTシャツとショートパンツ。ベッドにいる双子《ふたご》の姉――そういう設定のこわれた〝端末《ガジェット》〟――を見上げている。真白が着ているのは肌《はだ》が透《す》けて見えるほど生地《きじ》の薄《うす》い、真っ白なパジャマ。

「天巡は真白の彼氏で告白して胸揉《も》んでえっちして子供は五人って言ったら殴られたの」

「……それは黒乃が悪いよ」

「真白とあんたじゃ抱《だ》き心地《ごこち》が違うって」

「それは黒乃がすごく悪いよっ！」

「だって本当のことだもん」

「本当――って、あたしそんなことされてないしする予定もないよ？」

「覚悟《かくご》は？」

「覚悟はもちろんばっちり――じゃなくてっ！　ああもうっ！　あんなちっちゃな子に何言っ

てるの、もうっ！　ああああああああああ」

ベッドの上で頭を抱《かか》えて転がる真白。

「なんでそんなこと言うのよぅ。あの子絶対天巡くんに話してるよ、そのこと。明日どんな顔して会ったらいいの？」

「それより天巡がその気になった時のことを考えた方が」

「ばかっ！」

黒乃の顔に枕《まくら》が飛んでくる。

「だ、だって！　従姉妹でちっちゃくても女の子だよ。天巡に絡《から》んでくる女の子はできるだけ排除《はいじょ》しないと駄目《だめ》なんだよ。あいつは、真白を守らなきゃいけないんだから！」

「そんなの知らないっ！　黒乃のばかっ！　嫌《きら》いっ!!　もう口きかない!!」

真白は頭から毛布を被《かぶ》り、黒乃に背中を向けた。

――待って。

――そんなこと言われたら私なにもできなくなるよ真白っ！

黒乃は〈生命体〉の〝端末《ガジエット》〟である真白が生み出した、補正の為《ため》のプログラム。真白を助けるのが目的。それ以外に存在意義はない。翔の見舞《みま》いに行くかどうか迷っていた真白の背中を押したのは黒乃。リトにあんなことを言ったのも、翔は真白のものなんだと釘《くぎ》を刺《さ》すため。

――なのに――拒絶《きよぜつ》されちゃった。

——ねぇ、真白……。

——取り消してよ、お願いだから……。

〈生命体〉の〝端末《ガジェット》〟は、補正プログラムの上位にいる。真白に『口をきかない』と言われたら、黒乃は話しかけることができなくなる。少なくとも〈生命体〉がそれを解除するまで。

どうすればいいのかわからなかった。

〈生命体〉の〝端末《ガジェット》〟が補正プログラムを拒否《きよひ》している。黒乃の存在する理由がなくなる。思考が、止まる。何も考えられない。からっぽの脳裏《のうり》に浮《う》かぶのは、砂が擦《こす》れるような音。小さな〝雑音《ノイズ》〟。

——おかしくなる。

——私までバグる。おかしくなるよ真白！

無言で布団に爪《つめ》を立てる。漏《も》れかける嗚咽《おえつ》をかみ殺す。

真白は気づかない。

黒乃は途切《とぎ》れかけの思考を繋《つな》ぐ。事情を知っていて頼《たよ》れそうな人間を、ひとりひとり数えていく。不在の両親。医学部に通っている兄。同級生——駄目。彼らは〝端末《ガジェット》〟のことを知らない。あの日、屋上で生まれた瞬間《しゅんかん》、自分は真白の双子の妹として前から、い、い、いたことにされた。もともとこの世界は〝夢を見続ける神《ラガジュ＝ディア＝レルガゾライ》〟を楽しませるための無限舞台《ぶたい》でしかない。黒乃を割り込ませることぐらい簡単にやってのける。

普通《ふつう》に喧嘩《けんか》したことにして家族に相談するのは――駄目。そしたら、どうして真白が怒ったのかも話さなきゃいけない。翔のこと。彼と一緒《いっしょ》にいた少女のこと。それに自分が――嫉妬《しっと》――したこと？

――違《ちが》うもん。

――真白は天巡のせいでバグった。責任を取ってもらわなきゃいけないんだもん！

黒乃を生み出したのは翔。真白が怒る原因を作ったのも翔。

助けてくれそうな人間も、彼だけ。

黒乃はそっと立ち上がった。部屋のドアを薄く開けると、電気がついたままの廊下《ろうか》から光が差し込む。医学生の兄は、もう起きているようだった。

黒乃は少し考えてから、真白と共用のクローゼットを開けた。

まだ真白と黒乃がひとつの生き物だった頃《ころ》に買った、フリルいっぱいの薄《うす》い服。それを掻《か》き分け、黒乃は、奥に隠《かく》してあった紙袋《かみぶくろ》を取り出した。一回だけ振《ふ》り返り、真白が見ていないかどうかを確かめてから、それを抱えて部屋を出た。

勉強中の兄に気づかれないように、黒乃は玄関《げんかん》のドアを開けた。

廊下は少し肌寒《はだざむ》い。黒乃は首を左に右に、人が見ていないことを確認《かくにん》してから、紙袋の中からそれを引っ張り出した。

「におい、しないよね。洗ったから。

夜は寒いから、しょうがないよね。自分のものなんか、ほかにないんだから」

自分に言い聞かせながら、黒乃は真っ黒なブレザーに袖《そで》を通す。生地《きじ》が厚くて、重い。サイズが合わないから、突《つ》き出た肩《かた》の部分がロボットみたいになる。手を伸《の》ばしても、掌《てのひら》が半分しか出ない。裾《すそ》が膝《ひざ》まで来るのは——闇夜《やみよ》に白い肌《はだ》を隠すのにちょうどよかった、けれど。

黒乃は襟《えり》を開き、裏地の縫《ぬ》い取りを確認する。

『天巡　翔』

黒乃をこの世界に生み落とした、責任者の名前。

——さっさと天巡をたたき起こさないと、ね。

蛍火《ほたるび》のような常夜灯が照らす廊下を、黒乃は静かに歩きはじめた。

幕間《まくあい》　魔術師《まじゅつし》アグシーダの独白　四

それは王《シャルル》のすぐ側《そば》にいる者が、〝端末《ガジェット》〟の一人だからでございます。

玉座の脇《わき》に侍《はべ》る衛兵。彼はずっと、我らの会話に聞き耳を立てております。

気づかれませんでしたか、王よ。

最初の日より既《すで》に七日間、一日も欠かすことなく、彼は、玉座を守りながら世界の成り立ちについて聞いていたのでございます。尤《もっと》も、彼が我が教えに感嘆《かんたん》するわけもございません。

彼は、我が敵なのでございますから。

王よ、胸を張られよ!

世界の成り立ちを知った者はこれまで通りではいられません。王は今、この瞬間、選ばなければならないのです。

何も知らぬ者として振る舞《ま》い、我の語りしことを物語へと封《ふう》じ込めるか。

あるいは〝流転骨牌《メタフェシス》〟を手に、世界の真実を知る者として〝端末《ガジェット》〟と戦うか。

後者を選ぶのであれば、王は偉《い》大《だい》なる「狂気王《きょうきおう》」として名を残すことでございましょう。

さあ、衛兵が剣《けん》を抜《ぬ》いております。玉座を背に剣を掲《かか》げ、世界の神秘を語るこのアグシーダの首を落とさんとしております。王よ、高貴なる無知と、愚劣《ぐれつ》なる知恵《ちえ》と、どちらを選ばれるか!? 御身《おんみ》は既に〝夢を見続ける神《ラガジュ=デイア=レルガゾライ》〟の真実をご存じや、いかに!?

おお、衛兵よ。汝《なんじ》に剣など必要であろうか。

〝精霊《ディヴァイン》〟に選ばれたる殺戮《さつりく》者よ、汝の名は〈壊体者《かいたい》〉!

『雑音《ノイズ》』を束ねたる我を狩《か》りに来たか? 何故《なぜ》そうまでして〈世界〉の創造を憎《にく》むのか!?

我を悪魔《デモン》とでも邪鬼《イグル》とでも呼ぶがいい! だが、王はまだ選ばれておらぬ!

王が我を選べば、この国は〝雑音《ノイズ》〟の拠点《きょてん》となり、大いなる完結への道を進むこととなる。

それは〈世界〉の完成に続く道なり！

王よ、頷《うなず》かれたか？　否《いな》か!?

ああ——。ならば〈壊体者〉よ！　我が首を落とすが良い！

だが忘れるな！　いずれ汝等〝端末《ガジェット》〟さえ『雑音《ノイズ》』に飲み込まれる時が来る。その時こそ我らは汝等を生け贄《にえ》として〈世界〉を創《つく》り出すであろう！

お別れでございます、王《シャルル》よ。

あなたは既に無知なる光の世界を選ばれた。

〝端末《ガジェット》〟のことも、我のことも、夢の中でさえ思い出すことはなりません。一瞬《いっしゅん》でも思い出せば、いずれ王は狂気に侵《おか》されましょう。人の身には、世界の秘奥《ひおう》を知りつつ通常の世界に生きることは無理なのでございます。振り返れば、王は正気を失うことでございましょう。

どうか我の語りしことは宵闇《よいやみ》の夢と思し召《おぼめ》せ。

さあ〈壊体者〉よ、愚《おろ》かなる精霊《ディヴァイン》の奴隷《どれい》よ。

我が頸《くび》に剣を————。

GADGET

第五章

〝傷《ペイン》〟は覚醒する

1

真白《ましろ》がみみずく古書店の前で立ち止まったのは、ほんの偶然《ぐうぜん》だった。

早起きの猫《ねこ》が壊れたように鳴き続けていたこと。

昨日、翔がそこの路地を覗《のぞ》き込んでいたこと。

それと、人の声が聞こえたような気がしたこと。

「……なぁに？」

明け方。開いているのはバス停前のコンビニだけ。車道を横断して、真白は古書店の前に立つ。埃《ほこり》がこびりついたガラス戸は内側からカーテンが引かれ、その向こうは全く見えない。

真白は耳を澄《す》ました。

ぷつん
ぷつん
ぷつん
真白は音のした方向に視線を向けた。

人ひとりがやっと通れるような路地に差し込む、夜明けの光。
照らし出されたのは、積み上げられた雑誌と、二人分の人影《ひとかげ》。
一人は指先に、朝日を反射する銀色の光をひらめかせて、
もう一人は、十四のパーツに分解されて崩《くず》れ落ちていくところだった。

「――え？」


首、肩《かた》、肘《ひじ》、手首、股関節《こかんせつ》、膝《ひざ》、足首。

銀色の光は関節にとても容易《たやす》く食い込んでいく。まるで初めから身体に線が引かれていたように。解体された人物の指より拳銃《けんじゅう》が滑《すべ》り落ちる。重さから解放された手首は空中で指が切り離《はな》され、さらに細かく分かれていく。

まるで精巧《せいこう》に計算された舞踊《ぶよう》のように。

狭《せま》い路地の中で、加害者の指は宙に文様を描《えが》く。

地上に到達《とうたつ》してから、思い出したように被害者《ひがいしゃ》の身体《からだ》から血が噴《ふ》き出した。

真白にはそれらができそこないの人形のように見えた。血を流すのを見て初めてそれが人間だということが分かった。高価《たか》そうなダブルのスーツ。臙脂色《えんじいろ》のネクタイ。腕《うで》を無くした上着の襟《えり》が開き、胸ポケットに入った財布《さいふ》と、ショルダーホルスターがむき出しになる。そこに入っていた拳銃が、指の把握《はあく》から逃《のが》れて雑誌の上に落ちる。雑誌が血を吸い込んでいく。

真白は、動けなかった。

右手に握《にぎ》ったガラスの欠片《かけら》で人間を解体したのは、真白が知っている人間だった。

「あーあああ――――あ――――あぁぁーぁあ――――あ」

その人は泣いていた。

こわい、と。

ひとをこわすのはこわい。いきものをこわすのはこわい。

舌足らずな、けれど喉《のど》を傷つけるような割れた声で。

「――きゅむっ!!」

真白の足が勝手に後ずさる。その人が自分には気づいていないことを、真白は願った。ここを抜《ぬ》け出して、翔のところに行こう。逃《に》げ込んでしがみつきたい。

落ち着いて眠《ねむ》れる、あたたかい場所へ――。

飛び出した真白の足が、車道の中央で止まる。

いつの間にか、アスファルトから上顎《うわあご》を突《つ》き出した八体の異形が、真白を取り囲んでいた。

〈侵略者《しんりゃく》〉の使い魔『嚙《か》み砕《くだ》くもの』。

「――帰るの！　あたしは天巡《あまめぐり》くんのところに帰るの！　帰るんだから邪魔《じゃま》しないで！」

叫《さけ》びながら駆《か》け出した真白の足元を、化け物の白い牙《きば》が薙《な》いだ。

アスファルトの道路に拳《こぶし》ほどの窪《くぼ》みが生まれ、真白はそれに足を取られた。

「……きゅ」

倒《たお》れた真白のポケットから、携帯《けいたい》が転げ出る。待ちかまえていたように『嚙み砕くもの』がそれを飲み込む。その一体は輪から離れ、路地へと向かう。真白の目に、ばらばらになった被害者の部品が映る。『嚙み砕くもの』は古雑誌や血痕《けっこん》と一緒《いっしょ》に、かつて人だったものを飲み込んでいく。

後に残ったのは、積み重なった雑誌の上に、ぽつん、と置かれた、無傷の拳銃だけ。

奇跡《きせき》的に残った、被害者の遺品。

——次は。あたし？

まだ何もしてないのに。

「……嫌《いや》。まだ、ちゃんとご飯を作ってあげてない」

昨日は失敗したから、今度は、ちゃんとレシピを見ながら。

「……まだ一回しかデートしてないのに。一緒に歩きたかったのに。くっついて歩くと温かくて気持ちいいの。これから冬になって、もっとくっついて、それから——」

何も始まっていないのに、終わり？

解体されて、終わり？

「……こんなところに来ることはなかったんだ」

『嚙み砕くもの』と一緒に姿を現した、背の高い人影。

それは、路地で泣《な》き叫んでいたその人ではなかった。

――でも、この人も知ってる――。

革《かわ》ジャンとピアス。染め忘れたのか、根元に地毛の色が出ている金髪《きんぱつ》。

哀《かな》しそうな目で真白を見下ろしている〈侵略者〉。

「どうして？　俺は諦《あきら》めていたんだよ。あの子がいらないって言うから、『果実』なんかいらない。〝端末《ガジェット》〟のままでいいって言うから」

「……なにを、言ってるの？」

「だから見逃《みのが》してやったのに。どうしてわざわざ『衝動《しょうどう》』が出てる時に現れるんだよ！　そんなに俺たちを人殺しにしたいのかっ⁉」

「何を言ってるのか分からないって言ってるでしょっ！　分からないんだってば‼」

「忘れてるだけだろうがっ！　鏡を見ろ！　お前の目は――」

赤と黒の明滅《めいめつ》。

路地で人が解体されるのを見た時から、真白の瞳《ひとみ》は二つの色を往復している。

「壊《こわ》れているんだよ、お前は。だから他《ほか》の〝端末《ガジェット》〟に反応する。自分がどんな反応をしたらいいのか分からないから、他人の『衝動』に引きずられているんだ」

「だから何⁉　〝端末《ガジェット》〟って何なの？　関係ない世界の言葉で喚《わめ》かないでよっ！」

「俺たちの前に現れたお前が悪いんだ。俺たちは壊れていない。〈角笛《つのぶえ》を吹《ふ》く精霊《せいれい》〉がそう言った。〈壊体者《かいたいしゃ》〉が壊れて、あの子の『衝動』が俺を殺すその時まで一緒にいる。あの子が誰《だれ》かを殺した時は、俺が死体の後始末をすればいい。そうやって生きて行こうって決めたのに、どうして俺たちの前をうろちょろするんだよっ!!」

〈侵略者〉は喉を押さえながら呻《うめ》く。

歯を食いしばり、爪《つめ》が肉に食い込むほど、拳を握りしめて。

「だったら、いい。俺が〈壊体者《あの子》〉を〝端末《ガジエット》〟から解放する」

『嚙み砕くもの』の輪が縮まり、真白を包んだ。

この場で起こるべきことが全《すべ》て終わった後、コンビニのゴミ箱の向こうで、小さな少女が立ち上がった。身体《からだ》に釣《つ》り合わないサイズのレジ袋《ぶくろ》を提《さ》げたリトは、膝《ひざ》についた砂を払《はら》った。袋の中身を確認《かくにん》し、その一万分の一ぐらいの関心しか持たない視線を、異形《いぎよう》のものが群れていた車道に向けた。

「……包容力のある小学生でも、嫌《きら》いな人はいるんです」

呟《つぶや》き、リトは終わった場所に背中を向けた。

2

だんだんだんだんっ!

誰かが窓を叩《たた》いてる。

なんで今日もリビングで寝《ね》てるんだっけ――っと、そうだった。昨日からリトと一緒に住んでるんだっけ。で、早速リトに「おにーさんベッドのマット、ずっと陽《ひ》に当ててないですよね。こんなじめじめしてるとこで寝たら病気になります！」と、二階の部屋を追い出されたんだっけ。さっき「バターとミネラルウォーターがないんで買ってきます！」って声が聞こえたような気がしたけど、夢かな。

時間は――まだ、朝の六時。

だんだんだんだんっ！

「……ああもうっ」

僕は音のする方へごろごろと転がり、カーテンを一気に開けた。

窓ガラスの向こうに黒乃が立っていた。

しゃっ

僕はカーテンを閉めた。

だんだんだんだんっだだんっ！

「開けて。開けてよっ！」

だんっ！

「……お願い、だから、開けて……天巡」

「玄関《げんかん》はあっちなんだけどな」

なんでみんなリビングの窓から入ってこようとするんだろう。

「……近所迷惑《きんじょめいわく》だからさっさと入って」

僕は窓を開けた。

ガラス窓に貼《は》り付いていた黒乃《くろの》の身体が、滑《すべ》り落ちた。

彼女は、ぼろぼろだった。

むき出しの腕《うで》と脚《あし》にすりむいた痕《あと》がある。傷口を覆《おお》うように、湿《しめ》った長い髪《かみ》が黒乃の身体に絡《から》みついている。ショートパンツもあちこち擦《す》り切れてて、ほとんど服の役目を果たしてない。膝の上までを覆う上着——見覚えのあるブレザーだけが、不思議と無傷だった。

「誰かと戦ってきたのか？」

「……違《ちが》う、うまく歩けなくなったの」

「何の冗談《じょうだん》だよ」

「本当……だってば」

黒乃は唇《くちびる》を噛《か》みしめる。開いた窓からリビングの床《ゆか》にはい上がろうとしてる。けど、身体に力が入らないみたいだった。まるで関節が壊れたみたいに、膝から下がぷらぷらと揺《ゆ》れてる。

それが悔《くや》しいのか、黒乃はまた唇を噛みしめる。口の端《はし》から赤いものが伝ってる。

並大抵《なみたいてい》の後悔《こうかい》じゃ、こんなふうにはならない。

「途中《とちゅう》までは歩けたの。でも——真白に何かあったんだと思う。胸がどきどきするの。すごく不安なの。たぶん、今の真白は誰《だれ》かの攻撃《こうげき》を受けてるか、すごい危機感を感じてるか、どっちか。それであの子は自分の中に閉じこもっちゃってる。私は真白の補正プログラムだもん。真白とのリンクが切れたんだから——こうなるの。当たり前でしょ」

「……当たり前なのか？　これが？」

「当たり前だもん。私は、こういう生き物なんだもん」

目をつり上げて僕を睨《にら》み付ける黒乃。

僕は黒乃をリビングに引っ張り上げた。身体が冷たいのは、外を這《は》いずって来たからだろうか。でも、ちゃんと黒乃の身体は脈を打ってた。ちゃんと鼓動《こどう》してた。早鐘《はやがね》みたいに。

それでも自分は補正プログラムだって——黒乃は言う。

「……天巡、真白に電話してみて。私じゃダメなの。喧嘩《けんか》したから。真白と口きいちゃいけないことになってるから。だから、お願い」

電話するには非常識な時間だったけど、言われるまま僕は電話機を取った。金曜日に黒乃がかけてきた番号にリダイヤルする。黒乃にも聞こえるようにハンズフリーで。

呼び出し音は一回も流れなかった。代わりに『お客様のおかけになった電話は、電波の届かない場所にいるか電源が——』、僕は最後まで聞かずに電話を切る。

黒乃は、飲み込めないものを無理矢理《むりやり》飲み込もうとするような顔で、別の番号を呟く。今度はちゃんと呼び出し音が鳴った。三回鳴った後、眠《ねむ》そうな声の男性が出た。

『周防《すおう》です』

「すいません——えと、同じクラスの天巡と言いますけど真白さんは」

『何時だと思ってるんだい？　友人なら携帯《けいたい》の番号ぐらい——』

「携帯にかけたけど出なかったんです。それで——」

黒乃は口を押さえて蹲《うずくま》り、震《ふる》える膝を両手で抱《かか》えている。

すがりつくのを必死で我慢《がまん》してるみたいに、僕を見上げてる。

涙《なみだ》を堪《こら》える、子供みたいな目で。

僕は、すぅ、と、息を吸い込み、一気に電話機に向かってまくしたてた。

「付き合ってるんです。僕たち。もしも携帯に掛《か》けて出なかったらそれはお兄さんに監禁《かんきん》されてるからちゃんと確認《かくにん》してって言ってました。僕は周防さんがいないと淋《さび》しくて腕の骨が軋《きし》み出すんです。手遅《ておく》れになる前に居場所を教えてください」

『…………真白も、黒乃も出かけてるみたいだよ。それから』

こほん、と、咳払《せきばら》い。

『何か誤解してるみたいだけど、ボクは別に反対はしてないから。黒乃をどうにかした方がいいよ。あの子、真白に近づく男の子には吠《ほ》えるから。ボクは味方。今度一緒《いっしょ》にご飯を食べに来るように。以上』

「機会があったらお願いします。それじゃ」

子機を置いて、僕は黒乃に首を振《ふ》った。

「何があったのか、説明してくれないと分からないよ」

「……真白に怒《おこ》られたの。あんたの、従姉妹《いとこ》に、変なこと言ったから」

「できれば聞きたくないけど何て言ったんだ？」

「あいつは真白の彼氏で告白して胸揉《も》んでえっちして子供は五人って」

「……リトがまだ小学生で良かった」

リトがもうちょっと大人だったら、踏《ふ》み台の一撃《いちげき》で黒乃の顎《あこ》はとっくに砕《くだ》けてる。

「いや、良くないか。リトになに吹《ふ》き込んでるんだよ」

「だって、天巡は真白の恋人《こいびと》なんだもん！」

長い髪《かみ》を振り乱《みだ》して、黒乃は叫《さけ》んだ。

突《つ》きつけてくる。

日曜日、僕が保留にした、黒乃の問いかけを。

「迷惑《めいわく》なのは分かってる！　でもしょうがないじゃない！　他《ほか》に誰もいないんだから！

真白を助けてあげてよっ！　真白、天巡のことが大好きなんだよ。バグっちゃうくらい!!

天巡だって真白に応《こた》えてあげたじゃない!?　断ることもできたのに付き合ってあげたじゃない！　一緒にいたいから付き合ってたんじゃないの!?　なのにどうして、あんたは一度も、真

白に『好きだ』って言ってあげないの？　どうして真白じゃなくて従姉妹なんかと一緒に住んでるのよ⁉︎

わかんない。天巡がなにを考えてるのか、私には全然わかんないよっ‼︎」

「――僕の右腕《みぎうで》に、〝傷《ペイン》〟が取り憑《つ》いてるんだ」

言葉が、勝手に滑《すべ》り出た。

もう、限界だった。

木曜日。真白に屋上へ呼び出されて、〝夢を見続ける神《ラガジュ＝デイア＝レルガゾライ》〟と黒乃に出会った。

金曜日。真白とのデートを断ろうとしたら、〝傷《ペイン》〟に痛めつけられた。

日曜日。ショッピングセンターで〈侵略者《しんりやく》〉の『噛《か》み砕くもの』が、人間を解体するのを見た。黒乃に、この世界の秘密を叩《たた》き込まれた。

月曜日。電車の中で、〈角笛を吹く精霊〉に出会った。そしてリトが〈慈母《じぼ》〉の〝端末《ガジエット》〟だってことを知らされた。

たった五日――土曜日は一日寝《ね》てたけど――その間に僕が持ち歩いてた常識は文字通りたたき壊《こわ》されて、生きることと、死ぬこと、その選択《せんたく》を目の前に突きつけられた。

痛かった。

恐《こわ》かった。

本当は世界の秘密なんか、知りたくなかった。

「黒乃と出会った屋上で、僕は〝夢を見続ける神《ラガジュ＝ディア＝レルガゾライ》〟を見た。〝傷《ペイン》〟を寄越したのはそいつだ。周防さんを〝端末《ガジェット》〟の運命から解放しろってそいつは言った。そうしなければ〝傷《ペイン》〟は僕を喰《く》らい、取り込んでしまうって。それから、ずっと右腕《みぎうで》が痛いんだ。周防さんから離《はな》れると痛みが強くなって、近づくと弱くなる。ずっとそんな感じ」

「……嘘《うそ》」

真白はあったかかった。

「嘘じゃない。僕は、黒乃に聞く前から周防さんが〝端末《ガジェット》〟だって知ってた。それが何を意味するのか、分からなかったけど。周防さんから離れると腕が痛いから付き合ってただけだ」

「……嘘！　そんなの嘘だよっ！」

生命《いのち》は生きるもので分析《ぶんせき》するものじゃないって言ってた。全然無警戒《むけいかい》で、僕の膝《ひざ》の上で眠《ねむ》り、喉《のど》をきゅんきゅん鳴らしてた。

まるで、飼い主のてのひらで眠る子犬みたいに。

「僕はただの〝普通の人間《エキストラ》〟なんだ。むりやり舞台《ぶたい》に上げられて混乱してるだけの。周防さんや他の〝端末《ガジェット》〟には世界を動かしていくって意味がある。でも僕にはそんなのない」

「だったら、あがけば？」

黒乃は震《ふる》える声で言う。

「意味がない？　だったら作ればいいじゃない。舞台に上がったなら居場所ぐらい作れるでしょ!?　あがいてあがきまくって舞台を乱してやればいいじゃない！　真白はあんたを選んだんだよ！　あんたじゃなきゃ駄目《だめ》だって言ってるのがわかんないの!?」

「そんなの〝端末《ガジェット》〟の――ただの『衝動《しょうどう》』だろ!?」

「じゃあああんたは相手がいちいち〝端末《ガジェット》〟かどうか確認《かくにん》してるわけっ!?　どうやって？　脳味《のうみ》噌《そ》切り開いて果実があるかどうか確認してから他人と付き合うのあんたわぁっ!?」

「黒乃は周防さんを〝端末《ガジェット》〟に戻《もど》すためにいるんだろう!?　彼女が正常な〝端末《ガジェット》〟に戻ったら僕のことなんか忘れる！　そんな相手に期待なんかするなっ!!」

真白が消えれば、僕は〝傷《ペイン》〟の餌食《えじき》になる。

分かっていたけど、叫んだ。

黒乃が、ぶん、と、握《にぎ》った拳《こぶし》を振《ふ》りかざして、
精一杯背伸《せいいっぱいせの》びをして、僕の顎《あご》を殴《なぐ》りつけたとき、
彼女も僕と同じ――この世界ではイレギュラーだってことに――気づいてしまった。

「……ばかぁあああああああっ!!」

ウェイトがない上にふらついてる黒乃の拳は、少しも痛くなかった。

けれど、僕は、敷《し》きっぱなしの布団《ふとん》に背中から倒《たお》れ込んだ。

起きあがろうとしたら黒乃の身体《からだ》が降って来た。黒乃は僕に馬乗りになり、ぎこちない指で
パジャマの襟《えり》を摑《つか》んだ。ぐい、と顔を近づけ、夜露《よつゆ》に濡《ぬ》れた黒髪《くろかみ》を僕に絡《から》みつかせ、ほとんど
聞き取れないほどの声で呟《つぶや》いた。

「……あんたは、それでいいの？」

生まれたばかりで鳴き方さえわからない子犬のような声で。

「あんたはもう、こっちの世界の住人なのに」

世界の成り立ちを知った者は、これまで通りではいられない。

あんたは今、選ばなきゃいけない。

何も知らないふりをして、今まで見たことを忘れてしまうか。

あるいはその記憶《きおく》を抱《だ》いて、最後まで付き合うか。

「真白のバグが直ったら、私も真白のなかに帰る。

もしもその時、真白があんたのことを忘れてたら、私は内側から叫《さけ》び続ける。

天巡と真白が違《ちが》う世界の人間になっても。

私はあんたのことを忘れない。だから――真白を助けてあげて。

お願い……だから」

ぽた

黒乃の涙《なみだ》が、僕の顔に落ちてくる。

「……ごめん」

僕は、黒乃の泣き顔に向かって呟いた。

本当はもう——分かってた。

僕が真白と一緒《いっしょ》にいたのは、〝傷《ペイン》〟が取り憑《つ》いてたからだけじゃない。

ショッピングセンターで真白を背負って逃《に》げた時も、マンションで眠る真白とくっついてた時も——最初に屋上で、ごろごろ転がって絡み合ってた時も。

これ以上、真白に関《かか》わったら、逃げ出せなくなると思って——恐《こわ》かった。

今だって恐い。〝端末《ガジエット》〟、〝果実〟、〝夢を見続ける神《ラガジユ＝デイア＝レルガゾライ》〟——真白は僕には大きすぎるものを背負ってる。逃げ出したい。毛布を被《かぶ》って震えていたい。

でも、もう、僕は真白を突《つ》き放すことができない。

「好き」って気持ちとは違うと思う。自分を慕《した》ってくる、何も知らない無《む》邪気《じやき》な女の子を守りたいだけ。いなくならないで欲しい。消えないで欲しい。

とっくに手《て》遅《おく》れになってたんだ。

僕の隣《となり》にはもう、真白の居場所ができてしまってる。

ちょこん、と座って、撫《な》でて欲しそうな顔で、僕をまっすぐに見上げてくる真白の場所が。

恐かったから──〝傷《ペイン》〟を言い訳に、どこにもない逃げ道を探してただけだ。

「幸せな〝端末《ガジェット》〟なんか、いないもん──だっけ？」

僕は黒乃の手を摑んだ。

真白の手とは違い、少しひんやりとしていた。

「僕は、〈角笛を吹《ふ》く精霊〉に会った」

びくん
不意に、熱いものに触《ふ》れたように黒乃が手を引っ込める。「ひぃあぅうっ」と、怯《おび》えてるのか寒いのかよく分からない悲鳴をあげ、僕の上から飛び退《の》く。テーブルの下やチェストの陰《かげ》を見回す。僕たち以外この部屋にいないことを確認すると、布団に潜《もぐ》り込んで震《ふる》えはじめる。

「うそうそうそうそ。〈角笛を吹く精霊〉がこんな島国に来るわけないもの。イレギュラーがあいつに会って生きてるはずないもの。天巡はどうして普《ふ》通《つう》に息してるのよ」

「〝傷《ペイン》〟がなんかした」

「なんかしたって、何を？」

黒乃は布団の中で器用に反転し、顔だけ出してみせた。

「あちこち痛かったせいでよく覚えてないんだ。右腕《みぎうで》のアザから赤い鱗粉《りんぷん》が吹き出して──」

人の形になって〈角笛を吹く精霊〉に襲《おそ》いかかったと、僕は黒乃に告げた。

その姿が真白と黒乃に似てたってことは、黙《だま》っておいた。

「〈角笛を吹く精霊〉が言ってた。『汚染《おせん》される』『果実が食われる』って。それからあいつは、自分の能力で〝傷《ペイン》〟に汚染された足を切り落としたんだ。〝傷《ペイン》〟から生まれたものは〝端末《ガジエット》〟の『果実』に、なにか致命的《ちめいてき》なダメージを与《あた》えるんだと思う」

「ということは……つまり……『じぇのさいどぱっくん』？」

黒乃は布団にくるまったまま、顎《あご》を撫でた。

「……はい？」

「あんたの能力。〝傷《ペイン》〟の能力の名前は『じぇのさいどぱっくん』。〈角笛を吹く精霊〉は〝端末《ガジエット》〟の管理者。あいつだけは取り替《か》えがきかない。あの姿のまま、この世界ができてからずっと生きているの。そいつが身体《からだ》の一部を切り落としてまで恐《おそ》れたんだよ？『果実』に、ものすごいダメージを与えるに違いないよ。まさに虐殺《じぇのさいど》だよ。だから『じぇのさいどぱっくん』。能力は『果実』の汚染か破壊《はかい》」

「使ってみないと分からない。〈角笛を吹く精霊〉は途中《とちゅう》で逃げたんだから」

「使ってみればいいじゃない？」

「すごく痛いんだよ、あれ」

簡単に言うな。

僕は毛布を被ったままの黒乃を押しのけて、敷《し》き布団《ぶとん》の端《はし》をめくった。

飴色《あめいろ》の木箱が姿を現す。

箱の中身は〝流転骨牌《メタフエシス》〟。〝端末《ガジエット》〟をイメージした十八個の駒《こま》。

「……黒乃、周防さんがどこにいるか分かる？」

「わかんないよそんなの。私はそんな便利な存在じゃないって言ったじゃない？　えと、私が生きてるってことは真白も生きてる。でも居場所まではわかんない」

言葉と絵の違いは、イメージの伝達精度だと、みさおさんは言った。

絵は、正確に模写すれば元の意味からずれにくくなる。

だとしたら、これは〝端末《ガジエット》〟に一番近いものなんだろう。

「〈生命体〉に対応する駒を選んでみて」

「……うん」

黒乃は迷わず駒のひとつを手にする。

髪《かみ》の長い女性と、生《お》い茂《しげ》る根。それと、手元まで伸《の》びた枝と木の実。

丸い台座の裏に彫《ほ》られている文字は、『entité vivante』。フランス語で〈生命体〉。

黒乃は白い彫像《ちょうぞう》を握《にぎ》りしめて、目を閉じた。

僕が顔を洗って、着替《きが》え終わるまで。

「――ちょっとだけ見えた。

真白の居場所はコンクリートの――ほこりっぽい部屋。側《そば》に、金髪《きんぱつ》の、背の高い、革《かわ》ジャン着た男の人がいる。他《ほか》にもうひとり、誰《だれ》かが縛《しば》られて転がってる。方向は――あっち」

え——？

「ハンチング、ポケットのいっぱいついたブルゾン、見下したような目——じゃなくて？　金髪に革ジャンって——それは」

真白をさらったのは〈侵略者《しんりゃく》〉なのか？　〈角笛を吹く精霊〉じゃなくて？

だって、あいつは昨日、僕たちを見逃《みのが》すって言ってたのに。

怯えないで欲しいって、僕と真白に、すごく無理なお願いをしてた、あいつが？

「間違《まちが》いないよ。金髪に革ジャン。ピアスもしてる。でも——泣きそうな目ね」

騙《だま》された。

〈角笛を吹く精霊〉がそうだったように、あいつも、エキストラとバグった〝端末《ガジエット》〟なんか、対等な相手だと思ってないのか⁉

〝傷《ペイン》〟が発動する条件は？　〈角笛を吹く精霊〉と戦った時は、真白からかなり離《はな》れてた。それが発動条件なら、真白を守るのには役に立たない。

武器は——黒乃の『ハートブレイカー』だけ。でも、あれは真白に嫉妬《しっと》してる女性にしか使えないって言ってた。黒乃じゃ駄目《だめ》だ。リトなら、もしかしたら使えるかもしれないけど、リトを戦いに巻き込むのだけは駄目だ。僕の妹分なんだから。

僕はシンクの下から包丁を一本取り出した。タオルでくるんでから、布製のトートバッグの底へと押し込む。気休めかもしれないけど——手ぶらで行くよりましだ。

——恐《こわ》い。

剝《む》き出しの包丁を持ってくるのも、それをタオルでくるむのも、持ち出すためにバッグに入れるのも——「殺し合い」って文字が音をたてて迫《せま》ってくるみたいで恐い。

膝《ひざ》が震《ふる》えてる。分かってる。〝端末《ガジエット》〟は僕たち〝普通の人間《エキストラ》〟の上位にいる。ヒエラルキーがあるとしたら、一番上にいるのが〝夢を見続ける神《ラガジユ＝デイア＝レルガゾライ》〟、次が〝精霊《デイヴアイン》〟——そして〝端末《ガジエット》〟、最後が〝普通の人間《エキストラ》〟。でも、僕は真白を助けるって決めたんだ。なんで今更《いまさら》——震えてるんだよ！

ぎゅ

不意に、温かいものが僕の背中に触《ふ》れた。

「大丈夫《だいじようぶ》だよ」

真白と似た声。

振《ふ》り返ると、澄《す》み切った目をした黒乃が、僕の背中を抱《だ》いていた。

「震えててもいいの。私だって恐いんだから。消えること——覚悟《かくご》はできてるけど、恐いよ。でも、天巡は真白を守るために立ち上がろうとしてる。だから天巡がどれだけ震えてても、私は馬鹿《ばか》にしたり、笑ったりしない」

「……黒乃？」

「あ、あのね！　言っとくけど勘違《かんちが》いしないでよね！　抱きついてるのは私がまだ立てないからなんだからね？　おんぶして運んでもらうためなんだから。本当は、天巡は真白以外とこういうことしちゃ駄目なんだからね？」

言い訳するみたいに黒乃が言って——僕の足の震えが、止まった。

僕は黒乃を背負ったまま立ち上がる。黒乃は僕の首に、ぎゅ、と、しがみついてくる。ブレザーの硬《かた》い感触《かんしょく》が背中に当たる。制服の生地《きじ》が厚くてよかった。そういえば日曜日見たんだけど、黒乃はブラをつけてないんだっけ……。

「……変なこと考えてない？」

なんだか疑わしそうな黒乃の声に、僕は慌《あわ》てて首を振る。

「いや、ちょっとデジャブが」

「あ、日曜に真白を背負って逃《に》げてくれたんだっけ？　その時のこと？」

「うん、でも、少しだけ黒乃の方が軽い」

「そう？　真白とそっくり同じサイズで生まれてきたんだけど、私——」

僕と、僕の制服を着込んだ黒乃が、同時にびくっとする。お互《たが》い違和感《いわかん》の原因に気づいたみたいだった。確か——黒乃の胸は真白に比べてあまりに小さくて——。

「な、なに考えてるの天巡こんなときにぃっ！　むね？　胸？　胸なのね？　私のおっぱいが真白より小さいってそういうことなのねえぇっ!?」

「違《ちが》う！　黒乃が周防さんより数百グラム軽いから——」

「それは胸の分だけ軽いって言ってるんでしょうが！　仕方ないじゃない。私は真白と違ってその――繁殖《はんしょく》する、必要がないんだから」

人を好きになる必要も、真白のような魅力《みりょく》も、繁殖の必要もない。

黒乃は本当に、"端末《ガジェット》"の道具なんだ。

僕はふと、部屋を見回した。テレビ台の上、こないだ倒《たお》しておいたほのかの写真が、また起きあがってる。リトの仕業《しわざ》だ。写真の中のほのかは、心配そうな顔でこっちを見てる。

「……行ってくる」

妹の写真をまっすぐ見返して、僕は呟《つぶや》いた。

――終わらせてくるから、待ってて。

無邪気《むじゃき》なまま時を止めた妹の視線を受け止めて、僕は部屋を出た。

3

「……自転車なんて持ってたんだ？」

走りだしたシティサイクルの荷台で、黒乃が不思議そうに呟いた。

「時々、意味もなく遠くに行きたくなることがあるんだ」

「馬鹿じゃない？」

「黒乃にはそういうことってないのか？」

「ないわよ。私は真白を守らなきゃいけないいんだから。散歩とかサイクリングとか、そういうのは暇人《ひまじん》のすることなの！」

「……つまんない奴《やつ》」

「あー？　なに？　きこえなーいっ！」

僕は無視してペダルをこぎ続ける。

当たり前だけど黒乃は自転車に乗るのは初めてで、僕の背中にしがみつき、耳元で「乗り心地《ごこち》が悪い」とか、「足が寒い」とか、文句ばっかり。

黒乃の指先は川の向こうを向いている。計画途中《とちゅう》で止まっている再開発地域がある方角だった。予算が取れなくなったとかで、マンションの外観だけ作った後、業者が放《ほう》り出した。今はほとんど廃墟《はいきょ》になってる。

「……うわぁ」

荷台で黒乃が歓声《かんせい》をあげる。

僕は橋の手前で急ブレーキ。自転車を傾《かたむ》け地面を蹴《け》り、ほとんど直角に曲がっていく。曲がり切ったところで橋の欄干《らんかん》を蹴り、無理矢理《むりやり》体勢を立て直す。

黒乃は僕にしがみついたまま、川を見ていた。

明け方の、紫色《むらさきいろ》の空を映した水面と、河原のススキ。

濁《にご》った川の中にいる魚を狙《ねら》って鳥——サギの仲間——が飛んでいる。たぶん、中州《なかす》に巣があ

るんだろう。黒乃は初めて見たみたいに、「うわーうわー」と喚《わめ》いてる。

「あんまりはしゃぐな！　こんなのいつも見てるだろ！」

「はじめてだよ！　私、先週生まれたばっかりなんだからぁ！」

お互い、風に負けないように声を張り上げる。

散歩とかそういうのは暇人のすることだって言ってたくせに、犬を散歩させてる女の人に向かって黒乃は笑いながら手を振《ふ》ってる。今はまだ夜が明けきらない時間。川の向こうに太陽が昇《のぼ》りかけてる。中州では早起きのサギが鳴いてる。

黒乃は初めて家の外に出た子供みたいに目をきらきらさせて、犬に猫《ねこ》、鳥に通りすがりのおじさん——出会うもの全《すべ》てに手を振ってた。

「……さっきまで泣いてたくせに」

「なにか言った？」

「なんにも。このままでいいのか？」

「うん。ねぇ天巡、私、〝端末《ガジエット》〟がどうして幸せになれないのか分かったような気がする」

「それはすごい」

「真面目《まじめ》に聞きなさいよっ。あのね、〝端末《ガジエット》〟はこういうものを見られないから。〝端末《ガジエット》〟はこういうのを見ても、どうやって壊《こわ》すかとか、どうやって利用するかとか考えちゃうの。仕事でやってるからつまんないのよ。

私だって知らなかったんだもん。バグった世界にもたくさんの生き物がいて、こんなに綺麗《きれい》だってこと知らなかったんだもん！　だからやっぱりバグっちゃった方がいいんだよ！　バグって、したいこと全部遊びでやればいいの。分かるっ!?」

「……さっぱりわからない」

「天巡がやればいいの！　真白をバグらせたみたいに、〝端末《ガジエット》〟を全部バグらせて無限舞台《むげんぶたい》を壊しちゃえばいいのよ！　そうすればみんな自由になれるよ。そうしようよ!!」

僕はまた、聞こえないふりで自転車をこぎ続ける。

なんでこんなに切り替《か》えが早いんだろ。女の子って分からない。

こっちはまだ悩《なや》んでるのに。

自転車の籠《かご》に放り込んだトートバッグの中には、タオルで隠《かく》した包丁。武器はそれと、〝傷《ペイン》〟だけ。あとは黒乃の『ハートブレイカー』。〝端末《ガジエット》〟と〝普通の人間《エキストラ》〟の違いは『果実』があるかどうかだけだから、包丁で突《つ》き刺《さ》せば――〈侵略者〉は活動をやめる。

どれくらい強く？

どこを狙う？　心臓？　喉《のど》？　腹？

どこを刺せばいいのか、そもそも本当に刺せるのか、そんな覚悟《かくご》が僕にあるのか。

なにひとつ決められないのに、目的地は勝手に近づいてくる。

黒乃は真白のための補正プログラムだから、真白がいなくなれば存在する意味がなくなる。

黒乃が生きている間は、真白も生きてる。真白がまだ生きてるということは——〈侵略者〉はたぶん、真白に『衝動《しょうどう》』を満たす餌《えさ》とは別のものを見ているということになる。

真白が〝端末《ガジェット》〟だってことに、多分あいつは気づいてる。〝端末《ガジェット》〟と人間は瞳《ひとみ》の色で見分けられる。ショッピングセンターで人を襲《おそ》ってた〈侵略者〉の瞳は真っ赤だった。そして、あいつの前で、真白の目も赤と黒の点滅《てんめつ》を繰《く》り返してた。

見抜《みぬ》かれたのはその時。

〈侵略者〉の目的は真白の『果実』だ。

「……真白は、ここにいるよ」

橋を渡《わた》った先の坂道を十分くらい登ったところで、僕は自転車を停《と》めた。

目の前にあるのは建設途中で放棄《ほうき》されたマンション。ブルーシートが張られた敷地《しきち》に、錆《さ》びたトラックが停めっぱなしになっている。その隣《となり》にはぼろぼろの軽自動車。ボンネットがへこんでいる上に、フレームが平行四辺形に歪《ゆが》んでいる。ドアにはいくつもの穴が空いている。後部座席には消火剤がこびりついて、白黒まだらになった革《かわ》ジャン。

僕は黒乃をトラックの荷台に座らせた。黒乃は居心地《いごこち》が悪そうに、お尻《しり》をもぞもぞと動かす。

地面へとおそるおそる足を伸《の》ばし、すぐに引っ込める。

「まだ歩けない？」

「え、あ、うん」

黒乃は僕から目を逸《そ》らして頷《うなず》いた。

このマンションに、〈侵略者〉がいる。

建物の中に入ったら、もう取り返しがつかない。

真白を連れ出して逃《に》げるか、『架空兵士《かくう》』の餌食《えじき》になるか。

分かりやすい、残酷《ざんこく》な二者択一《にしゃたくいつ》。でも、迷ってる時間なんかない。

「……行くよ」

僕は、荷台の黒乃に背中を向けた。

すぐに背中におぶさってくるかと思ったけど、

「……天巡って、結構いいやつだった」

黒乃は、何故《なぜ》か僕を見下ろしながら、穏《おだ》やかな声で呟《つぶや》いた。

「真白にいいこと、色々してくれた。デートとかノート借りてあげたりとか」

「〝傷《ペイン》〟が痛いからだって言わなかったっけ」

「約束」

言葉ひとつひとつを噛《か》みしめるように、ゆっくりと。

「私は天巡のことを忘れない。その代わり、天巡は真白に、本気になってあげて」

迷いを落としたような透明《とうめい》な声に、思わず僕は振《ふ》り返る。

風を受けて乱れた長い髪《かみ》が、黒乃の着ている制服に絡《から》みついていた。

明け切らない紫色《むらさきいろ》の光の中で——黒乃は静かに笑ってた。

綺麗だった。

不思議だけど、僕は今はじめて、黒乃をちゃんと見たような気がした。

周防黒乃という、この世界で普通《ふつう》に生きている女の子として。

このまま真白がバグり続けたら、黒乃はずっとここにいられるのかな。黒乃は、見た目は普通の人間と変わらないし、真白にそっくりなんだから——真白と同じくらい人気が出るかも。誰《だれ》かに告白されて、黒乃も誰かのことが好きになったりする、そういう未来が——あるのかな。

「……じゃあ、行くね」

黒乃は荷台から、僕の背中へと飛び降りた。

「……本当は最後まで付き合ってもらおうかと思ったんだけど、でもいいや」

不意に、僕の首に回した黒乃の腕《うで》に、力がこもる。

「真白のバグを取って、完全な〝端末《ガジエット》〟に戻《もど》してしまえば、〈侵略者〉は手が出せなくなるの。〝端末《ガジエット》〟は〝端末《ガジエット》〟を殺せない。それは〝精霊《ディヴァイン》〟のシナリオを否定することになるから。だから、ね、できるかどうか分からないけど、せいいっぱいやってみるね」

ごぷ
視界が揺《ゆ》らぐ。

黒乃の腕が、僕の頸動脈《けいどうみゃく》を絞《し》めてる——？

「……ちょ、な？　黒乃!?」

「真白の補正に成功したら私は真白のなかに還《かえ》る。天巡も、〈生命体〉が必要とする繁殖《はんしょく》対象のひとつになる。天巡があの子のためになにかしてあげても、プログラムされたシナリオ上の出来事になるから、真白は本当の意味では喜ばない。

でも、それでいいの。

今の気持ちが、真白にとっての本当だから、天巡はそれを忘れないであげて。

私のことは、忘れてもいい。

初めからそんな人間はいなかったんだって、思ってもいいの。

でも、真白が天巡を好きだってこと。バグのなかで真白が見つけた気持ちだけは、信じて」

意識が遠のいていく。うまく声が、出ない。

——どうして？　どうしてここまで来てそんなこと言うんだよっ！

「天巡は綺麗《きれい》なものを私にたくさん見せてくれた。朝の光に透《す》き通るススキも、私の知らない鳥さんも。人に飼われてる犬も、みんな——天然の生命だった。みんな生きてた。

だから、私は信じたいの。天巡と真白のこれからを。

私とはもう会えないかもしれないけど、真白を大切にしてあげてね」

視界が暗くなっていく。

「さよなら。真白を壊《こわ》したのが天巡でよかった」

最後に見えたのは、壁《かべ》伝いに、必死に階段を上っていく、黒乃の背中。

そしてブラックアウト。

4

——頭が痛い。

恐怖《きょうふ》で真白の身体《からだ》はがちがちに硬《かた》くなっている。さっきから震《ふる》えが止まらない。恐《こわ》くて恐くて——気絶した方が楽なのに、硬直《こうちょく》したまぶたは閉じてくれない。ガムテープを何重にも巻かれた手と脚《あし》はパイプ椅子《いす》に固定されている。指先のべとついた感触《かんしょく》が気持ち悪い。

「……天巡くん……黒乃」

コンクリートがむき出しの部屋。

作りかけのマンション。

真白がいるのは、完成時にはリビングになるはずだった部屋。窓にガラスは塡《はま》っているが、部屋を仕切るドアはない。部屋の入り口には、カーテンがガムテープで貼《は》り付けられている。後から〈侵略者〉が付けたものだろう。

床《ゆか》には古い雑誌とマンガが山になっている。天井《てんじょう》近くには、部屋を横断するようにロープが張ってあり、ハンガーに掛《か》けられた革《かわ》ジャンとシャツがぶら下がっている。スチール製の机に載っているのはカセットコンロ。俎《まないた》と包丁。ペットボトルに入った大量の水。

――この人、ここに住んでるんだ。

あんな化け物を隠《かく》し持った人間が、町中《まちなか》で普通に生きていけないことは分かる。『噛《か》み砕《くだ》くもの』の姿は見えないけれど、どこかにいるのは間違《まちが》いない。壁にも、机にも、大きな穴がいくつも空いている。あれは化け物が通過したあと――そう考えると真白の身体がまた震え出す。

「……あたしを、どうするつもりなんですか？」

食べるならあの場所でやればよかった。

なのに〈侵略者〉は路地に落ちていた拳銃《けんじゅう》を真白に突《つ》きつけ、車でここまで連れてきた。

もう一人の人間と一緒《いっしょ》に。

〈侵略者〉は机の前に置かれた椅子に座り、目を閉じている。

もう一人は彼の足元にいる。真白と同じようにガムテープで縛《しば》られ、布団《ふとん》の上に倒《たお》れている。

真白と違《ちが》うのは、タオルで目隠《めかく》しをされていることと、胸のあたりまで毛布が被《かぶ》せられていること。両肩《りょうかた》にはエプロンの紐《ひも》。その人はここに運ばれてくるまで、車の後部座席で眠《ねむ》っていた。

「その人を……どうするつもりなんですか」

真白は少しだけ言葉を変えて、質問を繰《く》り返す。

「あたしを殺すの？　あれを見たから？　目撃者《もくげきしゃ》は消すってことですか？　人を解体して食べ

させて見られたら殺すことを繰り返すの？　そんなことしてたら周りに誰もいなくなるだけじゃないのっ⁉」

「……黙《だま》っててくれ、頼《たの》むから」

〈侵略者〉は震えていた。

組んだてのひらに頭を載せ。

まるで、自分がこれから殺されようとしているかのように。

「俺はこれから初めて、自分がこれから殺されようとしているかのように。

「なに言ってるの――？」

真白の言葉は〈侵略者〉が机を叩《たた》く音にかき消された。

「君に何が分かる？　産んで増やすことを許された〝端末《ガジエット》〟に、殺戮者《さつりく》に生まれついた奴《やつ》のことが分かるのか？　突然《とつぜん》、好きな人を喰《く》らいたくなったら？　抵抗《ていこう》なんかできない。気が付いたら食べ残しだけが落ちてる‼　誰《だれ》かに裁いてもらうこともできない！　それがどれだけ痛いのか君に分かるか⁉」

〈侵略者〉は血走った目を見開いて、叫《さけ》ぶ。

「……そうか、君は壊れているんだっけ。だから同族殺しの規制が掛からないんだ。〈角笛《つのぶえ》を吹《ふ》く精霊《せいれい》〉が言った通りだ。〈生命体〉が壊れているから狩《か》れ――って。記憶《きおく》もないのか？　〝端末《ガジエット》〟のことは何も憶《おぼ》えてない？」

「〝端末《ガジエット》〟？」

「それはとても幸せなことだね」

「黒乃――が、おんなじこと、ゆってた。でも、なに？　恐い」

「〈生命体〉の〝端末《ガジエット》〟は覚醒《かくせい》が遅《おそ》いのか。身体の準備ができなければ『繁殖《はんしょく》』は不可能だからな。俺と〈壊体者《かいたいしゃ》〉は十二の時には人を殺していたのに」

「十二歳――人殺し？――なにそれ――そんなの知らない！　『繁殖』？　あたしは馬でも牛でもないのっ！」

「……思い出せよ」

絞《しぼ》り出すような声で〈侵略者〉は呟《つぶや》いた。

「お前を幸せなままで解体したくない。思い出すまで齧《かじ》ってやる。人のかたちをしていたことが分からなくなるまで細切れにしてやる。そしたら『果実』が勝手に思い出すだろ」

〈侵略者〉は青白い顔で笑う。水が入ったペットボトルを目をつむってあおる。唇《くちびる》の端《はし》から水があふれて、むきだしの床に流れ落ちる。跳《は》ねた水滴《すいてき》が、倒れている女性の顔にかかる。

「……思い出しそうになったら言え。喰い殺すから」

真白の視線に耐《た》えられなくなったように、〈侵略者〉は部屋から出て行った。

「……やだ」

部屋に取り残された真白は、震《ふる》えながら呟く。

「……思い出せって言われてもわからないもの。あたしのなかにあるものは――」

きゅん、と、胸が鳴った。

「あたしは天巡くんが好き。あたしのなかにあるのはそれだけ。

彼はあたしに手紙をくれたんだから。あたしには書いてある文字が見えた。みんな白紙だって言ったけどあたしには見えたの――だから」

「そんなこと嬉《うれ》しそうに言わないで下さい。助けたくなりますから」

さく
指先に触《ふ》れる、小さなてのひら。

真白の背後で、手首を固定していたガムテープが断《た》ち切られた。

「……動けないふりをして。あと、こっちを見ないようにしてください」

「――リトちゃ？」

「静かに。何もしらんぷりしてください。あと、なれなれしいですよ？」

振《ふ》り向きかけた真白を、リトの言葉が止める。

「〈侵略者〉はお馬鹿《ばか》だと思います。もっと人の多いところに隠《かく》れるべきでした。こんな人気《ひとけ》のないとこ来たら、おんぼろの軽自動車なんてすぐに見つかります。入り込むのは簡単でしたよ。『噛《か》み砕《くだ》くもの』が開けた穴があちこちに空いてましたから。

包容力のある小学生は、嫌《きら》いな相手でも助けたくなることがあるんです」

壁際から、リトが小さく囁《ささや》く。

「天巡くんは？」

「おにーさんを呼ばなかったのはひそかな抵抗です。足のテープも切ります。合図したら、椅《い》子《す》をあいつに投げつけてから逃《に》げてください。十二数えたら始めます。もう口は閉じててください」

リトの気配が消える。

真白は言われた通り、声に出さずに数えはじめる。

近づいてくる〈侵略者〉の足音に耳を澄《す》ます。この場所に来てから、彼はずっと同じことを繰《く》り返している。真白を見張って、やがてそれが辛《つら》くなって別の部屋へ。でも、真白のことが気になってまた戻《もど》ってくる。落ち着きのない〈侵略者〉。

――六、五、四。

真白は、以前の自分がとても嫌《いや》な人間だったような気がした。真白は女王蜂《じょおうばち》で、他《ほか》の人間はみんな、蜜《みつ》を運ぶための働《はたら》き蜂。準備ができたら受け入れるけど、それまでは、何も知らないふりして、みんなの間をほわほわ駆《か》け回りながら品定め。そんなことをしていた時期があったような――けれど、思い出せない。記憶に霞《かすみ》がかかったように。

――三、二、一。

木曜日の放課後に見つけた手紙。真っ白な紙に浮かび上がった文字を覚えている。真白が好きだと書いてあった。大事だって、欲しいって。真白を縛《しば》るものを全て破壊《はかい》してくれるって——真白が聞きたい言葉が全て書いてあった。だから真白は翔に逢いに行った。

屋上で気絶してから——黒乃に揺り起こされるまでのことは、よく覚えていない。

いらない情報は、指から砂がこぼれ落ちるように、消えてしまった。

世界の設定も。〝端末《ガジエット》〟という言葉の意味も。自分の使命も。

翔と触れ合った瞬間——真白が〝端末《ガジエット》〟として、完全にバグってしまったことも。

「ゼロ」

ドアのない戸口から再び〈侵略者〉が顔を出す。彼が椅子に座った瞬間、真白は縛られていたパイプ椅子を持ち上げ、投げつけた。椅子は彼の頭を掠め、カセットコンロと食器の山を直撃《ちょくげき》する。転げ落ちたフライパンと鍋《なべ》が不協和音を掻《か》き鳴らす。真白は一度だけ背後を振り返り、それから部屋の外に向かって駆け出した。背後の壁《かべ》にはちょうど人が通れるくらいの穴が空いていた。だけどリトの姿は見えない。うまく逃げてくれることを真白は祈《いの》った。

「……あたしのせいであの子が食べられたら」

たぶん、翔は自分を許してくれない。

真白はカーテンを払《はら》いのけ、廊下《ろうか》へ飛び出す。前なんか見ていない。ここには誰《だれ》もいるはずがない。翔も黒乃も、彼女がさらわれたことさえ知らないはず。

　真白は、双子《ふたご》の妹を甘く見ていた。

「黒乃？」

　だから気づくのが遅《おく》れた。高校男子用のブレザーを着た黒乃が、壁を伝ってこっちに向かって来ていた。そこに真白が衝突《しょうとつ》した。同じ高さにある頭と頭がぶつかる。しゃがみ込む黒乃。真白は衝撃《しょうげき》で一回転して、コンクリートの床《ゆか》に背中から落ちる。

　呼吸が一瞬《いっしゅん》、止まった。

　視界に星が舞《ま》っていた。真白は床に手をついて起きあがる。〈侵略者〉が追ってくる前に逃げないと――黒乃まで殺される。

「どうしてここが分かったの、黒乃？」

　黒乃は答えない。

「――詳《くわ》しい話は後でいいよ。とにかく逃げよう？　あのね、恐《こわ》い人がいるの。天巡くんと一緒《いっしょ》に行ったショッピングセンターにいた人が殺人鬼《さつじんき》で――」

　くい、と、黒乃が、逆に真白の腕《うで》を引っぱった。

　真白の顔を見上げ、必死に首を振る。

「なあに？　もう怒《おこ》ってないよ。口きかないなんてのは取り消し。だから早く――」

「天巡が外で待ってる」

　黒乃は固く閉《と》ざしていた口を、やっと開いた。

「〈侵略者〉は、真白を食べることに決めたから、逃げても同じことの繰り返しになるよ。だから、逃げるのはもうやめよ?」

「逃《に》げなかったらばらばらにされて食べられるんだってば!」

「ごめんね」

黒乃は真白に抱《だ》きついた。

「このままバグってた方が幸せなのに。だけど、殺されるよりいいよね? 私はただの補正プログラムだから、真白の未来にまで責任は取れない。できるのは祈ることだけ。せめて、これから〝端末《ガジエット》〟に戻る真白が幸せでありますように」

「……黒乃?」

靴音《くつおと》がした。

カーテンをくぐり、〈侵略者〉が近づいてくる。

怒《いか》りに満ちた、赤い目。

『衝動《しょうどう》』が発動した印。

彼は指を上下に振《ふ》った。床が盛り上がり、八体の『噛《か》み砕《くだ》くもの』が姿を現す。真白と黒乃から〈侵略者〉の姿を隠《かく》す壁となり、一斉《いっせい》に肥大化した口を開く。

その背後で〈侵略者〉はこめかみを押さえた。

「壊《こわ》れた〝端末《ガジエット》〟を喰《く》う時でも『果実』が騒《さわ》ぎ出すのか。けど、動けないほどじゃない」

「すぐに動けなくなるわよ。あんたは〝精霊《ディヴァイン》〟の禁忌《タブー》に引っかかってのたうちまわるんだ。いい気味」

くくく、と、黒乃が笑う。

「結局あんたは『衝動』がなければ他人を殺せないんだ。あんたが欲しいのは真白の脳にある『果実』でしょ？　こいつらが『果実』ごと、真白の頭を食べちゃったら笑えるよね」

「……なんだ君は？」

「私は〈生命体〉の補正プログラム。生命《いのち》の意味が分かる？　繁殖《はんしょく》は自分が壊れた時のスペアを作るためのものなんだよ？　長い時間をかけて、もう一回自分を生み出すための気の長い作業。だから〈生命体〉は、壊れた自分を直すためのコピーを作ったわけ」

「ということは君は〝端末《ガジェット》〟でも人間でもないわけか」

「そうよ、悪い？　だけどあんたよりましよ。あんたは人間にならない方がいい。『衝動』がなくなったって――『噛み砕くもの』で人を食い殺した感覚は忘れられないんだから」

「――うるさい」

「あんたは人殺し。その事実は消えない。〝普通の人間《エキストラ》〟になったって消えないんだ!!」

黒乃が唇《くちびる》を歪《ゆが》めて笑う。彼女の声を拒否《きょひ》するように、〈侵略者《しんりゃく》〉が頭を押さえる。

「――補食しろ！」

〈侵略者〉は指を挙げた。

列をなした『囓み砕くもの』が真白と黒乃に襲《おそ》いかかる。

「だったら私は補正する」

真白は、目の前にいる妹が泣きそうな表情をしていることに気づいた。黒乃と〈侵略者〉の会話の意味など分からない。分かるのは〈侵略者〉が双子《ふたご》の妹を傷つけたということだけ。自分がいなかったら、黒乃は子供のように泣きじゃくっている。

はじめて、真白は誰かを憎《にく》いと思った。

食べられる前に大声で罵《ののし》ってやりたかった。

だけど、声を出す前に、唇が塞《ふさ》がれた。

黒乃の顔がこの世で一番近いところにあった。どうしてファーストキスが天巡くんじゃなくて黒乃なんだろう——そう思った瞬間《しゅんかん》、触《ふ》れた部分から熱と、呼吸と——もうひとつのものが伝わってきた。

〝端末《ガジェット》〟としての情報が。

真白が黒乃のかたちにして排出《はいしゅつ》した情報《データ》が流れ込んでくる。

〈生命体〉にとって特別な相手は存在しない。感情は必要ない。目的は大量に子孫を残すこと。〝夢を見続ける神《ラガジュ＝ディア＝レルガゾライ》〟が退屈《たいくつ》しないように舞台《ぶたい》を調《ととの》えるための、人間の個体数の維持《いじ》。〝端末《ガジェット》〟が演じる舞台のエキストラの確保。〈侵略者〉〈壊体者《かいたい》〉〈断罪人〉が人を減らしても大丈夫《だいじょうぶ》なように。〈政治家〉が操《あやつ》るための頭数が維持できるように。

——いらない。

黒乃から流れ込む情報が真白の脳へと向かう。

『果実』に食い込み、正しい〝端末《ガジェット》〟になるように記憶《きおく》と感覚を書き換《か》えるために。

——いらないんだってば！

『架空《かくう》兵士』の動きが止まった。

〈侵略者〉は血走った眼《め》で、真白と黒乃と見ていた。振り上げた指が小刻みに震《ふる》え、口の端《はし》に泡《あわ》が浮《う》かんでいる。こめかみを押さえていた指が皮膚《ひふ》に食い込み、爪《つめ》の隙間《すきま》に血の粒《つぶ》が浮かぶ。

〝端末《ガジェット》〟は〝端末《ガジェット》〟を殺せない。

それは精霊《ディヴァイン》が用意した舞台の否定であり、禁忌《タブー》。

完全な〝端末《ガジェット》〟に戻《もど》れば、〈侵略者〉に殺されることはなくなる。

けれど、真白は、

脳に流れ込む情報の羅列《られつ》に歯を食いしばり、

力いっぱい、黒乃を、突《つ》き飛ばした。

「——え？」

真白の中で渦《うず》を巻いていた〈生命体〉に戻るための情報《データ》が——消滅《しょうめつ》した。

「そんな。何で？　元々真白からもらった情報なのに⁉」

「バグ――じゃない。あたしはもう、このあたしでいいんだから。だからバグじゃないの。今のあたしがあたしが選んだあたしなのっ！」

真白は泣きじゃくりながら、叫《さけ》んだ。

「前のあたしなんか知らない。いらないっ！　そんなの忘れた！　あたしは自分の欲しいものを見つけたの。天巡くんと黒乃がいるこの世界が好きなの。あんな情報はいらないのっ！　天巡くんに何も感じなくなるのは嫌《いや》。黒乃がいなくなるのも嫌あっ‼　それならここで殺された方がましなんだからあぁっ‼」

同時に〈侵略者〉の硬直《こうちょく》が解けた。


黒乃の目の前で『噛み砕くもの』が、上下にうねうねと揺《ゆ》れている。

「じゃあどうすればいいのよっ⁉」

助けられる立場の真白が『補正』を拒絶《きょぜつ》してしまった。

黒乃の目の前には『噛み砕くもの』の壁《かべ》。巨大《きょだい》な牙《きば》はすぐそこにまで迫《せま》っている。

翔に、謝りたかった。

彼に助けを求めたのは自分。なのに、黒乃が一人だけで解決しようと思ってこうなった。

――だって、補正された真白が、天巡なんかいらないって言ったらどうすればいいの？

そうなったら翔を傷つけてしまう。自分が彼を〝端末《ガジェット》〟が喰《く》らい合う舞台に、むりやり引っ張り上げたのに――「忘れさせない」と言ったのに、本当は、そんな保証はどこにもない。真白を補正して、自分が消えてしまったら、謝ることさえできない。

――私だって、嘘《うそ》ぐらいつくんだよ――天巡。

制服の胸元《むなもと》から、白銀の十字架《じゅうじか》がこぼれおちる。

震える声で黒乃は『ハートブレイカー』を呼び出した。

――これで真白を守れたらいいのに。

銀色の鞘《さや》に包まれた、黒乃の腕《うで》より少し長いだけの魔剣《まけん》が現れる。

――私は、真白に嫉妬《しっと》なんか……できない。私はただの補正プログラムなんだから。

全《すべ》ては〈生命体〉の〝端末《ガジェット》〟のためにある。

黒乃のものは、なにひとつない。

それでいいと思っていた。

『噛み砕くもの』の牙が自分の身体《からだ》に食い込み、砕いてしまう。その間に真白が逃《に》げてくれればいい。マンションの入り口で天巡が待ってる。真白を自転車の荷台に乗せて、一生懸命《いっしょうけんめい》漕《こ》げば〈侵略者〉から逃げられる。翔の広い背中、頬《ほお》を押し当てた時の温かさ、ぶっきらぼうだけど、黒乃の言葉を受け入れてくれた不器用な優《やさ》しさも――全部。

――私のものじゃ、ないんだ。

涙《なみだ》で視界がぼやけていく。食べられることは恐《こわ》くないのに——忘れられることが恐い。

自分は最初からいなかった人間なのに。

——私がバグで生まれたなら、あんたもバグってるはずでしょ！　ハートブレイカー！　動きなさいよ！　真白を守るために！

心臓——本当にあるのかどうかも分からない器官が高鳴っていく。黒乃はハートブレイカーの鞘を摑《つか》んだ。補正プログラムである自分の中に生まれた小さな、嫉妬の炎《ほのお》。

忘れないで欲しい。

小さな欠片《かけら》でもいいから誰《だれ》かの——自分を知っている人の中に残りたい。

ここまで連れてきてもらったのは全部真白のため。翔は真白のもの。自分はなにひとつ要求できない。黒乃は自分に言い聞かせるように繰《く》り返す。

バグに満ちた世界の中で、たとえば、いつか黒乃が翔のことを好きになったとしても。

「……目覚めろっ！　はああああああぁぁぁぁぁと、ぶれいかぁぁああああああああっ！」

黒乃は髪《かみ》を振《ふ》り乱し、叫ぶ。

魔剣の鞘が砕け散る。剝《む》き出しになった白銀の刃《やいば》。瞬間《しゅんかん》、それが真っ赤に灼熱《しゃくねつ》する。推定六十センチの刀身。だが、刀身自体が光を放っているため、倍近くに肥大化して見える。

「てえええええええええええいっ！」

黒乃は『嚙み砕くもの』に、赤い刀身を叩《たた》き付けた。『嚙み砕くもの』の側頭部、ハートブレイカーが触《ふ》れた部分が沸騰《ふっとう》し、泡立《あわだ》つ。黒乃は腕に力を込める。ハートブレイカーは『嚙み砕くもの』の頰を焼き切り、上唇《うわくちびる》を裂《さ》き、そして反対側の頰から抜《ぬ》ける。

ばしゃ、と、

沸騰した『嚙み砕くもの』が弾《はじ》けた。

黒乃の正面にはもう一体の『嚙み砕くもの』。その後ろには〈侵略者〉。

大きく顎《あご》を開いた『嚙み砕くもの』の喉《のど》めがけて、黒乃はハートブレイカーを突《つ》き出した。灼熱する刀身が生み出す黄金《こがね》色の輝《かがや》き。それが、『嚙み砕くもの』の牙を蒸発させ、喉に達したところで——冷めた。

じゅ、と、音がして、『嚙み砕くもの』の喉に穴が空いた。

その向こうから、〈侵略者〉が哀《あわ》れむように黒乃を見ていた。ハートブレイカーを包んでいた光は消え、刀身を〈生命体〉のレリーフが覆《おお》っていく。

鞘が形を取り戻《もど》し、黒乃のハートブレイカーは、ただの役立たずの魔剣に戻る。

「——そんな」

『嚙み砕くもの』は銀色の剣《けん》を吐《は》き出し、〈侵略者〉のところへ滑《すべ》るように戻っていく。〈侵略者〉の周りには七体の『嚙み砕くもの』。彼らは伸《の》び上がり、踊《おど》り、寄り集まっていく。

「私じゃ……足りなかったんだ」

自分では、真白に嫉妬しているつもりだったのに。

「バグってても、この剣じゃ真白を守れない。どんなにがんばっても、私は人間にはなれない——だから？」

——だって、分からないんだもん。

——しょうがないじゃない！　自分のものなんか何もないんだから！　私は補正プログラムなの！　人間じゃないんだから……私……〝端末《ガジェット》〟でさえ、ないんだから……。

「……哀《あわ》れんであげた方がいいのかな」

無傷の〈侵略者〉が、黒乃の前に立っていた。

正確には、甲冑《かっちゅう》を纏《まと》った、新たな『架空《かくう》兵士』の向こうに。

七体の『噛《か》み砕《くだ》くもの』の集合体。暗灰色の、身長二メートルを超《こ》す人型。両脚《りょうあし》と両腕《りょううで》、肩《かた》だけ異常なほど肉が盛り上がり、鉄板を貼《は》り付けたような皮膚《ひふ》が身体を覆っている。頭は肩にめり込み、どこまでが首でどこまでが顎なのか分からない。

顔には目・鼻・口の代わりに赤い空洞《くうどう》がある。鎖骨《さこつ》のあたりに届くほど大きなもの。なにかの意志を示しているのか、それともただの自然現象なのか、奥で光が螺旋《らせん》を描《えが》いている。

武器は両手持ちの、巨大《きょだい》な戦槌《ウォーハンマー》。

新たな『架空兵士』は、屋内で使うには巨大すぎる戦槌《ウォーハンマー》を構え、黒乃と真白に近づいてくる。

「……まずは脚《あし》を潰《つぶ》す。もう逃げられないように。それから腕を。『果実』は最後に。補正プログラムは——宿主《マスター》が解体されるところなんか見たくないだろ？　だから先に」

「黒乃が言った通りだ。あなたは卑怯者《ひきょうもの》だよっ！」

不意に、叫《さけ》び声が響《ひび》いた。

真白が『架空兵士』の前に立ちはだかっていた。

「……あたしの中にあるものが欲しいなら『架空兵士《そんなの》』使うことないっ！　ここに来るまでに拳銃《けんじゅう》で撃《う》っちゃえば良かったんだ！　でもあなたにはそんなことできなかった！

あなたは自分の意志で相手を壊《こわ》すのが恐《こわ》くて恐くてたまらなかったからっ！」

「黙《だま》れ！〈生命体〉に〈侵略者〉と〈壊体者《かいたい》〉の気持ちが――」

「だったら自分の気持ちを分かってくれる人間を相手にしたらっ⁉ 同じように人を殺す奴《やつ》を探して殺し合えばいいじゃないっ‼」

「〝端末《ガジェット》〟は〝端末《ガジェット》〟を殺せない。君が壊れた端末《ガジェット》だから俺は――」

「あたしは壊れた〝端末《ガジェット》〟じゃないっ！

あたしは周防真白‼ 黒乃のおねえさん。将来の夢は絵本作家。好きなのはバーゲンで半額になった服を、好きな人に買ってあげることっ！　好きな人の名前は天巡翔くん！　これがあたしっ！　壊れた〝端末《ガジェット》〟なんて記号で呼ばないでっ‼」

「うるさいっ！　こわれた〝端末《ガジェット》〟が人間のふりをするなああっ‼」

黒乃は走れない。

真白は黒乃を置いていけない。

黒乃は後ろから、真白に覆《かぶ》い被さる。そのまま真白を押し倒《たお》す。『架空兵士』の戦槌《ウォーハンマー》にはたぶん、無意味な薄《うす》い肉の盾《たて》。

それでも黒乃は、真白を守らずにはいられない。

——それだけだから。

——私にできるのは、それだけなんだから！

真白たちの頭より大きな鉄槌《てっつい》を『架空兵士』は頭上に掲《かか》げる。

一歩踏《ふ》み出し、それを振《ふ》り下ろせば——それで終わるはずだった。

「——なに？」

〈侵略者〉が目を見開く。

『架空兵士』は、樹《き》の幹のような腕《うで》を振り上げたまま、硬直《こうちょく》していた。

右腕——肩と肘《ひじ》のちょうど中間地点から、白い煙《けむり》が上がっていた。

真白と黒乃、〈侵略者〉——三人の視線を奪《うば》う、赤いゆらぎ。

炎《ほのお》にも似た、燐光《りんこう》を放つ髪《かみ》。

氷にも似た、一糸まとわぬ青白い肌《はだ》。

血の色をした、無表情な目。

煙が上がっているのは、彼女の両手と犬歯が触《ふ》れている部分。

彼女の指先と唇《くちびる》から蜘蛛《くも》の巣のように伸びる、赤い線《ライン》。

真白にも似ている――黒乃にも似ている――けれど人間には見えない。
〝傷《ペイン》〟から生まれた少女が、『架空兵士』の腕にかじりついていた。

5

「……間に合った」

黒乃が悪い。

目が覚めるのがもう少し遅《おそ》かったら、手遅《ておく》れになってた。

『噛み砕くもの』が壁《かべ》のあちこちに空けてた穴。そのおかげで、この階を全部斜《なな》めに突《つ》っ切って来ることができた。律儀《りちぎ》に廊下《ろうか》を通ってたら間に合わなかった。

それにしても、なんだろ、これ。

鋼鉄の鎧《よろい》を纏った身長二メートルの巨人《きょじん》の腕を、青白い肌の少女が齧《かじ》ってる。腕を覆《おお》う鉄板に爪《つめ》を立て、引きはがし、食いちぎっていく。なんて――馬鹿馬鹿《ばかばか》しい光景。

『美味《オイ》シクナイ美味シクナイ美味シクナイ!』

〝傷《ペイン》〟の口と、掌《てのひら》から、しゅわしゅわと煙が上がっていく。巨人の身体《からだ》が溶《と》けてるんだ。紙をライターで炙《あぶ》るように、焼けて崩《くず》れてぼろぼろ零《こぼ》れていく。

「『架空兵士』が――どうして」

〈侵略者《しんりゃく》〉が乾《かわ》いた声で呟《つぶや》く。

がらん、という音とともに、巨人が、〝傷《ペイン》〟に汚染《おせん》された右腕を切り離《はな》した。

空中で〝傷《ペイン》〟が、巨人の腕を蹴《け》った。猫《ねこ》みたいに一回転して、綺麗《きれい》に着地する。がらん、と、床《ゆか》に落ちた『架空《かくう》兵士』の腕が煙を上げてる。

キュキュ？

〝傷《ペイン》〟が僕のところに戻ってくる。僕は右腕の袖《そで》をめくった。二の腕の外側にあるアザには、木の枝と根、どんぐりに似た木の実しか残っていない。そこに宿っていたはずの少女は僕のすぐ側に立ち、感情のない目で『オ腹《ナカ》スイタ』と訴えてる。

喰《く》わせてやる。これから。

巨人の後ろに隠《かく》れてる〈侵略者〉。あいつはもう人間だと思わない。あんな奴、〝傷《ペイン》〟に翻《あと》られて跡形《あとかた》もなく消えてしまえばいい。見逃《みのが》すって言ったくせに。泣きそうな顔で、自分に怯《おび》えないでくれって言ってたくせに。

こいつは、真白と黒乃を、虫みたいに叩《たた》きつぶそうとしたんだ。

真白と黒乃は廊下に倒れてた——というか、黒乃が真白を押し倒してる。

「……周防さん」

「怪我《けが》は——ない？　ないなら早く逃《に》げて」

僕の隣《となり》には、重力に逆らってゆらめく、炎のような髪を持つ少女、〝傷《ペイン》〟。

獲物を狙《ねら》う獣《けもの》のように前屈《かが》みの格好で、さっきからずっと『オ腹スイタ』って訴えてる。こいつは『果実』以外じゃお腹《なか》がふくれないみたいだ。だから、二人ともさっさと逃げて欲しい。

こんなの、見せたくない。

真白にも、黒乃にも。できれば僕だって見たくない。

「黒乃！　動けるんなら周防さんを引きずって逃げろ！」

「嫌《いや》です！」

倒《たお》れていた真白が顔を上げ、真剣《しんけん》な目で僕と――隣にいる〝傷《ペイン》〟を見ていた。説明してる暇《ひま》なんかない。僕は、彼女に背中を向ける。〈侵略者〉と、片腕《かたうで》の巨人がまた、動き出してる。

「色々言われました。あたしが何か大事なことを忘れてるって。黒乃も思い出させようとしてくれたけど――分かりませんでした」

『――オ腹スイタスイタスイタ！』

喰っていい。ただし、目の前の『架空兵士』を喰らってから。真白と黒乃のことは見るな。

行くよ。

恐《こわ》いけど、右腕は骨が軋《きし》むほど痛いけど、〈侵略者〉を喰うよ。

生き残るために。

僕と〝傷《ペイン》〟は走り出す。

「でも！　これはあたしの運命なんです！」

僕の後ろで真白が叫《さけ》ぶ。

「天巡くんをあたしが巻き込んじゃったんです。なのに、自分だけ逃げるなんてできません！　あたしは！　天巡くんが大好きなんです。自分よりもずっとずっと大事なんです!!　怪我しないでください傷つかないでください死なないでくださいっ!!　天巡くんになにかあったら！　あたしもここから飛び降りて死んじゃいますからっ!!」

むちゃくちゃだよ周防さん。あと——こっちを見ないで。お願いだから。

僕はこれから〝端末《ガジエット》〟になるんだ。

『果実』の代わりが〝傷《ペイン》〟。十九番目の〝端末《ガジエット》〟。役目は他《ほか》の〝端末《ガジエット》〟の破壊《はかい》。

残酷《ざんこく》になれ。

凶暴《きょうぼう》になれ。

冷酷《れいこく》になれ。

〈侵略者〉が凄《すご》い形相で僕を見てる。『架空兵士』が残った左腕でハンマーを振《ふ》り上げる。

〝傷《ペイン》〟に触《ふ》れたら奴《やつ》の武器も身体も溶ける。足元に落ちた右腕はもう原形を留《とど》めてない。

『オ腹スイタ！』

〝傷《ペイン》〟が先に飛び出した。獲物を狙う肉食獣《にくしょくじゅう》の動きで、巨人の懐《ふところ》に潜《もぐ》り込もうとする。

がごぉ

巨人のハンマーが天井《てんじょう》を突いた。

コンクリートに放射状の亀裂《きれつ》が走る。鉄筋から剝《は》がれ落ちた破片《はへん》が、僕と〝傷《ペイン》〟の頭上に降ってくる。僕は横に転がる。小さい破片は無視する。

無傷でこいつを倒せるなんて、最初から思ってない！

「ばぁか」

〈侵略者〉があざ笑う。巨人《きょじん》のハンマーが、落ちてきたコンクリートを横なぎにする。

正確に、コンクリートの中心を撃《う》ち抜《ぬ》く鉄槌《てっつい》。散弾《さんだん》のように飛び散る破片――まずい！

僕は反射的に床に伏《ふ》せた。尖《とが》った破片が背中を掠《かす》めていく。でも、違《ちが》う。〈侵略者〉の狙いは破片を撃ち出すことでもなかった。

キュキュキュキュキュキュキュゥ！

〝傷《ペイン》〟の悲鳴。

巨人が狙ったのは、〝傷《ペイン》〟だった。コンクリートの破片を間に挟《はさ》んで、鉄槌が直接触れないように〝傷《ペイン》〟の脇腹《わきばら》を撃ち抜く。

〝傷《ペイン》〟が壁《かべ》に向かってはじき飛ばされた。

「がががががあぁっ」

右腕にフィードバックが来た。痛いなんてもんじゃない。視界が一瞬《いっしゅん》、点滅《てんめつ》した。でも――まだ終わりじゃない。我慢《がまん》できる。今だけ、人間らしさとか全部忘れてしまえ。喰らうんだ。

僕は〈侵略者〉を喰らう！

「直接そいつに触れなければいいだけだろ？　年季が違うんだよ。エキストラ」

引きつった顔で笑う〈侵略者《しんりやく》〉。

だったら——なんであんたは、そんなに泣きそうな顔をしてるんだ？　〈侵略者〉。あんたは虐殺者《ぎやくさつ》で、僕たちの敵なのに。〝普通の人間《エキストラ》〟を虫みたいに思ってるくせに。殺されそうになってるのは僕たちで、あんたじゃないのに、どうして!?

キュキュキュキュキュキュキュッ!!

〝傷《ペイン》〟が泣《な》き叫んでる。はじき飛ばされた彼女は空中で一回転し、壁を蹴《け》り、『架空兵士《かくう》』のハンマーに向かって飛びかかる——しがみつく。ハンマーの頭から煙《けむり》が上がる。柄《え》の部分まで、赤い蜘蛛《くも》の巣が放射状に広がってる。手を放さなければ巨人の左腕も溶《と》けて消える！

「どうして俺の邪魔《じやま》をするんだ！　君は！」

「誰《だれ》も死なせたくないからに決まってるだろ！」

〝精霊《デイヴアイン》〟の思惑《おもわく》なんか知らない。

〝夢を見続ける神《ラガジュ》〟が本当にいるのかどうかも関係ない。

真白が〝端末《ガジェット》〟で、黒乃が補正プログラムだってことも、もうどうだっていい！

「僕はあんたを喰《く》らう！　舞台《ぶたい》から降ろしたければ、力ずくでやってみればいい！」

〝傷《ペイン》〟が地上に落ちてくる。脇腹が裂《さ》けて鱗粉《りんぷん》が飛び散ってる。まだ動けるか？　僕は訊《き》く。

〝傷《ペイン》〟の返事は『オ腹スイタ』だけ。僕は足元に転がってたコンクリートの破片を拾い上げる。

一番、尖ってる奴を。包丁が入ったトートバッグは自転車に忘れてきた。馬鹿《ばか》か僕は⁉

「……俺の邪魔をしないでくれ！」

〈侵略者〉が叫《さけ》ぶ。でも――聞こえない。敵の声なんか聞こえない！

「頼《たの》むから！　俺は、〈生命体〉の『果実』で」

怯《おび》えられるのはもう耐《た》えられないから。

〝普通の人間《エキストラ》〟になる。

そうすれば好きな人と抱《だ》き合うことができる。

「頼むからもう誰も俺たちに恐怖《きょうふ》しないでくれ！」

それが〈侵略者〉を動かしているもの？　でもあんたは人間を殺すための〝端末《ガジェット》〟だろう？

〈角笛を吹く精霊〉のように、僕たちを虫けらみたいに見下してるんだろ⁉

「〝傷《ペイン》〟！　喰っていい！」

『美味《オイ》シクナイ！』

僕と〝傷《ペイン》〟は巨人の足元に突《つ》っ込んでいく。

〝傷《ペイン》〟が巨人の右足に爪《つめ》を立てる。人の胴体《どうたい》ぐらいはありそうな足首を、細い腕が易々《やすやす》と切り裂いていく。鉄の皮膚《ひふ》を剝ぎ、噛《か》み砕《くだ》く――蒸発させていく。巨人の身体《からだ》が倒《たお》れる。〝傷《ペイン》〟は更《さら》に左足にも牙《きば》を立てる。〝傷《ペイン》〟の小さな口。なのに異常なほど発達した犬歯。振り乱《みだ》す髪《かみ》も熱を帯び、巨人の皮膚を焼く。

『――美味シクナイ美味シクナイ美味シクナイ美味シクナイノオオオオッ！』

〈侵略者〉まであと四歩。

僕の武器は、尖ったコンクリートの破片。

切り裂いてやる。あんたがショッピングセンターでやったように。

こっちを見るな。

泣きそうな顔でこっちを見るな。他《ほか》にも色々手はあるんだろ！〝精霊《デイヴァイン》〟に作られた殺戮者《さつりく》なら、エキストラの一人ぐらい簡単に片づけられるんだろ！　どうしてそんな追いつめられたような顔してるんだ⁉

「俺は――彼女を――〈壊体者《かいたい》〉を人間にしたかっただけなのに」

〈侵略者〉が、床《ゆか》に膝《ひざ》をついた。

「……抱き合うことさえ許してもらえないのか、俺たちは。それが〝精霊《デイヴァイン》〟の呪《のろ》いなのか？」

黙《だま》れ！

どうして、今更《いまさら》、自分のことなんか話す⁉

僕はあんたの事情なんか知らない‼　なんで人間のふりなんかするんだよ⁉

〈侵略者〉は真っ赤な目で僕を見た。泣いてる。僕より背の高い、金髪《きんぱつ》の大人が。ぽろぽろと。

それを見た瞬間《しゅんかん》――僕の足は止まってしまった。

もうちょっとなのに。一歩踏《ふ》み出して、コンクリートのナイフを〈侵略者〉の喉《のど》に突き立てれば終わるのに——!?

「——『架空兵士』、両脚《りょうあし》を廃棄《パージ》」

がごん
僕の背後で巨大《きょだい》な物体が落下する音がした。

キュキュ……ン
〝傷《ペイン》〟が泣いてる。

振《ふ》り返ると、胴体と左腕《ひだりうで》だけになった『架空兵士』が、〝傷《ペイン》〟にのしかかっていた。巨人《きょじん》の身体が〝傷《ペイン》〟を押しつぶそうとしてる。すごい勢いで煙が上がってるのに——。

「……ぐがぁっ!」

摑《つか》まれた。

『架空兵士』の残った左腕が、僕の身体を鷲摑《わしづか》みにした。

「ががががああああああああああがががっ!」

「哀《あわ》れんであげた方がいいかな?」

視界が煙《けむ》っている。胴体の下敷《したじ》きになった〝傷《ペイン》〟が、『架空兵士』を溶かしてるからだ。息ができない。右腕が——痛い。巨人が〝傷《ペイン》〟に触《ふ》れた部分は蒸発していく。けど、こいつの身体全部が溶けてなくなるより、残った腕が僕を握《にぎ》り潰《つぶ》す方が——速い。

「自分のためじゃないんだよ。〈壊体者〉のためだ」

〈侵略者〉の声が聞こえる。

「彼女はとっても動物が好きなんだ。でも、『衝動《しょうどう》』のせいでいつバラバラにしてしまうか分からないから、抱くこともできない。俺とも、抱き合うことができない。

自分のことはどうだっていいんだぁ。ただ、彼女を、幸せにしてあげたいだけなんだよ。それだけのこと、なのに——」

声が震《ふる》えてる——泣いてる？

なんで？　今更！　〃普通の人間《エキストラ》〃みたいに——!?

「それだけのことも許してもらえないのかい？」

「……事情なんか聞きたくない。泣くな。あんたが泣いてるから僕は——!!」

コンクリートの切っ先を、〈侵略者〉に叩《たた》き付けることができなかった。

〃端末《ガジエット》〃になりきったつもりだったのに——!?

「恋人《こいびと》の『果実』が引きずり出されるところなんか見たくないだろ。先に逝《い》くといいよ。さようなら、〃普通の人間《エキストラ》〃」

〈侵略者〉が宣言した瞬間、『架空兵士《かくう》』の、万力のような指が——ほどけた。

コンクリートの床に叩き付けられて、僕の背中に衝撃《しょうげき》が走る。

「——げほっ」

何度が咳《せ》き込んで、やっと呼吸ができるようになってから、僕は顔を上げた。

動かなくなった『架空兵士』が溶《と》けていく。
そして――〈侵略者〉の脇腹《わきばら》に包丁が生えていた。

「……な、んで？」

〈侵略者〉に必死で刃《やいば》を突き立てていたのは、
赤い目をした、僕の従姉妹《リト》だった。

「……この包丁はあなたにあげます。あなたの血で汚《よご》れたもので、おにーさんのための料理を作るわけにはいきませんから」

「……なんだ、お前は」

「天巡リト。〝端末《ガジェット》〟、第六位〈慈母《じぼ》〉です。でも、あなたの世話なんてしてあげません」

「お前、なんてことを――ふざけた、ことをっ！」

「知らなかったんですか？　〝端末《ガジェット》〟は壊れた〝端末《ガジェット》〟を殺すことができる。だったら、壊れた〝端末《ガジェット》〟も〝端末《ガジェット》〟を殺すことができる。そんなの当たり前じゃないですか」

被害者《ひがいしゃ》と同じように脂汗《あぶらあせ》を垂らし、歯を打ち鳴らして。

子供用の包丁を握りしめたリトは、〈侵略者〉にしがみつく。

「リトっ！」

蒸発した『架空兵士』は、もう、頭の部分しか残ってない。

倒《たお》れてた〝傷《ペイン》〟が起きあがる。虚《うつ》ろな目で〈侵略者〉とリトを見て、

『──食ベテイイ？』

「駄目《だめ》だ！」

『オ腹《ナカ》スイタオナカスイタオナカスイタ──』

〝傷《ペイン》〟の身体《からだ》が解けていく。赤い鱗粉《りんぷん》に代わり、僕の右腕に流れ込んでくる。

痛い。

右腕が石になったような疲労感《ひろうかん》と、骨が潰れるような痛み。

でも、リトが──この子はまだ小学生なのに。

包丁を摑《つか》む小さな手が、血に染まっていく。

「リトっ！」

僕はリトに飛びつき、〈侵略者〉から引きはがした。

「なんでこんなところにいるんだよっ⁉」

「…………わたしは、ただ、おにーさんが殺されるのを見たくなかっただけです」

「だからってリトがこんなことしなくてもいいっ！　リトはまだ小学生だろ！」

「小学生だって死ぬほど大切な人はいるんですっ！」

涙《なみだ》をぽろぽろ流すリトの瞳《ひとみ》が、赤く点滅《てんめつ》していた。〈慈母〉の『衝動』が暴走してる。リトは包容力の〝端末《ガジェット》〟だから、僕を守るためなら人を刺《さ》すことだってできる。僕が──先に〈侵

略者〉を壊《こわ》していればこんなことにはならなかった。

それができなかったのは、〈侵略者〉が泣いてたから。泣《な》いてるあいつが虐殺者《ぎゃくさつ》に見えなかった。『架空兵士』だけ消せればいいと思ってた。本気で憎《にく》むことができなかった。

だけど――こんなこと繰《く》り返してたら、みんな壊れてしまう。

「もういい。もういいからっ！」

僕はリトの、包丁を握《にぎ》るかたちに固まってしまった指を、ほどいていった。リトは自由になった手を僕の背中に回し、抱《だ》きついて、

「う、わあああああああああああああああん」

小さな子供のような――リトにふさわしい声で、やっと、泣き叫《さけ》んだ。

――かちっ
「こういう……ものは使いたくないんだよ……本当に」

終わったと思ったのに。

〈侵略者〉が、僕の背後に立っていた。包丁が突き立ったままの脇腹を押さえ、もう片方の手に拳銃《けんじゅう》を握ってる。ショッピングセンターと電車で見たのと同じ、黒光りする、人間の武器を。

〈侵略者〉はまっすぐ、僕の頭を狙《ねら》ってる。

銃口《じゅうこう》が震《ふる》えてるけど、この距離《きょり》じゃ意味がない。僕が避《よ》けたらリトに当たる。

「……もう、いいのに」

僕はリトを抱きしめる。

「こんなこと繰り返してたらみんな壊れるだけだ!! 僕らを殺して『果実』を手に入れたって、自分が死んじゃったら意味ないだろ!? いいかげんにわかれよ! それくらいのこと!!」

「君は、俺の望みは許さないと言った。話す言葉なんかない」

〈侵略者《しんりやく》〉は血でぬめる指に力を込めた。

『食ベティイ? 食ベティイ? 果実ダ果実ダ果実果実——』

右腕《みぎうで》の〝傷《ペイン》〟が騒《さわ》ぎ出す。さっき出てきたばっかりなのに。

こいつが出てきたら〈侵略者〉より先にリトが喰《く》われる。僕の腕の中で震えてる小学生。この子が〝端末《ガジェット》〟じゃなくなるのは構わない。だけど——どうなるか分からないんだ。喰われるのが『果実』だけなのか〝端末《ガジェット》〟まるごとなのか。

「やめろ! ここで発動したらリトを巻き込む。〈慈母〉は敵じゃないんだ!!」

「お別れはもう言ったよな。消えてよ、エキストラ」

〈侵略者〉は冷えた声で、微《かす》かに、「ははは」と、笑った。

躊躇《ためら》いもなく引き金を引き、
複雑な破裂《はれつ》音がして——銃口が裂けた。

マガジンと一緒《いっしょ》にグリップが消し飛んだ。

銃身《じゅうしん》がささらになって飛び散った。

たぶん〈侵略者〉の顎《あご》と首に突《つ》き刺さってるのはその一部——だと、思う。

「——あ、ぐ」

くぐもった悲鳴を漏《も》らす〈侵略者〉。その右手がなくなっていた。拳銃に残っていた弾丸《だんがん》が一斉《いっせい》に暴発したんだ。指なんか、かけらも残ってない。

〈侵略者〉は、コンクリートの破片《はへん》が散らばる床《ゆか》に膝《ひざ》をついた。ぐら、と、上体が揺《ゆ》れ、仰向《あおむ》けに倒れていく。口から、手首から、絶え間なく血が溢《あふ》れ出てくる。

「な、んで——？」

僕だって分からない。

拳銃の暴発——だけど、僕とリトは無傷だ。この距離で？

「なんで——まさか、仕掛《しか》けられ——こいつは〝雑音《ノイズ》〟から、奪《うば》って——あいつらの組織が、ここまで、読めるのか？」

〈侵略者〉は血の泡《あわ》と一緒に言葉を吐《は》き出した。

昨日、僕が電車の中で見たもの。

拳銃——〝雑音《ノイズ》〟。脱線《だっせん》した電車に現れた男たち。

『彼らの持つ拳銃は確実に暴発する』

運命を規定した〈角笛を吹く精霊《つのぶえをふくせいれい》〉。

『大丈夫《だいじょうぶ》。君たちには当たらない。そういうことになっている。

君たちにはもっと、残酷《ざんこく》な結末《シナリオ》を。〝夢を見続ける神《ラガジユ》〟が笑いころげるほどのね——』

あの拳銃が巡《めぐ》りめぐって、ここに？

僕たちには絶対に当たらないように運命規定された拳銃が？

「頼《たの》みが、ある」

溶《と》けた鉛玉《なまり》を転がすように、血で粘《ねば》つく眼球を回し、〈侵略者〉は僕を見た。

「俺の『果実』を彼女にあげて、くれ。取り出し方は——〝端末《ガジエット》〟なら、みんな知ってる。

お願いだよ。こんなこと、頼める立場じゃないのは、分かってる——でも」

「彼女？」

「すぐそこに、いるから——頼むよ」

虚《うつ》ろな目で〈侵略者〉は哀願《あいがん》する。

こいつは、真白と黒乃を殺そうとした。『架空《かくう》兵士』を使って、僕を握りつぶそうとした。

リトに向かって、ためらいもなく拳銃の引き金を引いた。同情する理由なんかない。

〈侵略者〉の目は黒い。『衝動《しょうどう》』はもう起こっていない。黒乃が言ってた。〝端末《ガジエット》〟の頭にある
『果実』が『衝動』を引き起こす。そうすると〝端末《ガジエット》〟は決められたパターンの行動をせずに
いられなくなる。そうなったら〈侵略者〉は人を殺さずにはいられない。

人を壊《こわ》すことがどんなに恐《こわ》くても――哀《かな》しくても。

この人はずっと、探《さぐ》るような目で僕たちを見ていた。

怯《おび》えないで欲しい。でも、食べてしまうかもしれない。

本能に逆らえない、だけど傷つける痛みを知っている肉食獣《にくしょくじゅう》みたいに。

幸せな〝端末《ガジエット》〟なんか、いないから。

こいつは……敵なのに。

「……いいよ」

「舞台《ぶたい》から降りたかったな。そうすれば、ずっと、一緒にいられたのに――。

もし君が、〈生命体〉と一緒にいることを望むなら、絶対に放しちゃ駄目《だめ》だ――こわれた
〝端末《ガジエット》〟は他《ほか》の〝端末《ガジエット》〟の餌《えさ》だから、守って――俺がずっと――そうしたかったように――」

微かな呼吸と、耳を澄《す》ましても聞こえない声。

「……………さ………………」

〈侵略者《しんりやく》〉の身体《からだ》から力が抜《ぬ》けた。

〝端末《ガジエット》〟の第八位。〈侵略者〉は、舞台から降りた。

『架空兵士』は跡形《あとかた》もなく蒸発した。大きな穴が空いた天井《てんじょう》と、床にちらばったコンクリート
の破片だけが、そこに化け物がいた証拠《しょうこ》。

「天巡くん」「天巡――終わったね」

真白と黒乃が僕のところにやってくる。真白は〈侵略者〉の亡骸《なきがら》を見て、口を押さえて目を逸《そ》らしたけど、黒乃は平気な顔で〝端末《ガジェット》〟だったものを、じっ、と見ていた。〈侵略者〉の側《そば》に屈《かが》み込《こ》み、腕を掴《つか》んで脈を確かめる。血にまみれた彼の顎を抱《かか》え、頸動脈《けいどうみやく》を指で押さえる。

「よかった。死んでる」

黒乃は、宝物を見つけたように、笑った。

「天巡、真白にこの人の『果実』をあげて」

「黒乃――？」

真白は別の宇宙の生き物を見るような目を、双子《ふたご》の妹に向けた。

「だって、チャンスなんだよ。〈侵略者〉は勝手に死んじゃったんだから、『果実』をもらって何が悪いの？　あいつは真白も、天巡も殺そうとしたんだよ!?　こっちが同じことしたからって責められる筋合いなんかないよっ!!」

「……駄目だよ黒乃。よくわかんないけど嫌《いや》だよ。死んじゃった人になにする気なのっ!?」

「私は天巡に聞いてるんだよ！　真白は黙《だま》っててっ!!」

黒乃は真剣《しんけん》な目で僕を睨《にら》んでる。

彼女は〝端末《ガジェット》〟としての真白が生み出したものだから、真白が人間になれば消える。

跡形もなく。

黒乃は、〈生命体〉の補正プログラムだから。

「……できないよ、黒乃」

〈侵略者〉は、もう動かない。

そういえば僕は、最後までこの人の名前を聞かなかった。この人も多分、僕のことは何も知らない。この人は〈侵略者〉で、僕は壊れた〝端末《ガジェット》〟の仲間。

そんなのは名前じゃない――ただの、記号だ。

「……できないし、したくない」

「おにーさん！」

不意に、リトが立ち上がった。穴だらけになった部屋を見回し、がくがくと震《ふる》え出す。

「リトは、人間になりたい？」

「そうじゃないです。〈侵略者〉さんの彼女って、すぐそばにいるって――あっちの部屋にいた人ですか？　まさか、古本屋の!?」

「ああ、そっか。みさおさんがこの人の彼女――」

「違《ちが》います！　わたし、捕《つか》まってるんだと思ってたからエプロンの人も助けちゃいました。目を覚まさなかったから後で助けに来ればいいってガムテープだけ切って――でも！　勘違《かんちが》いしてました。あの人が拘束《こうそく》されてたのは、『果実』を取り出す前に真白さんをバラバラにしないようにするため。だからっ！」

ぞくん

右腕に鳥肌《とりはだ》が立つ。
「〈侵略者〉の恋人《こいびと》だとしたら──みさおさんは〈壊体者《かいたい》〉なんです!!」
足音もさせず、亡霊《ぼうれい》のように、ゆらり、と、
廊下《ろうか》の向こうからみさおさんが姿を現した。
目の周りが赤いのは、目隠《めかく》しをされていたから。
じゃあ、眼球が赤いのは？
光るものが、見えた。
みさおさんが握《にぎ》っていた、陶器の欠片《かけら》。
それが、とても簡単に僕の右腕を肩《かた》から斬《き》り飛ばした。

6

「……ふむ」

みさおさんは一滴《いってき》も返り血を浴びていない掌《てのひら》を『みみずく古書店』のエプロンで拭《ぬぐ》った。

「死ねばよかったのに」

斬り飛ばされた右腕が床《ゆか》に落ちた。

がくん、と、身体《からだ》が重くなる。痛いとか、感じる余裕《よゆう》もない。喉《のど》の奥から酸《す》っぱいものがこ

み上げてくる。口を押さえようとして――。

利《き》き腕が、ない。

「あがあああっ」

なんだこれ。なんなんだよこれは⁉

目の前にいるのはみさおさん――“端末《ガジェット》”――〈壊体者〉。着てるのはTシャツにショートパンツ。そしてみみずく古書店のエプロン。店で会った時と変わらないのに、なんで。

どうして目があんなに赤いんだ？

「……別に怒《おこ》ってなんかいないよ？」

みさおさんは動かなくなった〈侵略者《しんりやく》〉に手をさしのべた。

「いつか、こうなることを期待してたから。こうならないと私たちは抱《だ》き合えなかったんだ」

黒乃が慌《あわ》てて飛び退《の》く。僕にしがみつこうとして――そこ《そこ》にはない右腕を摑み損ねた黒乃は、床の血だまりに勢い余って転がる。

周りにはコンクリートの破片《はへん》と、〈侵略者〉の血痕《けつこん》が飛び散っているのに――。

みさおさんは、何故《なぜ》、あんなに優《やさ》しい顔をしてるんだろう。

「……拓也《たくや》はばかだね。昔から、ずっと」

甘い口調で呟《つぶや》く、みさおさん。

まるで、百年間はなればなれだった恋人に語りかけるように。

「それが……その人の名前ですか」

「そう。青海《おうみ》拓也。私の幼なじみ。私たちはずっと、共生関係にあった」

「嘘《うそ》でしょう？　だって、みさおさん、あの時——」

日曜日。

デパートのトイレの前で、ばらばらになった人の欠片。

その前で座り込んでいたみさおさん。

『噛《か》み砕《くだ》くもの』は彼女を食べようとしてたのに。

「言いたいことは分かるよ。でもね、あの時、客の一人をバラバラにしたのは私なんだ」

みさおさんは〈侵略者〉——青海拓也の髪《かみ》を撫《な》でた。

「拓也は死体の後始末をしてくれただけだよ？」

「嘘——ですよね」

「ばかだね、君も。腕《うで》を切り飛ばされてもまだ分からないのかい？　首を飛ばせば納得《なっとく》するか？　君か、後ろにいる誰《だれ》かを一寸刻みに解体すれば理解するのかな？」

見慣れた『みみずく古書店』のエプロン。みさおさんはそのポケットから、尖《とが》った陶器《とうき》の欠片を取り出す。

「〈壊体者〉は隙間《すきま》を作る〝端末《ガジエット》〟。増えすぎた人間を解体して、新しい人間の居場所を作る。刃物《はもの》でなくてもいい。私が武器と認識《にんしき》したものが通過したラインには、なにもない空間が生まれる。

結果、どんな物質でも切断することができる。

それが〝端末《ガジェット》〟の第十三位〈壊体者〉」

みさおさんは腕を振《ふ》った。

つまらないものを見るように、部屋の外壁《がいへき》を、軽く蹴《け》った。

瞬間《しゅんかん》、壁《かべ》がえぐり取られた。

床から天井《てんじょう》まで届くほどの、巨大《きょだい》な空間に変わる。轟音《ごうおん》と共に、コンクリートの塊《かたまり》が、マンションの外へと落ちていく。

「〝端末《ガジェット》〟のルールなのか、ただの偶然《ぐうぜん》なのかは知らない。私と拓也はずっと一緒《いっしょ》だった。『衝《しょう》動《どう》』が起こるのも一緒。私が生き物を解体して、拓也の『嚙み砕くもの』が死体を処理する。そういうやり方でずっと――、
ずっと、恐《こわ》かったよ」

「……こわ、かった？」

意識が、沈《しず》んでいく。心臓が鼓動《こどう》するたびに、切り取られた右肩《みぎかた》から血が吹《ふ》き出てる。真白とリトの悲鳴が聞こえる。壁の穴から朝日が差し込んでるのに、視界が薄暗《うすぐら》くなっていく。

「拓也が、私を喰《く》い殺すのは構わない。私が本当の自分でいられるのは拓也の前でだけ。だから、いい、それは。

でも、『衝動』が通り過ぎたあと、目の前にバラバラになった拓也がいたら？　想像するだけで精神《こころ》が壊れそうだった。毎日がたがた震《ふる》えていたよ。君には分からないだろう？　自分が知らないうちに、愛する人を解体してしまうかもしれないという恐怖《きょうふ》は。だけど、拓也はばかだった。母親について回る子猫《こねこ》みたいに、私の側《そば》から離《はな》れなかった。いつかこうなるような気がしてた——でもね、私は嬉《うれ》しいのかもしれない。こうなるまで、拓也を抱くことができなかったから」

みさおさんは寂《さび》しそうに笑う。

みさおさんと青海拓也——万が一、どちらかがバグっていたら、『衝動』が発生した瞬間、〈侵略者〉と〈壊体者〉は殺戮《さつりく》者だった。

二人の世界は終わる。片方が片方を殺すか。二人とも死ぬか。

そんな関係を——ずっと続けて来たんですか？　みさおさん。

「これで——いいのさ」

みさおさんは〈侵略者〉の額に手を当てたみたいだった。〈侵略者〉の眉間《みけん》が、微《かす》かに光って見えた。そこから半透明《はんとうめい》の球体が浮《う》かび上がってくる。丸く、赤いもの。中心から放射状に神経のようなものが伸《の》びている。

宿主は死んだのに、小さく鼓動している。

「——『果実』」

震える声で黒乃が呟く。

あれが、『果実』。真白とリトの中にあるもの。“精霊《ディヴァイン》”が作ったプログラムの塊。

ぱしゃ、と、〈侵略者〉の身体《からだ》がほどけた。

水のように溶《と》け、血だまりと混ざりあった。

みさおさんは両手で『果実』を包みこみ、口づけた。名残惜《なごりお》しそうに離れて、首を振る。

「……やっぱり、違《ちが》う。これは拓也とは関係のないものだ」

『果実』を包んでいた、みさおさんの指が離れる。

ゆっくりと、ひとつひとつ。

床《ゆか》に落ちた『果実』が転がっていく。みさおさんが空けた壁の大穴に向かって。

真白も、黒乃も動かなかった。リトは僕の傷口を縛《しば》るので精一杯《せいいっぱい》だった。

僕は、薄暗い視界の中でそれを見ていた。

黒乃と〈侵略者〉が、あれほど欲しがってた『果実』が、マンションの外へ落ちていくのを。

「な、なにするのっ⁉」

黒乃が叫《さけ》ぶ。

「なにか、おかしなことをしたかな？」

みさおさんは赤い目で黒乃を見てから、首を傾《かし》げた。

「あんたが捨てたのは『果実』！　あれが欲しくない“端末《ガジェット》”なんていない！　あれがあれば

自由になれるのに。いらないなら真白にあげてよっ!!」

「あれは拓也じゃないから、私は、いらない。君たちにも必要ない」

みさおさんはからっぽになった両手を掲《かか》げた。

掌《てのひら》をくるりと一回転させると、全《すべ》ての指の間に食器の破片《はへん》が出現した。

「これから私は、『衝動』を消化するから」

みさおさんの赤い目が、僕を見下ろしていた。

「まさかとは思うけどさ――君はまだ生きたいと思ってるのかい?」

くく、と、喉《のど》の奥で笑う。

「分かってるのかい、この世界は〝精霊《ディヴァイン》〟が作った、上演を続けることだけを目的にした舞台《ぶたい》。〝端末《ガジェット》〟にも〝普通の人間《エキストラ》〟にも自由なんかない。ここで生き延びても何の意味もないんだよ? なのに、どうして死にたくならないんだい?」

「……だったらどうして〝流転骨牌《メタフェシス》〟なんか――僕に渡《わた》したんですか?」

「絶望させるために決まってるじゃないか」

みさおさんは唇《くちびる》を歪《ゆが》め、とても楽しそうに笑った。

「何も知らない子供《ガキ》を、思い切り絶望させてやりたかった。この世界はただの幻想《げんそう》。人は海を構成する一滴《いってき》の水。君がいてもいなくても変わらない。

この世界のルールが分かっただろう? 個人に意味なんてなにもない。

それを教えてやりたかっただけだよ」

「だったら……どうして猫《ねこ》に餌《えさ》なんてやってたんですか？」

光の線が宙を奔《はし》る。

視界が一瞬《いっしゅん》で赤く染まり、鼻をぬるりとしたものが伝う。

瞼《まぶた》を、斬《き》られた。

「どうして〈侵略者〉と抱《だ》き合えなくて哀《かな》しいなんて思ったんですか？」

「……黙《だま》ってよ。手元が狂《くる》うから」

「猫を店に入れなかったのはいつ自分が『衝動《しょうどう》』に駆《か》られてあの子たちを解体してしまうか分からないから。それが恐《こわ》くて——寄せ付けないようにしてたんじゃないかっ⁉

僕にだって同じこと言ってたでしょう？　いつも調子悪くなったから帰れって。あれは『衝動』が近づいてるのが自分で分かってたからっ！　意味がないなんて嘘《うそ》だ。みさおさんはちゃんと自分にとって大事なものとそうじゃないものを認識《にんしき》してたじゃないかっ‼」

みさおさんはどうして、一息に僕を殺さない？　このまま出血多量で死ぬのを待ってるのか。〝普通の人間《エキストラ》〟が足掻《あが》くところを見たいのか。〈壊体者《かいたい》〉だから。残酷《ざんこく》——なんだ。

「〈角笛を吹《ふ》く精霊〉の審査《しんさ》なんか関係なかった。私はあのあと、こわれたんだと思うよ。にゃんこご飯をあげてたら、目の前が赤くなって、それで——私は、気がついたら」

猫を解体していた。

また、大切なものを壊してしまった。

昨日、店の周りを〈侵略者〉がうろついていたのは死体の始末をするため。

血を吐《は》くようにみさおさんは呟《つぶや》く。

「でも、みさおさん。猫たちは怒《おこ》ってませんでした」

ここは通行止め。通りたければ命がけで来い。刺し違《ちが》えてでも通さない。それだけの覚悟《かくご》があるか——と、目撃者《もくげきしゃ》が近づかないように、必死でみさおさんを守ってた。

「あの子たちは、それでもみさおさんが好きなんです！」

僕は、リトを背後へ突《つ》き飛ばした。リトと、僕の後ろにいた黒乃が絡《から》み合って倒《たお》れる。

「みさおさんは僕が止める。周防さんたちもリトも逃《に》げろっ！」

僕はふらつく足で立ち上がり、一歩、前へ。

身体《からだ》が重い。本当に歩いてるのか——もうとっくにバラバラにされて、みさおさんに立ち向かってる夢でも見てるのか——自分でも分からない。

この世界が〝夢を見続ける神《ラガジュ＝ディア＝レルガゾライ》〟の夢だってことを聞いてから、僕の世界は変わってしまった。なにも知らずに——学校に行って、クラスに馴染《なじ》めるかどうか不安で、なくすのが恐いから大事な人は作らない。そんな当たり前の感情は、粉々にされてしまった。

そんな当たり前の——ちっぽけな世界を壊したのは真白だった。

真白が、人と触《ふ》れあうのを恐がってた僕を、生と死が剝《む》き出しの世界に引きずり出した。

この世界が〝夢を見続ける神《ラガジュ＝ディア＝レルガゾライ》〟の夢だとしても、真白とリトと、黒乃を見捨てることができなくて、僕はここにいる。みさおさんを人間にしたいっていう〈侵略者〉の願いを拒否《きょひ》して、ここに立ってるんだ。ここで僕が死んだら、全部無駄《むだ》になる。

あ、——リトのおかげで出血が止まってる。さすが包容力のある小学生。

〝傷《ペイン》〟は、切断された右腕《みぎうで》の中。さっきまで『オ腹《ナカ》スイタ』って言ってたのに——肝心《かんじん》な時に、役立たず。〝端末《ガジェット》〟なら『果実』は頭の中だから、首を飛ばされなければ能力が使えるのに。

頭が回らない。血を出しすぎたから。ふらふらの身体が勝手に動いてる。倒れようとしてるのか、みさおさんに体当たりしようとしてるのか、自分でも分からない。

「周防さんたちは——逃げろ!!」

「嫌《いや》ですっ！」

甲高《かんだか》い声が、廊下《ろうか》に響《ひび》いた。

真白？　また？　どうしていつも僕の言うこと聞かないんだよっ!?

「あたしを解体してください——みさお、さん。

巻き込まれたのはあたしなの。あたしが悪いの。天巡くんは関係ないのっ！」

真白の両脚《りょうあし》が震《ふる》えてる。歩けなくなった——って言ってた黒乃よりもっとひどい。壁《かべ》に手をつき、歯をくいしばって、涙《なみだ》をぽろぽろ流しながら真白が僕に向かって歩いてくる。

「あなたの恋人《こいびと》が殺したかったのはあたしでしょぉ!?　どうしてあたしの好きな人を巻き込む

の!? 好きだ――って手紙を貰《もら》って、あたしも天巡くんのことが好きになって、これからなのに。これからお互《たが》い知らないことを知っていくのに。まだ天巡くんの部屋に行ってもいないし、まだ言葉で――好きだって言ってもらったこともないのに――ここで終わりなんて嫌《いや》ぁ！ あたしをあげるの！ 身体も頭の中のものも全部あげるのっ!! だから天巡くんを殺さないでっ！ 殺すならあたし！ あたしなのっ!!」

血を吐くような〈生命体〉の叫《さけ》び。

どこまでが『衝動《しょうどう》』で、

どこからが、真白の本当の気持ちなのか、僕にはもう分からない。

ここはどこまでも、バグってしまった世界だから。

ぱしゃん

「〈生命体〉ならできるはずです！ これをおにーさんにくっつけてくださいっ！」

不意に、リトが血だまりの中から立ち上がる。

服を真っ赤に染めて、細長いものを両手に抱《かか》えてる。黒乃に押しつけてるそれは――見慣れたもの。長くて先端《せんたん》が五本に分かれてるあれは――。

僕の右腕？

「〈生命体〉さん！ おにーさんを〈壊体者〉から引き離《はな》して！」

「真白っ！」

リトと黒乃が同時に叫ぶ。

〈慈母《じぼ》〉と自分の分身に呼ばれた真白が、必死に僕のところへ駆《か》けてくる。

「天巡くん！　天巡くんっ！　あまめぐりくんっ!!」

「真白！　抱《だ》きついたりちゅーしたりするのはあと！」

僕の左腕に真白の体温。首筋に、少しひんやりした黒乃の腕が回される。正面にはみさおさんの赤い目。銀色の光が僕の頭のあったところを通過する。直前、真白と黒乃が僕を引きずって走り出していた。みさおさんの姿が遠ざかっていく。

「まだ甘いことを考えてるのかい？　殺すよ？」

だん、と、音がした。

コンクリートの床《ゆか》が振動《しんどう》した。みさおさんが跳《と》ぶ。みみずく古書店のエプロンと、みさおさんの顔が近づいて——なんで。

みさおさんは、歯を食いしばって、震えながら、
なにかを、必死で堪《こら》えていた。

どうして——そんな顔してるんですか!?　みさおさんと〈侵略者《しんりやく》〉は虐殺者《ぎやくさつ》でしょう!?

「そんなことわたしが許しませんっ！」

みさおさんの脚《あし》に、リトがしがみついた。バランスを崩《くず》したみさおさんは壁に激突《げきとつ》し、一回転して起きあがる。

「邪魔《じゃま》をするな。君も一緒《いっしょ》に解体するよ？」

「……できるもんならやってみればいいです。

わたしもバグってるかもしれないけど、おにーさんへの思いあるかぎり、わたしは〝端末《ガジェット》〟じゃなくても〈慈母〉なんです。できるもんなら分解してしまえばいいんですっ!!」

一点の迷いさえもない、リトの叫び。

振《ふ》り上げたみさおさんの腕が、一瞬《いっしゅん》、止まる。

全《すべ》てのことが同時に起こった。

黒乃が右腕を摑《つか》み、僕の肩《かた》に押し当てた。

真白が傷口を包むようにてのひらを当てた。

「……黒乃。あたしがやる。黒乃はやり方を教えて！」

「了解《りょうかい》っ！〈生命体〉の能力は繁殖《はんしょく》。そして細胞《さいぼう》を再生させ増殖《ぞうしょく》を促《うなが》す！　流出した血液を補塡《ほてん》します。真白――」

切られた右腕が繫《つな》がり、傷口が跡形もなく消えていく。

肩から指先までの感覚が戻ってくる。瞼《まぶた》の傷が塞《ふさ》がり、血が止まる。

視界の向こうで――リトを振りほどいたみさおさんが腕を振る。

切り刻まれた柱が倒れ、コンクリートの破片《はへん》が飛び散る。

そのひとつが、真白の身体をかすめた。

涙をこぼしながら僕を見つめていた真白が、突然、崩れるように倒れた。

「真白っ！」

黒乃の――悲鳴。

――どくん
なにが起きた？　真白が――床の上で――うずくまってる――どうして？　掠《かす》れた声で「大丈夫です」と、呟く。でも――肩から血が流れてる。コンクリートの破片で切った？　どうして――誰のせいで――みさおさん――〈壊体者〉か⁉

――どくん　どくん　どくん　どくん　どくん　どくん！

僕は真白から目を逸《そ》らせない。繋がったばかりの右腕が脈打ってる。あいつが外に出たがってる？――僕と、真白の敵を喰らうために？　叫び続けている。ずっと――同じ言葉を。

『食ベテイイ？』

鼓動《こどう》する右腕を押さえ、僕は走り出す。

そして〝傷《ペイン》〟が発動する。

「リト、みさおさんから離れろ！」

視界が歪《ゆが》む。

これから自分がしようとしていることが、恐《こわ》くてたまらない。

床を蹴《け》る。みさおさんに肩からぶつかっていく。手加減なんかしない。こっちは〝普通の人間《エキストラ》〟なんだ。腕を落とされて、瞼《まぶた》を切られて——両方とも真白に再生してもらった。彼女が〈生命体〉じゃなきゃ死ぬところだった。

「ああああああああああああああああっ!!」

僕はみさおさんを壁《かべ》に叩《たた》き付ける。ウェイトはこっちの方が大きい。やせっぽちのみさおさん。ぼさぼさ髪《がみ》に包まれた頭がコンクリートに激突する。鈍《にぶ》い音がして、彼女の耳のうしろから血が流れる。くっついたばかりの僕の右腕から、赤い鱗粉《りんぷん》が吹《ふ》き出す。

青い肌《はだ》と、燃え立つような赤い髪の少女が現れる。

〝傷《ペイン》〟。

『オ腹《ナカ》スイタ、オ腹スイタ、オ腹スイタ』

ほぅ、と、赤い鱗粉を吹き上げる髪が、僕とみさおさんを照らす。

表情のない目でみさおさんを見下ろす〝傷《ペイン》〟。

ずるり、と、みさおさんが顔を上げる。『衝動』のせいなのか、血の色なのか分からない真っ赤な瞳《ひとみ》で、倒《たお》れたままのみさおさんは〝傷《ペイン》〟を見上げている。

「——これが君の能力なのかい？

教えてくれないかな。その子の名前は——何と言うんだ？」

「……〝傷《ペイン》〟」

僕は掠《かす》れる声で答えた。

みさおさんは真っ赤な目を見開き、がたがた震《ふる》える腕《うで》を、もう片方の腕で押さえている。握《にぎ》ったままの陶器《とうき》の欠片《かけら》が、コンクリートの壁で小刻みに音を鳴らしている。

何かを、必死で堪えているように。

「〝傷《ペイン》〟？　芸がないね。私だったらすかさず『スルト』とでも名付けるところだ」

「スルト？」

「炎《ほのお》をまとい世界を焼き払《はら》う終末《エンド・ブリンガー》の存在のことだよ。どんな神話にも、終わりはあるさ」

「僕には――そんなことまで暗記してる――みさおさんの方がびっくりです」

「あらゆる事象《ことがら》に精通してなきゃ、古本屋なんかやってられないさ」

みさおさんは嘲《あざけ》るような笑《え》みを浮《う》かべた。

「でも、いくら本を読んでも、拓也を人間にする方法は『果実』の他《ほか》には、見つからなかったんだ――」

武器を握りしめたみさおさんの右手。不意に、押さえていた左手からすり抜《ぬ》けたそれを、みさおさんはコンクリートの壁に叩きつける。ぐしゃ、と、音がして、折れ曲がった指から陶器の欠片が落ちる。

「――私も――そろそろ限界だ。君の腕を切り落とし、瞼を裂《さ》いて『衝動』をごまかしたつもりだったけれど――もう、抑えられない。次は、君の首を落とすかもしれない――これが、私の最後の言葉だ。悪かったね――痛かっただろう？

　私は、君の能力《ちから》が見たかったのさ――」

「……なに、言ってるんですか？」

　みさおさんは、僕を殺そうとしたんじゃなかったんですか？　〝精霊《デイヴァイン》〟に配置された虐殺者《ぎやくさつ》だから、僕たちを解体して――〈侵略者〉の敵討《かたきう》ちをしようとしてたんじゃ――ないんですか⁉

「――いいかい？」

　みさおさんが僕の襟首《えりくび》を引き寄せた。

「〈角笛を吹く精霊〉を殺せ。

　鍵《かぎ》になるのは奴《やつ》だ。この世界に〝精霊《デイヴァイン》〟はあいつしかいない。あいつが消えれば、この世界の管理者はいなくなる」

『食ベテイイ？　食ベテイイ？』

「私たちにはできなかった。〝端末《ガジエット》〟は〝端末《ガジエット》〟を殺せない。そのルールは、〝端末《ガジエット》〟が、〈角笛を吹く精霊〉に刃向《はむ》かえないようにするためにある。いいか。これから〈角笛を吹く精霊〉は間違《まちが》いなく君たちを狙《ねら》ってくる。私なんかにためらってる場合じゃないんだよ！

　どうして君はさっさと私を消してくれなかったんだ⁉」

「……みさおさんっ⁉」

「言葉を交《か》わすのはこれが最後だ。終わらせて――」

みさおさんは必死で首を振《ふ》っている。見開いた目から、血の混じった涙《なみだ》がこぼれ落ちる。左《ひだり》腕《うで》が別の生き物のように床《ゆか》を探《さぐ》っている。武器――コンクリートの破片《はへん》を握りしめる。

鍵になるのは〈角笛を吹く精霊〉。

あいつを倒せば、この世界を管理する〝精霊《ディヴァイン》〟はいなくなる。

この世界はバグった〝端末《ガジェット》〟と、〝普通の人間《エキストラ》〟の物になる――？

「終わらせて――終わらせて――人を傷つけるのは恐い――人を壊《こわ》すの――こわい。

――君の彼女の――『果実』――そんなの、いらなかった――拓也さえいれば――よかったのに。拓也の最期《さいご》なんか――見たくなかった――暴発――拓也の、血――。

こんな、哀《かな》しい世界は――嫌《いや》だ――もう――終わらせて――」

みさおさんは目を閉じた――身体《からだ》から力が抜けていく。まさか。

壁《かべ》にぶつかった時に頭を強打したから――？

「みさおさん！」

ぶるる
みさおさんの身体が震える。ゆっくりと、目が開いていく。

白目まで生き血でそのまま染め上げたような、深紅《しんく》の目が。

「──死ねよ。エキストラ」

〈壊体《かいたい》者〉は左手に握ったコンクリートの破片を振り上げる。

その瞬間《しゅんかん》、

『「果実」が作り出す「衝動」に逆らうことはできない。無理に抑えつけようとすれば精神が錯乱《さくらん》を起こして──身体が「衝動」のまま、勝手に動き出す』

耳の奥に黒乃の言葉が甦《よみがえ》った。

「う、あああああああああああああああああああああああああああああああああああああっ!!」


日曜日、バス停でいちゃつく僕と真白を、みさおさんはどんな気持ちで見ていたんだろう。

みみずく古書店は、みさおさんが〝端末《ガジェット》〟の運命から逃《に》げる手段を探すための場所。僕はそこに何も知らずに踏《ふ》み込んだ。それでもみさおさんは、僕の相手をしてくれた。

〈侵略者〉に襲《おそ》われた時、みさおさんは僕や真白と一緒《いっしょ》に逃げてくれた。そんな必要なかったのに。たぶん──〈侵略者〉が、僕たちを襲わないように。彼に、僕らがみさおさんの知り合いだって教えるために。

〈壊体者〉なのに、みさおさんは限りなく優《やさ》しかった。


終わらせる。

僕は――生き残る。自分の意志で〈壊体者〉を壊す。

〈角笛を吹《ふ》く精霊〉をどうやって倒《たお》したらいいかなんて分からない。

でも、僕はみさおさんの願いを絶対に忘れない。

『食べティイ？　食べティイ？　食べティイ？』

炎《ほのお》をまといてあらゆるものを焼き払《はら》う終末の存在《エンド・ブリンガー》。

スルト。

終わらせる者。

「――喰《く》っていい!!」

ばつん
振り上げたみさおさんの腕を、〝傷《ペイン》〟の青白い指が摑《つか》んだ。

瞬間、赤い蜘蛛《くも》の巣がみさおさんの身体を覆《おお》い尽《つ》くす。

みさおさんの眉間《みけん》が光り、赤い、小さく鼓動《こどう》する『果実』が浮《う》かび上がる。

と、倒れる。〝傷《ペイン》〟が『果実』を鷲摑《わしづか》みにする。もう、僕に許可を取ることはない。身体が、だらん、
きな口を開いて〈壊体者〉の『果実』にかじりつく。〝傷《ペイン》〟は大
歯を立てる。こそぎ取る。咀嚼《そしゃく》する。

赤い、果汁《かじゅう》のようなものがみさおさんの額に落ちていく。

……気持ち悪い。

僕はそのまま崩《くず》れ落ちた。頭上で『果実』を食べ終わった〝傷《ペイン》〟が、満足そうに僕の顔を覗《のぞ》き込んでる。『美味《オイ》シカッタ』――そんな感想聞きたくない。

〝傷《ペイン》〟の身体が弾《はじ》けた。

無数の赤い鱗粉《りんぷん》になり、僕の身体に戻《もど》ってくる。

けだるい感覚。お腹一杯《なかいっぱい》食べたあとのような――僕が、みさおさんを食べたんじゃないのに。

『〈壊体者〉の「果実」を破壊《はかい》しました』

声がした。

舌っ足らずな〝傷《ペイン》〟のものとは違《ちが》う、大人の女性の声。

『舞台《ぶたい》より〈壊体者〉を消去――「衝動《しょうどう》」と〈壊体者〉に関《かか》わる記憶《きおく》の消去に伴《ともな》い、他《ほか》の記憶野にも影響《えいきょう》が発生しました。長期記憶の七割が消滅《しょうめつ》しました。また、記憶障害も発生』

何だ――これ。

『〈壊体者〉と海棠《かいどう》みさおの記憶は分離《ぶんり》不能。パーソナリティに影響が出ました。〝端末《ガジエット》〟の消去は成功――〝夢を見続ける神《ラガジユ＝デイア＝レルガゾライ》〟の〝傷《ペイン》〟は休眠《きゆうみん》状態に入ります』

視界が暗くなっていく。

『あなたは可能性。精霊《デイヴアイン》の創《つく》り出した舞台でもなく、ラガジュの曖昧《あいまい》な夢でもない、新たな世界を創り出せるかどうか。でも、気を付けなさい。〝傷《ペイン》〟を使うたびに、あなたの細胞《さいぼう》はそれに置き換《か》わっていく。全《すべ》てが〝傷《ペイン》〟に置き換わった時、あなたはパーソナリティを失う』

声は〝傷《ペイン》〟から響《ひび》いていた。

『私は――元はただの生命。今は、〝夢を見続ける神《ラガジユ＝デイア＝レルガゾライ》〟の枕元《まくらもと》で失敗談を語り続ける者』

わからないよ。

『かつて一度だけ存在したかもしれない〈世界〉の残り香《が》』

声と、僕の意識が——途切《とぎ》れた。

7

白い部屋。

白衣を纏《まと》った少女は唇《くちびる》を軽く結び、細い指から万年筆を落とした。

「……それはディンタニアの『リーディング』が間違《まちが》っていたということ？」

「結果を伝えているだけだよ。苛立《いらだ》つ必要はない」

「だって『果実』は？」

「一つは手に入れた。〈侵略者《しんりやく》〉の果実は日本で確保した。冷凍《れいとう》して本部へ輸送中だ」

「でも〈壊体者《かいたい》〉は手に入らなかった——わからない——ううん、わかる」

ディンタニアは書いたばかりの文字を、芸術品のような指でなぞっていく。

「バグ——それも、今までみたことないくらい大きなもの。〈壊体者〉の〝端末《ガジェット》〟は、もうこの世界には存在しない。宿主はまだ生きてる。でも、その人は『衝動』からは自由になった。『果実』は——なくなっちゃったのね」

くす
白い少女は笑った。

椅子《いす》から立ち上がり、くるり、と、一回転する。白衣の裾《すそ》が跳《は》ね上がり、白い脚《あし》の付け根が露《あら》わになる。老人は少女から目を逸《そ》らし、こほん、と、咳払《せきばら》いをして、問いかける。

「計画が失敗したのがそんなに嬉《うれ》しいのかね？　ディンタニア。

本当ならば我々は〈侵略者〉〈壊体者〉双方《そうほう》の果実を手に入れていたはずだ。『リーディング』で〈角笛を吹く精霊〉が拳銃《けんじゅう》に『運命規定』をかけることを読みとり、それが〈侵略者〉の手に渡《わた》るようにした。そこまでは、いい。

計画では〈侵略者〉〈壊体者〉、バグを起こした〈生命体〉も全員拳銃の暴発で死ぬはずだったが、〈侵略者〉の感情を読み切れなかったようだ——ディンタニア、何故《なぜ》笑う？」

「楽しいからよ。いけない？

大きなバグの人こと、少しだけ分かったの。

ディンタニアはもうすぐその人と会うことになる。そしたら、ディンタニアはその人を恋人《こいびと》にするの。その人は〈世界〉の恋人になるのよ？」

「焦《あせ》ってはいけない。我々は多くの部下を失った。そして、エラーを起こしている〈生命体〉と〈慈母《じぼ》〉を除き、稼働《かどう》している〝端末《ガジェット》〟は十体残っている。

超越者《ちょうえつ》・創造者・政治家・断罪人・放浪者《ほうろう》・英雄《えいゆう》・夢想家・心配症・人形使い——そして、角笛を吹く精霊。

我々が五個の『果実』——教師・恋人・困窮者・調停者・侵略者——を入手したことに気づ

いたら、〈角笛を吹く精霊〉は間違いなくこちらに向かって動き出す。全ては、これからだ」

「では、その前に――ディンタニアは望みを告げます。『調停』を行います。ディンタニアは彼に会うために〝雑音《ノイズ》〟の人たちにこの身と宿った力を差し出す用意がある。代償《だいしょう》として、博士はディンタニアの望みを叶《かな》えてください」

「私に『衝動』を使うのは止《や》めたまえ！」

ディンタニアは博士の前にひざまずき、頭《こうべ》を垂れる。

「〈困窮者《こんきゅう》〉は希《こいねが》う。組織の慈悲《じひ》を。願わくは富みし汝《なんじ》の力の一端《いったん》を、我が願いのために捧《ささ》げられんことを――」

「ディンタニアよ――せめて」

髪《かみ》を掻《か》きむしる博士。

「〈侵略者〉が届いてから――身を守る手段を得てからにしてくれるように」

「……契約《けいやく》は完成されました。〈調停者〉の名のもとに」

ディンタニアは彼に会うの。そして、ディンタニアが読めないもののことを教えて貰《もら》うの」

プロトタイプの〈世界〉《ディンタニア》は長い白金《プラチナ》の髪を揺《ゆ》らした。

「ディンタニアが、〝夢を見続ける神《ラガジュ＝ディア＝レルガソライ》〟を目覚めさせるために」

赤い、石造りの建物が立ち並ぶ一角。

運河を見下ろす屋根の上に、右足のない〈角笛を吹く精霊〉が座っていた。『精霊《デイヴアイン》である端末《ガジエット》』は影《かげ》になり、時折、無駄《むだ》に多い上着のポケットからチョコレートを取り出し、破片《はへん》を散らしながら齧《かじ》っている。

〈角笛を吹く精霊〉は鉄の格子《こうし》がついた窓を見下ろしている。

「〈侵略者〉も墜《お》ちたものです。バグを起こした〈生命体〉を喰《く》らうこともできないとは。『衝動《しょうどう》』のまま〈生命体〉を食いちぎればよかった。次の〈生命体〉など、すぐに生まれてくるのに――愚《おろ》かなことです。〈壊体者〉を愛した？　わけがわかりませんね。彼も結局、バグっていたのかもしれません。さっさと取り替《か》えるべきでした。

〈壊体者〉がこの舞台《ぶたい》から消えたとは――責任を取らせましょうか、あの、〝夢を見続ける神《ユ》《ラガジ》〟に魅入《みい》られた少年に。〝精霊《デイヴアイン》〟のシナリオに傷をつけた報《むく》いを――いや、〝雑音《ノイズ》〟が先でしょうか」

〈角笛を吹く精霊〉の手の中で、チョコレートが、ぐしゃ、と、潰《つぶ》れる。

「私の『運命規定』を利用したのですから。こんな屈辱《くつじょく》は――初めてです」

陽《ひ》の光が入らないように二重にカーテンが引かれた、細い窓。

その向こうにいるはずの少女、ディンタニア。

「〝雑音《ノイズ》〟に希望など必要でしょうか？　彼らに必要なのは、むしろ絶望。こぼれ落ちた絵の具の分際で、『果実』をもてあそんだ報い。

——彼らにはより、残酷《ざんこく》な結末《シナリオ》を。せめてラガジュが微笑《ほほえ》む程度の」
そして、〈角笛を吹く精霊〉は歪《ゆが》んだ笑《え》みを浮《う》かべた。

幕間《まくあい》　魔術師《まじゅつし》アグシーダの独白　断章
——弟子《でし》　ケルトファリアの手記——

かくて我が師は幽閉《ゆうへい》され、王《シャルル》の名において斬首《ざんしゅ》されることになりました。
罪状は魔術を用いて王を惑《まど》わしたこと。
邪教《じゃきょう》を国教として認めさせようとしたこと。
最後の日、師匠《ししょう》は私に〝流転骨牌《メタフエシス》〟を預け、王宮を出るように言いました。
「お前は我々『雑音《ノイズ》』の希望。生き延び、この世界を終わらせる礎《いしずえ》となれ」
仰《おお》せのままに、我が師。
私は、師匠が愛してくれた長い髪を断《た》ち、フードを被《かぶ》り、王宮を出ました。
巡礼者《じゅんれいしゃ》に身をやつし、今は、町中の宿でこれを記しています。
師匠の処刑《しょけい》が行われるのは明後日。
私はそれを見届けることができるでしょうか。

〝端末《ガジエット》〟のうちでも最も残酷と言われる〈壊体者《かいたい》〉が私を捜《さが》しているはずです。彼――あるいは彼女に罪はないのでしょう。〝端末《ガジエット》〟は〝精霊《デイヴアイン》〟の操《あやつ》り人形。自分のものではない衝動に駆《か》り立てられているだけなのですから。

師匠は今頃《いまごろ》、獄《ごく》に繋《つな》がれているのでしょう。願わくは処刑の時まで、その心が安らかでありますように。私は世界の創造主であるラガジュに祈《いの》ります。

こうして寝台《しんだい》に〝流転骨牌《メタフエシス》〟を並べていると、師匠と繰《く》り返した様々な実験を思い出します。異教の民《たみ》との交流。〝端末《ガジエット》〟からの逃亡《とうぼう》。土塊《つちくれ》から生み出された私。私の身体《からだ》に師匠の指が触《ふ》れていない部分は欠片《かけら》もなく、師匠が知らない場所もまた、欠片もありません。師匠は遍歴《へんれき》の果てに私を見いだし、私を愛した。

私は師匠に、もう一度呼ばれる時があるでしょうか。

――〈世界〉と。

この国の王は気づかなかったのでしょうか。何故《なぜ》、〝流転骨牌《メタフエシス》〟が十八個しかないのか。師匠はあえて〈世界〉の駒《こま》を作らなかった。〈世界〉は作られたイメージではなく、現実の人間として生まれなければいけなかったから。

十八の〝端末《ガジエット》〟の、全《すべ》ての能力を宿した者が〈世界〉。

〝端末《ガジエット》〟の『果実』を私の脳に植え付けることが、〈世界〉を生み出す唯一《ゆいいつ》の手段と師匠は言いました。〈世界〉は完成。全てを兼《か》ね備《そな》えたものだから。そのための実験。私は師匠のための玩具《おもちゃ》であり、配偶者《パートナー》であり——また、願いでもありました。

ああ……〝流転骨牌《メタフエシス》〟が震《ふる》えています。十八個のうちのひとつ。最もシンプルなもの。白い墓標にも似た四角形。〈壊体者〉の駒です。

彼は、もうすぐここにやってくるのでしょう。

階段の下から悲鳴が聞こえます。

私が〈生命体〉なら「ぷつん」という、命の途切《とぎ》れる音も聞こえたかもしれません。

願うことはただ一つ。師匠が生涯《しょうがい》をかけて作り上げた〝流転骨牌《メタフエシス》〟を、〈壊体者〉が破壊《はかい》しないことだけです。そのためなら床《ゆか》に手をついて慈悲《じひ》を願いましょう。

そして問うのです。

〝精霊《ディヴァイン》〟の操り人形よ。あなた方は幸せですか？

幸せであるなら祝福しましょう。

幸せでないなら祈りましょう。

いつか、あなた方が精霊《ディヴァイン》の支配から解き放たれ、独自の道を歩まんことを。たとえ同じ〝端《ガジ》末《エット》〟に憎《にく》まれても、自分を壊してでも運命から抜《ぬ》け出す手段を探すことを。

いつかまた、お逢《あ》いしましょう。

その時、私が別の姿をしていたとしても。

あなたが認めなくても私は〈世界〉の〝端末《ガジェット》〟なのですから——。

GADGET

第六章

そして〈世界〉は未だ邂逅せず

1

にゃー

にゃー

にゃーご

古書店の床に、三匹《びき》の猫《ねこ》が寝転《ねころ》がってる。

積み上げられた本の周りに、小皿が並んでいる。中身はたぶん、猫用のミルク。でも猫たちはお腹《なか》いっぱいなのか、みさおさんの方が気になるのか、彼女の足の周りにまとわりついて、ごろごろ喉《のど》を鳴らしている。

みさおさんは僕が入ってきたことに気づいてないみたいだった。僕は内側から、ガラス戸をノックする。するとみさおさんは顔を上げ、「しっ」と唇《くちびる》に指を当て、僕を睨《にら》んだ。

床に座ったみさおさんは、ぎこちない手つきで子猫の背中を撫《な》でていた。

「いらっしゃい。悪いけど、ここにはなんにもないよ？」

「ここ、古本屋じゃないんですか？」

「さあ、私にもよく分からないんだ」

みさおさんは困ったような溜息《ためいき》をついた。

「拓也《たくや》なら知ってるかもしれないけど、あいつ最近顔見せないからなぁ」

「彼女でもできたんじゃないですか？」

「もしそうならぶっ殺す」

「すいません嘘《うそ》です。初対面の客の前で恐《こわ》いこと言わないで下さい」

「……初対面？」

みさおさんは首を傾《かし》げた。

「そう、だよね。君とは会うのは初めてだ。でも、なんで拓也のことを知ってるんだい？」

「高校の先輩《せんぱい》なんです」

「あいつ高校出てないよ？」

「中学の先輩なんです」

「中学は――出席日数足りてたかな。まあ、いいや。それで？」

「先輩が卒業する時に、これを預かったんです。自由に遊んでいいから――って。飽《あ》きたらみずく古書店のみさおさんに返すように言われました」

「……あいつめ。他人を私書箱代わりにするかね、普通《ふつう》。

ねえ、後輩《こうはい》の君から見て、青海《おうみ》拓也はどんな奴《やつ》だった？」

みさおさんは眠《ねむ》ったままの子猫を抱《だ》き上げ、頬《ほお》ずりをした。猫は嬉《うれ》しそうに喉を鳴らしてる。

ずっと、したかったこと。

こうならなければ抱き合うことができなかった。

幸せな〝端末《ガジェット》〟なんていないから。

「あの人、青海拓也さんは……自分はみさおさんのために生きてるって言ってました。みさおさんと抱き合うためならなんでもするって。その後は年齢《ねんれい》制限のついたゲームに出てくるような物語を延々二時間」

「見かけたら出頭するように伝えておいて——ところで」

みさおさんは、僕を見た。

あどけない顔で。

まるで、生まれたばかりの子供のような目をして。

「私の名前は『みさお』でいいんだよね？」

——ごめんなさい。

ごめんなさいごめんなさいごめんなさい。

何度でも謝ります。あなたの記憶《きおく》と、『果実』を破壊したのは僕です。

自分が、生き残るために。

「あなたの名前は海棠《かいどう》みさお。みみずく古書店の店長さん。このおんぼろ古書店を潰《つぶ》さないでやりくりしてる凄《すご》い人です。その経営手腕《しゅわん》を是非《ぜひ》とも教えてください。それと、できればにゃんこに好かれる方法も」

そう言いたいのに——掠《かす》れて、声が出ない。

みさおさんは、忘れてるんだろうか。〝端末《ガジエット》〟のことを、全部。だったら僕は謝ることもできない。こうなる前のみさおさんの望み、〈角笛《つのぶえ》を吹《ふ》く精霊《せいれい》〉を倒《たお》して世界を〝精霊《ディヴァイン》〟から解放すること——それだって、どうしたらいいのか分からないのに。

ぽふ

不意にみさおさんは、僕の頭に子猫を載《の》せた。

きしゃあ、と、爪《つめ》を立てようとする猫と僕の頭を、まとめて撫でた。

「私から見たらまだ子供なんだよ、君は。訳もなく泣きたくなることもあるさ。大人になったらプライドが邪魔《じゃま》して泣けなくなるからね。泣いていいんだよ」

「……帰ります」

僕は子猫をみさおさんに返した。ついでに、足元に置きっぱなしだった紙袋《かみぶくろ》も。

「これが青海先輩から預かってたものです。確かに返しましたよ？」

「中身は？」

「ボードゲームです」

〝精霊《ディヴァイン》〟の作った世界のなりたちを、人が把握《はあく》するためのもの。

魔術師《まじゅつし》アグシーダが遺《のこ》した〝流転骨牌《メタフエシス》〟のレプリカ。十七個の駒《こま》。〈壊体者《かいたい》〉だけは、家に置いてきた。

〈壊体者〉の〝端末《ガジエット》〟はもう、いないから。

「なんか不幸そうな顔してるけどさ。気にすることないよ？　落ち込んでてもさ、三年あとまで憶《おぼ》えてることなんて滅多《めった》に無いんだから」

「……みさおさんは、幸せですか？」

〝端末《ガジエット》〟のことを忘れて、幸せになれましたか？

みさおさんは答えなかった。照れくさそうに笑って、抱いた子猫《こねこ》の手を振《ふ》ってみせた。

「またおいで。面白《おもしろ》い本を探しておくから」

2

「〈生命体〉〈慈母《じぼ》〉〈壊体者〉——バグった〝端末《ガジエット》〟が二つと、消えちゃったのがひとつ」

昼休みの少し前。四時間目の終わり頃《ごろ》。

授業をさぼった僕と黒乃《くろの》は、屋上にいた。

視界に入るのは、雲ひとつない薄青《うすあお》の空。補修が終わったばかりの給水タンク。

それと、風に揺《ゆ》れる黒乃の長い髪《かみ》。

「心配しなくても大丈夫。真白《ましろ》の怪我《けが》は、跡形も残ってないわよ。バグってても〈生命体〉の有り余る生命力は、少しの怪我ならすぐに治しちゃうんだから。それが、真白の能力。で、天巡《あまめぐり》の能力は〝傷《ペイン》〟――だっけ？　効果は〝端末《ガジェット》〟と、その配下の破壊《はかい》。真白そっくりの女の子がすっぱだかで現れて、全裸《ぜんら》の彼女に触《ふ》れたものは蒸発しちゃうってことね。天巡にぴったりの能力よね。うん、あれが一糸まとわぬ『じぇのさいどぱっくん』

「……なんかすごい悪意を感じるんだけどな」

「天巡らしいって思っただけ。〝端末《ガジェット》〟にしか効かない能力、ね。それで残った〝端末《ガジェット》〟、全部壊しちゃえばいいのに。そうすれば、あんたが最強の〝端末《ガジェット》〟――〈世界〉になるのかな？」

黒乃は悪戯《いたずら》っぽく笑った。

でも――僕は、黒乃に話していないことがあるんだ。

僕の右腕《みぎうで》にある〝傷《ペイン》〟の、形が変わっていたこと。

〈生命体〉の姿をした少女と、それを取り巻く枝と――どんぐりに似た木の実。

昨日確認《かくにん》したら、木の実は十五個しか残っていなかった。最初に見た時は、確か〝端末《ガジェット》〟の数と同じ、十八個あったはずなのに。三個減ってた。

〈角笛を吹く精霊〉と出会った電車で一回。〈侵略者《しんりやく》〉との戦いで一回。そして最後に、みさおさんとの戦いで、一回。合計三回、僕は――あの赤い少女を呼び出している。

たぶん、〝傷《ペイン》〟の能力を使った分だけ、右腕の木の実は減っていく。

みさおさんが名付けた、『スルト』。

炎《ほのお》をまとい全《すべ》てを焼き尽《つ》くす、終末《エンド・ブリンガー》の存在。

『でも、気を付けなさい。〝傷《ペイン》〟を使うたびに、あなたの細胞《さいぼう》はそれに置き換《か》わっていく』

『全てが〝傷《ペイン》〟に置き換わった時、あなたはパーソナリティを失う』

みさおさんとの戦いの後に聞こえた声。正体も、言葉の意味も、僕にはまだ分からない。分からないことだらけなんだ。

なのに、みさおさんの願いだけが耳の奥に残ってる。

『〈角笛を吹く精霊〉を殺せ』

忘れない。でも、僕にはまだ、その覚悟《かくご》がない。

真白の「好き」を受け入れる覚悟だって——まだ、ないんだ。

「……どうしたの？　深刻な顔してるけど」

黒乃が、心配そうな顔で僕を見てる。

彼女は何か言いかけて、重い空気を断《た》ち切るみたいに首を振った。

「——お昼食べに行こ？　あんたは真白と一緒《いっしょ》にいないと駄目《だめ》。まだ〝端末《ガジェット》〟はたくさん残ってるんだから。あんたは、怪《あや》しい人が来ないように真白とくっついてないと駄目なの！」

「時効は？」

「〝夢を見続ける神《ラガジュ》〟が目を覚ますまで。でも、真白と従姉妹《いとこ》のあの子、両方とも守るのは大変よね。ちっちゃい方は家に帰しちゃえばいいのに」

「だったら黒乃が楓《かえで》さん説得してみたら？」

僕は携帯《けいたい》を取り出し、楓さんの番号を呼び出した。仕事中かと思ったけど楓さんはしっかり電話に出た。向こうが何か言いかけたところで、僕は黒乃に携帯を渡《わた》した。

「もしもし、私、天巡くんの友達ですけどリトちゃんのことで——」

——二分後。

「ご、ごごごごめんなさい。もう言いません。え？　家の場所？　聞いてどうするんですかそんなこと？　いえ、す、すいませんでした私が悪かったですごめんなさい。え？　なんですか？　え？　足のたくさんある虫は嫌《きら》いです！　なんで……嫌《いや》あああああっ！」

黒乃は畳《たた》んだ携帯を僕に投げ返した。

「な、なにもなかったからね。私は何も言ってないから。あんたの叔母《おば》さんに逆らったり意見したり絶対にしないから。あの子大事にしなさい。命が惜《お》しかったら……ああああああ」

がくがく震《ふる》えながら、黒乃は屋上から出て行った。

黒乃の足音が聞こえなくなってから、また、僕は給水タンクを見上げた。

「……はじめまして？」

水晶《すいしょう》を打ち鳴らしたような声。

給水タンクから流れ落ちる、光を帯びた水——そんなふうに見えたのは、長い長い白金の髪《プラチナブロンド》。この学校の制服を着た少女が、給水タンクの前に座っていた。白い、細い足を組んで、好奇《こうき》心いっぱいの目で僕を見下ろしてる。「わくわく、うずうず」って音が聞こえて来そうだった。彼女は、声を出そうか迷っているみたいに、一回、喉《のど》を押さえて——息を飲み込んで——それからやっと、不思議なほど澄《す》み切った声で呟《つぶや》いた。

「——ディンタニア」

「え？」

「ディンタニアの名前は、ディンタニア。あなたは？」

「…………天巡翔《かける》」

「カケル？　いい名前ね」

そう言って彼女は給水タンクから飛び降りた。

ふぁさ、と、白金の髪《プラチナブロンド》が翼《つばさ》のように広がる。裸足《はだし》で屋上へと降り立ち、彼女は僕に骨張った——病的なまでに白い掌《てのひら》を差し出した。

「じゃあディンタニアはあなたをカケルって呼ぶね」

丸いほっぺたと、少し尖《とが》った耳。光の錯覚《さっかく》のような、紫色《むらさきいろ》の瞳《ひとみ》。

真白より少し背が高い。細い足。歩くのに慣れていないみたいな、ぎこちない足取り。

「博士に無理言って取り寄せてもらったんだけど、この制服、おかしくない？」

「おかしい」

「え、ええええええええええええええええっ!?　そ、そうなの？　ディンタニアじゃ駄目なの？　カケル、こういうの嫌い？」

「似合ってないと──思う」

なんだろう、この違和感《いわかん》。

真白だったら、どんな安物の服でも着た瞬間《しゅんかん》、高級オーダーメイドブランド品をはるかに超《こ》えたクオリティに変えてしまうのだけど、この子の場合、服が彼女の邪魔《じゃま》になってる。地方都市のやぼったい制服が、彼女の透《す》き通るような肌《はだ》には、壊滅《かいめつ》的に似合っていない。人ではない生き物が無理矢理《むりやり》、人間の服を着せられているような──そんな感じ。

目の前にいるのは、はかなげで、あやふやで──瞬《まばた》きしてる間に消えてしまいそうな少女。

まるで絵本から抜《ぬ》け出してきた妖精《ようせい》か、魔法《まほう》の国のお姫様《ひめ》。

「……君も、〝端末《ガジェット》〟なのか？」

「そう……かな？　ちょっと違《ちが》うの。ねえカケル、ディンタニアのこと、知りたい？　あのねあのね？　ディンタニアはこれから世界を壊《こわ》すの」

とってもいいこと思いついたの、聞いて？

そんな言葉が似合いそうな表情で、彼女は唇《くちびる》を人差し指で押さえた。

「ディンタニアはカケルに会いに来たの。教えてあげたいことがたくさんあるの」

コンクリートの上でとぐろを巻く、長すぎる白金の髪《プラチナブロンド》。

彼女は骨張った指を四本、僕の目の前に立てた。

「〈教師〉〈恋人《こいびと》〉〈困窮者《こんきゅう》〉〈調停者〉の『果実』は、ディンタニアが食べちゃった」

「……冗談《じょうだん》だろ」

「冗談なんか言わないもん。みんなディンタニアのなかにいるの。ディンタニア、頑張《がんば》ってみんなを取り込んだんだから。すごいでしょ？　ほめて？　なでなでして？

みんな仲良くしてるよ。生きてる時は抱《だ》き合えなかったけど、今は、みんな一緒《いっしょ》」

「なんだよ……それ」

「わからないよね。でも、わかってくれる時が絶対に来るから。

ディンタニア、博士にカケルのこと調べてもらったの。カケルはこの国に住む学生さん。ディンタニアのひとつ年上の十五歳。これからディンタニアのことが大好きになる人。カケルが観《み》てるのは虚像《きよぞう》。〈恋人〉の能力。好きな人に想《おも》いを伝えるための幻像《イマジネーション》」

彼女は手を伸《の》ばした。

僕は思わず後ずさる――けど、彼女の透き通るような指先は、僕の胸を突《つ》き抜けた。

「もうすぐ会えるよ。その時はディンタニアをこう呼んで。

〈世界〉――って」

彼女の手が僕の目を塞《ふさ》ぐ。

それが薄《うす》れて――消えて。彼女の姿は、見えなくなった。

「……疲《つか》れてるのかな」

「なにぐずぐずしてるの？」

戻《もど》ってきた黒乃が、ドアの隙間《すきま》から顔を出した。

屋上は異形と出会う場所。

一人目は〝夢を見続ける神《ラガジュ＝デイア＝レルガゾライ》〟。

二人目は謎《なぞ》の少女、ディンタニア。

寒気がした。〝夢を見続ける神《ラガジュ＝デイア＝レルガゾライ》〟の時もそうだった。幻覚《げんかく》だと思ってたのに実在してた。

じゃあ、今の少女もどこかにいるのか？　四つの『果実』を食べたってのも――？

「……天巡？」

黒乃の、少し冷たい手が、僕の手を握《にぎ》っていた。

「深刻な顔してる。なにかあったの？」

「…………プラチナブロンドのお姫様が高校に侵入《しんにゆう》してた」

「なにそれ誰《だれ》それっ⁉」

「気にしなくていいよ、きっと幻覚だから」

「あーんーたーわー！　どうも真白に手を出さないと思ったら外国産が好きだったわけ⁉　もう、そーゆーのが好きなら今度真白にウィッグ被《かぶ》せて真っ白なシーツでぐるぐる巻きにするか

らそれで我慢《がまん》しなさいっ！　昼間から幻覚なんて見ないっ!!」

「でも、その子はこれから世界を壊すって言ってた」

「壊れないっ！」

黒乃は断言した。

「あんたは真白のいる世界を守るってゆったんだから！」

「……そんなこと言ったっけ？」

「それに、世界を壊そうなんて思ってる人間にあんたは負けたりしない」

「なんで？」

「んなこと考えてる人間の世界って、頭で考えただけのものだもん。あんたが私に見せてくれたんでしょ？　綺麗《きれい》なもの。明け方の町も、きらきら光る川とかススキとか。〝端末《ガジェット》〟の補正プログラムだった私が見たことなかったもの。

真白も、もうそれを知ってるよ。ほら」

黒乃がポケットから取り出したのは、丸めたコピー用紙。

「これはコピー。本物が見たかったら真白に頼《たの》んで。

たぶん、完成するまでは見せてくれないと思うけどね」

真っ黒な空に浮《う》かび上がる、金髪《きんぱつ》の大魔王《だいまおう》。その周りを囲むのは、サボテンに口をくっつけたような化け物の群れ。魔王が抱《かか》えている棒に手足と髪《かみ》の毛をくっつけたような物体は――真白？　ということは鎧《よろい》を着て自転車二人乗りで突進《とっしん》しているキャラクターは僕と黒乃。僕は左手でハンドルを握り、黒乃の右手は肘《ひじ》から先が剣《けん》のかたちになっている。

僕と黒乃がいるのは金色の橋の上。無数のススキが、金色の穂《ほ》を散らしている。光の粒《つぶ》が浮き上がり、上の黒をゆっくりと浸食《しんしょく》していくかたち。空には闇《やみ》を喰《く》らう、頭が火事になってる少女。リトがいないと思ったら橋の下でおぼれてた。何の恨《うら》みが？

「どうしようもないバグった世界でも、綺麗なものがあることを私も真白も知ってる。真白が描《えが》いたこの物語も世界のひとつなの。あんたもこの中にいるの。

もうこの物語は生きているの。だって、〈生命体〉が描いた世界なんだもん」

「それ理由になってないよ、黒乃」

「真白が幸せならそれでいいの——わからない？」

黒乃は、長い髪を風になびかせて笑う。

足音が聞こえた。

階段を駆《か》け上がってきた真白が、勢いよく屋上の扉《とびら》を開けた。「わぅ」と、背中を突き飛ばされた黒乃が僕に向かって倒《たお》れかかる。一瞬《いっしゅん》、黒乃は僕の上着にしがみつこうとして伸ばした手を——引っ込めた。そのまま素直《すなお》にコンクリートの地面に倒れる。

真白は額を押さえて転がる双子《ふたご》の妹を不思議そうな目で眺《なが》めてる。僕の視線に気づくと、ポケットから紙パックのジュースをふたつ取り出し、

「右手と左手、どっちがいいですか？　あたしの好きな方を当ててくれたら、今日は天巡くんの言うこと、ひとつだけなんでも聞いてあげます」

「……それは難しいと思うよ周防さん」

「……どうしてですか？」

「紙パック、強く握りすぎてる」

真白の白い指が紙パックを握りつぶす。ストローを刺《さ》すところが破けて、コーヒー牛乳と野菜くだものミックスジュースが僕に向かって噴水《ふんすい》みたいに吹《ふ》き出してくる。思わず右手でガード。「きゅむっ」と叫《さけ》ぶ真白の手の中で潰《つぶ》れた紙パックから、中身がだばだばと流れ落ちる。倒れた黒乃の、後頭部めがけて。

「きゅむっ。く、黒乃？　天巡くんも。ご、ごめんなさい、制服にかかっちゃいましたか？」

「大丈夫《だいじょうぶ》、手がちょっと濡《ぬ》れただけだから」

僕は右手をひらひら振《ふ》ってみせた。真白は、一途《いちず》なまなざしでこっちを見てから、ジュースがかかった僕の右手を両手で包んだ。

うわぁ。

心臓が跳《は》ね上がる。真白の指は、真綿みたいに僕の掌《てのひら》を包み込む。とくん、とくん、と、触《ふ》れていると鼓動《こどう》が速くなっていく。真白のも、僕のも。「ごめんなさい」って小さく呟《つぶや》いた真白は——ハンカチでも出すのかなと思ったら——。

そのまま僕の指を、口に含《ふく》んだ。

ぞくん、と、背筋を振動《しんどう》が走る。

ちゅぷ、ちゃぷ、と、真白の舌が僕の指についたジュースを舐《な》め取っていく。

「わわわ、なにしてるんですか周防さん！　手ぐらい自分で拭《ふ》きますからうわぁ」

「きゅむ？」

真白の指は僕の右手をがっしり固定してる。触れている部分は焼けそうに熱くて——それでも真白の握力《あくりよく》は僕の手を解放してくれない。ここは学校で今は昼休み。九月の終わりでひなたぼっこするにはそろそろ寒い季節だけど、いつ誰《だれ》が来るか分からないのに——ぞくぞく背中を這《は》いのぼってきたものが、僕の頭を真っ白にしていく。黒乃は足元で倒れたまま。制服と髪にコーヒー牛乳と果汁《かじゆう》をブレンドしたものが染《し》みこんでるのに——寝《ね》たふりしてる。

「……気持ち悪くない？」

僕の右手には、〝傷《ペイン》〟が棲《す》み着いてるのに。

きゅぽん、と、桜色の唇《くちびる》から僕の指を抜《ぬ》き出した真白が、首を傾《かし》げた。

本当に、わかってないみたいだった。

「周防《すおう》さんも見たよね？　僕の右腕《みぎうで》から出てきた、あの赤い女の子。僕の手にはあいつが棲んでるんだよ、気持ち悪くない？」

「どうしてですか？」

子犬みたいに、真白は、まっすぐ僕を見上げてくる。

「だって、あれは天巡くんの愛情が暴走したものなんですよね？」

「……………はい？」

「あの子、あたしにそっくりでしたもん。天巡くんの、あたしを好きでいてくれる気持ちが人の形になって、あたしを守ってくれたんですよね？　あの子がなんにも着てなかったのは——天巡くんの願望なのかもしれませんけど。しょうがないですよね？　天巡くんだって男の子なんですから」

ごめん、周防さん、意味が全然わからない。

頼《たの》むから〈生命体〉の頭でなんでもラブラブなピンクに染め上げるのは、やめて。

「決めたんです。天巡くんの気持ちに、あたしは全力で応《こた》えてあげようって。1／1《いちぶんのいち》周防真白フィギュアを実体化させてしまうほどの思いに、ためらってたら女の子がすたるの。

それにね、あたしを殺そうとした人たち——好きなのに、一緒《いっしょ》にいられなかった二人を見たとき、思ったんです。あたしたちは抱《だ》き合うことができるんだから、精一杯《せいいっぱい》したいことは全力でしようって。だから、あたし、素直になります」

「それ以上素直になってどうするんですか周防さん」

そうだ、黒乃に説明させよう。〝傷《ペイン》〟は〝夢を見続ける神《ラガジュ＝ディア＝レルガゾライ》〟が僕に寄越した枷《かせ》だってことは、黒乃に話しておいたはず。〝傷《ペイン》〟から生まれたあの子が、『果実』を喰《く》らうってことも。いわばあれは対《アンチ》〝端末《ガジエット》〟専用の武器、ちゃんと黒乃に説得してもらえば真白だって――。

「うん、真白の言う通り、あれは天巡の願望なんだよ」

黒乃はあっさり言い放ち、真白は火照《ほて》った吐息を漏《も》らす――ああもうっ、この二人は。

諦《あきら》めて僕は、なんとなく空を見上げた。

真っ青な、雲一つない秋の空。

〝夢を見続ける神《ラガジユ》〟は空のどこかにいるんだろうか。それとも、違《ちが》う世界から、僕たちを見て、嫌《いや》らしい含み笑いを浮《う》かべてるのか。

この世界を作った、不定形の神様は。

僕は右袖《そで》をめくった。

相変わらず黒いアザの形は〈生命体〉。

真白と黒乃に似た少女と樹《き》の枝。そして十五個に減ってしまった木の実。

僕はまた〝傷《ペイン》〟の少女に会うのかな。真白を守って戦って、追いつめられた時に。

十五回――それまでに僕は真白を〝端末《ガジエット》〟から解放しなきゃいけない。

――本当は、いつでもできるんだ、それは。

みさおさんにしたように〝傷《ペイン》〟で『果実』を喰らえば、真白は〝端末《ガジエット》〟じゃなくなる。

真白は記憶《きおく》を無くして、黒乃も消える。

二人を壊《こわ》すことを――ためらわなければ。

ふるふる
僕は首を振《ふ》って、重すぎる考えを追い出す。

ようやく起きあがった黒乃が、水浴びした子犬みたいに身体《からだ》を震《ふる》わせる。飛び散るジュースの飛沫《しぶき》に「きゅむ」と驚《おどろ》いた真白が、僕にしがみついてくる。真白は容赦《ようしゃ》してくれない。自分の中にある「好き」って気持ちを、全身全霊《ぜんれい》でぶつけてくる。

ひょっとしたら――最強の〝端末《ガジエット》〟って〈生命体〉なのかもしれない。

何故《なぜ》って、真白は笑ってるから。

この、どうしようもなくバグった世界で。

「天巡くん」

「……は、はい」

「ふつつかものですが末永くよろしくお願いします」

真白は僕を見上げながら、真っ赤な顔で呟いた。うるうる何かを期待するような真白の瞳《ひとみ》。

そういえば付き合ってることって、もうすでに確定なんですか。ちっともさっぱり微動《びどう》だにしないんですか周防さん？

「えっと、末永くって、いつまで？」

「はいっ、この世界が終わっちゃうまでですっ！」

〝端末《ガジェット》〟が喰らい合う無限舞台《ぶたい》の中で、ちょこんと、真白は僕の肩《かた》に頬《ほお》を寄せる。

一緒にいたい――って、柔《やわ》らかい身体全部で訴《うった》えかけてくる。

でも〈生命体〉と〝普通の人間《エキストラ》〟が、一緒にいられる時間は長くない。真白は五百年ぐらいは生きるって聞いたし、僕は、どう頑張《がんば》っても百五十年は生きられない。

一緒にいたい？　でも、そんなに長くは一緒にいられないよ？

それでも――？


真白はいつの間にか僕に抱きついたまま、すぅ、と、寝息《ねいき》を立ててる。

ジュースまみれの黒乃が屋上の金網に寄りかかり、僕に向かって舌を出す。


世界の終わり。

それは、今の僕たちにとっては、遠い未来。

それは――〝夢を見続ける神《ラガジュ＝ディア＝レルガゾライ》〟が目を覚ますまでの、ほんの一瞬《いっしゅん》。

僕たちは無限舞台《ここ》にいる。

いつか来るかもしれない――終わらない世界の終わりまで。

終

あとがき

と、いうわけで『ガジェット』を手にとってくれた皆《みな》さん、はじめまして、九重一木《ここのえいちき》です。

今回、第十三回スニーカー大賞の優秀賞をいただき、なんとか本を出すことができました。

――と、実は本編が長すぎて、あとがきは一ページしかないのです。書きたいことを全部本編で書いてしまった今の九重はからっぽ――なので、ここではお世話になった方へのお礼など。

植田亮《うえだりょう》さん、精細にして綺麗《きれい》なイラストをありがとうございました。担当のHさん。常時説明不足でマイナス思考の九重に根気よく付き合っていただき、ありがとうございます。選考委員の先生方、ありがとうございました。詰《つ》まったり落ち込んだりしながらなんとか進んでいます。学生時代からずっと、九重の最初の読者でいてくれた友人K氏にも感謝を。あなたがいなければ、ここまで来られませんでした。

最後に、この本を最後まで読んでくださった皆さん、ありがとうございました。次巻では、今回、物語の裏で無邪気《むじゃき》に暗躍《あんやく》していた彼女が表舞台《ぶたい》に登場することになります。『ガジェット』二巻――発売は秋頃《ごろ》の予定です。

もしも皆さんが、この物語を気に入ってくれたなら、次巻でお会いしましょう。

ガジェット

無限舞台《むげんぶたい》 BLACK《ブラック》&WHITE《ホワイト》

九重《ここのえ》一木《いちき》

角川文庫 15774

平成二十一年七月一日　初版発行

発行者―井上伸一郎
発行所―株式会社角川書店
東京都千代田区富士見二―十三―三
電話・編集（〇三）三二三八―八六九四
〒一〇二―八〇七八

発売元―株式会社角川グループパブリッシング
東京都千代田区富士見二―十三―三
電話・営業（〇三）三二三八―八五二一
〒一〇二―八一七七
http://www.kadokawa.co.jp

印刷所―暁印刷　製本所―BBC
装幀者―杉浦康平

S 216-1　ISBN978-4-04-474601-8　C0193

角川文庫発刊に際して

角川源義

第二次世界大戦の敗北は、軍事力の敗北であった以上に、私たちの若い文化力の敗退であった。私たちの文化が戦争に対して如何に無力であり、単なるあだ花に過ぎなかったかを、私たちは身を以て体験し痛感した。西洋近代文化の摂取にとって、明治以後八十年の歳月は決して短かすぎたとは言えない。にもかかわらず、近代文化の伝統を確立し、自由な批判と柔軟な良識に富む文化層として自らを形成することに私たちは失敗して来た。そしてこれは、各層への文化の普及滲透を任務とする出版人の責任でもあった。

一九四五年以来、私たちは再び振出しに戻り、第一歩から踏み出すことを余儀なくされた。これは大きな不幸ではあるが、反面、これまでの混沌・未熟・歪曲の中にあった我が国の文化に秩序と確たる基礎を齎らすためには絶好の機会でもある。角川書店は、このような祖国の文化的危機にあたり、微力をも顧みず再建の礎石たるべき抱負と決意とをもって出発したが、ここに創立以来の念願を果すべく角川文庫を発刊する。これまで刊行されたあらゆる全集叢書文庫類の長所と短所とを検討し、古今東西の不朽の典籍を、良心的編集のもとに、廉価に、そして書架にふさわしい美本として、多くのひとびとに提供しようとする。しかし私たちは徒らに百科全書的な知識のジレッタントを作ることを目的とせず、あくまで祖国の文化に秩序と再建への道を示し、この文庫を角川書店の栄ある事業として、今後永久に継続発展せしめ、学芸と教養との殿堂として大成せんことを期したい。多くの読書子の愛情ある忠言と支持とによって、この希望と抱負とを完遂せしめられんことを願う。

一九四九年五月三日

〈ファンレターのあて先〉
〒102-8078 東京都千代田区富士見2-13-3
角川書店 スニーカー編集部気付
「九重一木 先生」係